# L'OISEAU
# DE NUIT

DANS LA MÊME COLLECTION

*Une femme en danger*
par James Elliott

NIGEL McCRERY

# L'OISEAU DE NUIT

Traduit de l'américain
par Maud Godoc

Pygmalion
*Gérard Watelet*
Paris

Titre original : Silent Witness

Sur simple demande adressée aux
*Éditions Pygmalion/Gérard Watelet, 70, avenue de Breteuil, 75007 Paris*
vous recevrez gratuitement notre catalogue
qui vous tiendra au courant de nos dernières publications.


ISBN 2-85704-615.4

*A Gill, à qui je dois tout.*
*Avec tout mon amour.*

# Prologue

NORTHWICK était un village tranquille, sans histoire. Le genre de localité que l'on traverse sans s'en rendre compte. Même son église, dans un comté pourtant renommé pour son patrimoine religieux, était un édifice terne, dépourvu de tout intérêt architectural, qui attirait peu de visiteurs.

Après la longue sécheresse estivale, la première tempête de l'automne fut accueillie avec soulagement. Les grosses gouttes de pluie rebondissaient sur les toits rouges à lamelles et formaient des torrents qui s'engouffraient avec force dans les gouttières et lavaient les caniveaux. Les réverbères se réfléchissaient dans les flaques qui inondaient les trottoirs et la chaussée.

L'agent de police Morris Jay s'était abrité sous un vieil if dont les branches franchissaient le mur du cimetière. Imperturbable, il regardait la pluie dégouliner de sa visière. L'horloge de l'église sonna le quart. Il jeta un regard à sa montre : une heure quarante-cinq. Juste le temps d'inspecter les dernières boutiques de Main Street.

Après quoi, il rentrerait au poste se sécher et casser la croûte.

Il avait une sainte horreur des rondes de nuit. En vingt-cinq années de service, il n'avait jamais réussi à s'y habituer. Ces patrouilles n'étaient pas dans l'ordre des choses. La nuit, c'était fait pour rester bien au chaud dans son lit, au creux des bras de sa femme, pas pour battre le pavé par un temps de chien. Un éclair zébra le ciel, aussitôt suivi d'un violent coup de tonnerre. Le policier remonta le col de son imperméable autour de son cou, ajusta la jugulaire de son casque et quitta son refuge en ronchonnant.

*

* *

La chute avait laissé Mark James sans énergie. Il resta allongé sur le dos, les yeux grands ouverts. La pluie lui martelait le visage et ruisselait de chaque côté de sa bouche. Sa cage thoracique se soulevait et s'abaissait au rythme de ses longues respirations oppressées. La peur lui avait asséché la gorge. Il passa sa langue sur ses lèvres et recueillit quelques gouttes de pluie dérisoires. Où avait-il foiré ? Tout avait pourtant marché comme sur des roulettes. Comment Bird avait-il fait pour le débusquer aussi vite ? Sans doute avait-il commis une énorme bourde en se frottant à lui une deuxième fois. En général, il avait du nez pour éviter les embrouilles. Pas cette fois. De toute évidence, il avait poussé le bouchon un peu trop loin. Et maintenant, il était dans de sales draps.

Quand la voiture était arrivée, il ne s'était douté de rien. Le conducteur avait respecté à la lettre la procédure convenue : il s'était arrêté, puis avait fait des appels de phares, deux courts, un long. Seul le lieu du rendez-vous l'avait intrigué. Mark James vivait depuis toujours à Cambridge et n'avait jamais entendu parler de Northwick. Il n'avait pas manqué grand-chose. C'était un bled glacial, paumé en pleine cambrousse. Le genre d'endroit où l'on se retire au moment de la retraite, dernière étape avant le cimetière. Lui, il avait plutôt une âme de rat des villes et espérait ne jamais remettre les pieds dans ce trou perdu. Mais bon... Le type avait sûrement ses raisons. Du moment qu'ils faisaient affaire, c'était O.K. pour lui.

En découvrant le visage de l'homme au volant, Mark avait eu un moment de surprise. Il ne ressemblait pas aux dealers avec lesquels il avait l'habitude de traiter. Mais il n'était pas du genre à se poser trop de questions. En tout cas, la marchandise était de premier choix. La meilleure qu'on lui ait proposée depuis longtemps. Et donnée, en plus. Il ne mettrait pas longtemps à l'écouler. Avec un bénef confortable.

Confiant, Mark était sorti de sa cachette et s'était avancé vers la voiture de sport. Belle bagnole, s'était-il dit. Longue et racée. Un vrai bijou de collection. Mark aimait les voitures anciennes. Il possédait depuis des années une vieille Spitfire. Les sièges étaient défoncés et la carrosserie rongée par la rouille mais, pour rien au monde, il ne s'en serait séparé.

Il n'était plus qu'à quelques mètres de la voiture, quand elle avait soudain foncé sur lui dans un rugissement de moteur. Il avait bondi sur le côté, esquivant de justesse l'aile gauche, et s'était affalé dans une rangée de poubelles. Crissement de pneus. Encore le faisceau des phares. La voiture faisait demi-tour ! Elle fonçait à nouveau sur lui ! Pris de panique, il s'était relevé en catastrophe et avait escaladé tant bien que mal le vieux mur de brique rouge contre lequel la voiture cherchait à l'écraser. Mark avait échappé par miracle à la collision. Sous la violence du choc, il avait perdu l'équilibre et s'était retrouvé à terre, de l'autre côté du mur.

Mark James retrouva peu à peu ses esprits. Il essuya la pluie qui lui brouillait la vue. Où avait-il donc atterri ? D'étranges ombres jaillissaient de terre, irréelles. Un éclair illumina la nuit. Une fraction de seconde, les silhouettes se découpèrent sur fond de ciel noir avant d'être à nouveau englouties par les ténèbres. Il réalisa alors où il se trouvait. Dans un cimetière. Désemparé, il n'avait qu'une idée en tête : fuir. Soudain, il tressaillit. Son agresseur escaladait le mur ! Vite, il fallait réagir. Mark James se releva et s'enfonça dans les profondeurs du cimetière. Plusieurs fois, il dérapa et tomba dans l'herbe boueuse. Au bout d'une course effrénée, il se jeta derrière une grande pierre tombale plate. A bout de souffle, il plaqua son dos contre l'ardoise lisse et froide, et, geste dérisoire, enfouit son visage entre ses mains tel un enfant espérant ne pas être vu. Tétanisé par la peur, il se recroquevilla contre la tombe. Et Frances qui l'attendait. Elle avait besoin de lui. Que faire, mon Dieu ? Pour la première fois de sa vie d'adulte, il pria.

*

* *

La radio de l'agent Jay se mit à crépiter.

– Contrôle à 784. A vous !

Morris Jay glissa une main sous son imperméable.

– Contrôle à 784. A vous ! répéta la voix avec une impatience qui l'agaça.

– Pas de panique, les gars, maugréa-t-il. Maudits pantouflards, on voit bien qu'ils sont au chaud.

Il repoussa le pan de son imperméable sur un côté et mit enfin la main sur sa radio fixée à son ceinturon.

– 784 à contrôle, je vous écoute.

– Un certain M. Typhoo veut vous parler, 784. A vous personnellement.

– Entendu, contrôle. Je rentre. Terminé.

Il avait reconnu le code. Le thé était prêt et les cartes attendaient sur la table. Plus qu'un bâtiment à contrôler. Il pressa le pas.

*

* *

Il était en retard. Frances commençait à s'inquiéter. Une fois de plus, elle regarda sa montre avec nervosité. Le dernier train était passé et une atmosphère lugubre avait enveloppé la gare de Cambridge.

Peu de temps auparavant, deux SDF étaient passés à sa hauteur d'un pas tranquille. Ils portaient des sacs en plastique remplis de packs de bière. Ils s'étaient assis sur un chariot et avaient aussitôt entrepris de vider leur stock. Pour l'instant, ils ne l'avaient pas importunée outre mesure, se contentant de quelques commentaires obscènes. Mais jusqu'à quand ? La gare n'était pas un endroit recommandable pour une fille seule la nuit. Peut-être avait-elle trop demandé à Mark. Il n'était pas une lumière, mais sa gentillesse envers elle la touchait et dans son désespoir, c'était vers lui qu'elle s'était spontanément tournée. Et s'il était tombé sur Sebastian ou un de ses gros bras ? Tant pis pour lui, elle nierait tout en bloc en priant très fort pour que Sebastian la croie. Encore cinq minutes, après je rentre, se dit-elle. Pourvu que Sebastian ne soit pas encore revenu. Elle avait fait semblant d'être malade pour ne pas l'accompagner à

*L'Oiseau de Nuit* comme tous les soirs. A peine la Porsche avait-elle tourné au coin de la rue qu'elle avait rassemblé ses affaires et sauté dans un taxi. La gare lui avait paru le lieu de rendez-vous idéal. Mais maintenant, dans l'obscurité avec ces deux poivrots qui s'enhardissaient dans leurs commentaires, elle en doutait sérieusement. Où était donc passé cet imbécile de Mark ?

*

* *

Mark James leva un regard implorant vers le ciel. C'est alors qu'il aperçut son visage blanc et doux, à la faveur d'un rayon de lune qui avait surgi entre les nuages. Elle le regardait avec bienveillance, une main vers lui, l'autre dressée vers le ciel, lui montrant le salut. Dans son désespoir, Mark tendit un bras et serra la main de marbre blanc entre ses doigts. A cet instant, il reçut quelque chose en pleine figure. Surpris, il tomba à la renverse et se débattit comme un beau diable en hurlant de terreur. Un miaulement suraigu le calma net. Son agresseur invisible n'était autre qu'un chat ! Il devait être couché aux pieds de l'ange gardien, à l'abri sous son voile de marbre. Mark l'avait dérangé et l'animal lui avait sauté dessus, toutes griffes dehors. Il regarda la boule de poils perchée sur ses genoux qui le transperçait de ses yeux verts. Il aimait les chats, mais pas l'air agressif de ce gros matou. Il l'attrapa par la peau du cou et l'envoya promener. Le chat retomba sur ses pattes et disparut dans les ténèbres du cimetière.

Mark tendit l'oreille. Pourvu que son poursuivant n'ait pas entendu son raffut. Il ne perçut rien, pas même un bruit de pas. Il se détendit. Avec un peu de chance, le type avait laissé tomber. Mark se releva et risqua un coup d'œil circonspect par-dessus la pierre tombale.

La douleur fulgurante qui lui transperça la nuque le fit basculer dans l'herbe boueuse. Il resta à terre quelques secondes, une main crispée sur son cou. Une étrange brûlure irradiait jusque dans sa colonne vertébrale. Eperdu de frayeur, il détala sans se retourner, dérapant tous les deux pas dans l'herbe détrempée. Plié en deux, il zigzagua entre les pierres tombales et courut en direction des réverbères de Main Street. S'il atteignait la rue, il serait sauvé.

Il parvint à la grille du cimetière, dernier obstacle avant la liberté. Il agrippa la poignée. La grille s'ébranla dans un bruit de ferraille, mais il eut beau s'acharner, elle refusa de s'ouvrir. Il jeta des regards affolés à droite et à gauche dans la rue et c'est alors qu'il vit son sauveur. Mark n'aurait jamais pensé être aussi heureux de voir un flic. Soulagé, il passa un bras entre les barreaux et prit son souffle pour hurler.

L'agent Jay traversa la rue en direction du bureau de poste. Il sortit sa lampe-torche de sa poche et éclaira l'intérieur par la devanture. Tout semblait en ordre. Les vitrines étaient intactes. Il alla jusqu'à la porte d'entrée et secoua la poignée avec vigueur. Elle était bien fermée. Rassuré, le policier poussa un soupir de satisfaction. Encore une nuit sans histoire. Il se voyait déjà les pieds sur la table, à manger son casse-croûte pendant que son uniforme sécherait sur le radiateur brûlant. Avec le sentiment du devoir accompli, il reprit la direction du poste.

*

* *

Mark avait conscience que ses lèvres bougeaient. Son cerveau lui disait qu'il était en train de hurler, mais aucun son ne sortait de sa gorge. D'ailleurs, le policier ne semblait pas l'entendre : imperturbable, il secouait une porte et éclairait l'intérieur d'un bâtiment avec sa torche. Mark fit une nouvelle tentative, les yeux exorbités et le visage congestionné par l'effort. Toujours aucune réaction. Il se sentait partir, comme aspiré vers un long puits noir sans fond. Et il était incapable d'empêcher sa chute. A sa grande horreur, il comprit soudain que sa bouche était comme anesthésiée. Sa langue elle-même ne réagissait plus aux messages de son cerveau. Il avait l'impression qu'un énorme poids l'écrasait au sol. Il chancela et tomba lourdement à genoux. Il tenta en vain de se retenir à la grille. Ses bras étaient eux aussi comme paralysés. Il s'effondra sur le flanc dans l'herbe. Caché de la rue par le mur du cimetière, Mark resta là, immobile, fixant le ciel à travers les branches d'un vieil if. Une étrange sérénité l'avait envahi. Qu'allait penser Frances en ne le voyant pas arriver ? C'était la première fois de sa vie qu'il la laissait tomber. Une silhouette sombre se dessina au-dessus de lui. Il sut que c'était la fin.

Alerté par le vacarme, l'agent Jay se retourna vers l'église. Il ne vit rien de suspect à travers le rideau de pluie. Il consulta sa montre : deux heures moins cinq. S'il ne se dépêchait pas, il allait être en retard pour la belote. Ce n'était sûrement rien de grave. Sans doute un chat. A Northwick, c'était le calme plat depuis des années. Pas même un cambriolage. Pourquoi faudrait-il que ça change ? Par acquit de conscience, il jeta un dernier coup d'œil en direction de l'église. Il aperçut une forme noire bondir sur le mur du cimetière, juste sous l'if où il s'était abrité. Tapi sur le faîte, à l'abri sous le feuillage, l'animal tourna ses yeux brillants vers lui. Sale temps pour les chats, je croyais ces bestioles plus futées, se dit l'agent Jay. Rassuré, il se remit en route.

Mark James sentait confusément qu'on le tirait par les pieds. Il avait les yeux grands ouverts, mais ne voyait rien. La pluie qui martelait ses pupilles obscurcissait sa vision et ruisselait sur son visage grimaçant.

# 1

SAMANTHA Ryan admira à la ronde la salle d'audience au riche passé du palais de justice d'Ely. La découverte du corps d'Andrew Stringer derrière la bibliothèque Cromwell de St Steven's College remontait à plus d'un mois et elle s'apprêtait à livrer ses conclusions sur son décès plutôt insolite. Elle aimait déposer à Ely. Les lambris de chêne, le plafond à solives et les bancs de bois cirés la changeaient des fauteuils chromés à assise en plastique de la salle de réunion numéro trois du Park Hospital. Du haut de leurs toiles, les portraits de juges depuis longtemps disparus contemplaient d'un regard sévère coupables et innocents dans le box des accusés. Il se dégageait de ce prétoire plusieurs fois centenaire une solennité intimidante digne de l'exercice de la justice.

La légiste observa à la dérobée les visages des autres témoins cités à comparaître et s'amusa à deviner quel rôle avait joué chacun d'eux dans la vie d'Andrew Stringer, et surtout dans son décès. L'inspecteur principal

Harriet Farmer assistait elle aussi à l'audience. Auprès d'elle se tenaient Richard Owen, médecin expert de la police, et l'inspecteur Tom Adams. Celui-ci glissa un regard en direction de Sam et l'observa avec tant d'insistance qu'elle finit par détourner les yeux. Devant son embarras, Adams prit un malin plaisir à poursuivre son manège. La voix autoritaire du coroner George Allan résonna dans la salle.

– Docteur Ryan, seriez-vous assez aimable pour nous donner vos conclusions, s'il vous plaît ?

Agacée d'avoir perdu le fil des débats pour une raison aussi futile, Sam rassembla ses notes à la hâte et gagna le box des témoins. Elle connaissait la procédure par cœur pour s'y être soumise des centaines de fois. Elle prit la Bible qu'on lui tendait et prêta serment. Puis elle regarda le coroner qui l'invita à poursuivre d'un signe de tête.

– Veuillez décliner vos identité et qualité, je vous prie.

– Docteur Samantha Ryan, diplômée de la Faculté de Médecine en anatomopathologie, membre du Collège Royal des médecins légistes, consultante pour le compte du Ministère de l'Intérieur et maître de conférence à l'Université de Cambridge. Je suis actuellement employée par le Park Hospital en qualité de praticien en médecine légale.

– Merci, docteur Ryan.

Le coroner Allan se plongea un instant dans ses notes, puis posa à nouveau son regard sur Sam par-dessus ses lunettes en demi-lune.

– Le docteur Owen, médecin expert de la police ici présent, situe l'heure du décès entre... (il se pencha sur ses notes) dix-huit et vingt heures.

Il releva la tête vers Sam.

– D'après ce que je lis dans votre rapport, docteur Ryan, vous ne corroborez pas les conclusions du docteur Owen. Pourriez-vous vous expliquer ?

Le coroner se cala dans son fauteuil. Sam ouvrit son dossier. Elle n'avait pas vraiment besoin de ses notes. En quinze ans de carrière, le cas d'Andrew Stringer était sans conteste l'un des plus surprenants et complexes qu'elle ait rencontrés. C'était une affaire qu'elle ne risquait pas d'oublier.

A son arrivée sur le lieu du crime, elle avait ressenti une agitation inhabituelle dans l'équipe des enquêteurs. Pour une fois, elle était sur place tôt. Si le corps était retrouvé à l'autre bout du comté, elle mettait parfois plus d'une heure pour être sur les lieux, selon l'heure de l'appel et l'endroit où elle avait oublié ses clés de voiture. Cette fois, la chance était de son côté. Le corps avait été découvert derrière une des vieilles facultés de Cambridge, en bordure des Backs. A cette heure matinale, l'endroit était facile d'accès. Mais en dépit de sa rapidité, tout le monde semblait l'avoir devancée. L'endroit grouillait de policiers en uniforme et en civil qui allaient et venaient d'un pas pressé. Dans leur combinaison de protection blanche, les techniciens du laboratoire transportaient les sacs en plastique scellés renfermant les pièces à conviction. Toute la zone était illuminée par de puissants projecteurs qui conféraient au lieu l'ambiance factice d'un plateau de cinéma. Sam gara sa voiture sur le bas-côté herbeux derrière St Steven's College et laissa ses clés à un agent en faction à l'entrée principale. Elle longea Fellow Lane sur une centaine de mètres en direction du vieux pont qui menait sur l'arrière de la faculté. A mi-chemin sur le pont, elle remarqua deux inspecteurs de la criminelle en conversation avec deux gardiens. Aux visages décomposés de ces derniers, elle conclut que c'étaient eux qui avaient fait la macabre découverte. Après le pont, elle tourna à gauche. Ses pas crissèrent sur le sentier de gravillons qui serpentait entre la rivière et la bibliothèque Cromwell. Elle se dirigea vers le rideau de protection qui dissimulait le corps.

En découvrant la scène, Sam avait d'abord cru à une farce macabre. La victime était assise droite comme un i sur un banc, le corps et le visage légèrement tournés d'un côté. Un filet dc sang s'était écoulé sous le banc et formait une flaque poisseuse aux pieds de la victime. Elle avait contourné le banc et observé le visage du jeune homme. Il était blanc comme l'albâtre. Ses yeux mi-clos fixaient le vide. Sa bouche grande ouverte était figée dans un hurlement muet. Un grand couteau à manche métallique saillait de son flanc gauche, une vingtaine de centimètres au-dessous de l'aisselle, déformant anormalement son bras vers le haut comme si quelqu'un avait glissé un cintre dans son T-shirt. Sam avait étudié la scène un moment à l'écart. A priori, le meurtre ne faisait aucun doute et pourtant, un détail ne collait pas dans ce tableau déconcertant.

– Quand vous serez disposée, docteur Ryan...

La voix impatiente du coroner arracha Sam à ses pensées.

– Avec une rigidité cadavérique aussi avancée, on se serait attendu à ce que le corps soit froid. Or, à mon arrivée, sa température avait à peine baissé. J'en ai logiquement conclu que le décès était récent.

– Pouvez-vous vous montrer plus précise ?

– Impossible d'en situer le moment exact, mais avec certitude moins de deux heures. Je n'ai en outre constaté aucun signe d'hypostase sur les jambes. C'est-à-dire l'accumulation de sang provoquée par la gravité après le décès, ajouta-t-elle à l'attention de quelques journalistes déroutés qui avaient levé le nez de leurs notes.

– Dans ce cas, comment s'explique la rigidité cadavérique ? demanda le coroner.

– Il ne s'agissait pas à proprement parler de rigidité cadavérique.

Intrigué, George Allan se redressa dans son fauteuil.

– Nous avions en réalité affaire à un phénomène connu sous le nom de spasme cadavérique, poursuivit Sam. C'est-à-dire la contraction instantanée des muscles au moment de la mort, précisa-t-elle à nouveau à l'intention de la presse.

– Je sais parfaitement en quoi consiste le spasme cadavérique, docteur Ryan, bougonna le coroner, agacé par ce qu'il considérait comme un cabotinage inutile. Mais en quinze ans de carrière, je n'ai jamais été confronté à un seul cas de ce genre. Etes-vous sûre de ce que vous avancez ?

– Sûre et certaine, votre Honneur.

– Certains spécialistes nient pourtant l'existence d'un tel phénomène et d'autres en limitent le champ d'observation aux zones de guerre.

Cette fois, ce fut le coroner qui regarda vers la galerie réservée aux journalistes et constata non sans satisfaction qu'ils noircissaient consciencieusement leurs blocs.

– Et pourtant, vous pensez que c'est bien de cela qu'il s'agit ici ?

– J'en ai l'intime conviction.

– Dans ce cas, quelle est la cause du décès selon vous ?

Sam plongea son regard dans celui du coroner.

– A mon avis, Andrew Stringer a mis fin à ses jours. La victime était très perturbée du fait des fiançailles récentes de son ancienne petite amie et avait menacé de se venger. A mon avis, c'est le moyen qu'il a trouvé.

– Un peu tiré par les cheveux, non ?

– Pas si son intention était de faire croire à un crime.

George Allan se renfonça dans son fauteuil. Sam développa ses arguments avec une assurance toute professionnelle.

– L'enquête a établi que le couteau dont il s'est servi a été volé dans l'appartement de son ancienne petite amie quelques jours avant le drame. A mon avis, il s'est rendu à l'université avec la ferme intention de mettre fin à ses jours en espérant lui faire porter le chapeau, à elle ou à son fiancé. Il s'est assis sur le banc, a coincé avec précaution le couteau entre l'assise du banc et la zone située juste sous l'aisselle gauche, ce qui expliquerait la position insolite du bras. Dans un premier temps, j'ai supposé qu'il avait tenté de retirer le couteau. En réalité, il voulait s'assurer qu'il s'enfoncerait. Les éraflures relevées sur les lattes de l'assise correspondent aux frottements du manche métallique sur la peinture. Une fois le couteau bien positionné, le jeune Stringer s'est appuyé de tout son poids sur la lame. Celle-ci s'est enfoncée entre la sixième et la septième côte et a perforé le cœur et le poumon gauche. La mort a été instantanée. La douleur et le choc de la lame pénétrant dans le corps, associés à l'état émotionnel d'Andrew Stringer à cet instant, ont provoqué le spasme avec une quasi-certitude. Sans ce spasme qui, en pétrifiant le corps sur le banc, a révélé la méthode employée, le jeune Stringer serait parvenu à ses fins diaboliques et un innocent aurait maintenant à répondre d'un meurtre dont il n'est nullement coupable, conclut-elle, emportée par son témoignage.

– Laissez donc à la cour le soin d'en décider, docteur Ryan, objecta le coroner.

Comprenant qu'elle était sortie du cadre de ses compétences, Sam répondit d'un hochement de tête et referma son dossier.

*

* *

## *L'OISEAU DE NUIT*

Reg Applin était fossoyeur à l'église de Northwick depuis toujours, semblait-il. Son travail ne lui déplaisait pas, mais il jugeait qu'il avait fait son temps. Avec les années, les rhumatismes lui raidissaient les genoux et sa santé laissait à désirer. Il avait dépassé l'âge légal de la retraite, mais les remplaçants ne se bousculaient pas au portillon et le pasteur lui avait demandé de le « dépanner ». Une excavatrice mécanique lui aurait facilité la tâche. Or, la paroisse ne roulait pas sur l'or et la pelle dernier cri que le pasteur lui avait achetée à la place ne lui avait guère fait d'usage. Le levier dont elle était munie et qui était censé absorber les efforts s'était cassé au bout d'une semaine. Il avait dû se rabattre sur sa vieille pelle, ce qui avait achevé les genoux. Et puis le travail ne payait plus comme avant. Plus de pourboires ou alors tout juste de quoi boire deux bières au Black's Head. Sans compter qu'aujourd'hui, les gens préféraient se faire incinérer. Non, décidément, ce boulot n'avait plus rien à lui offrir. C'était marrant. Il connaissait la plupart de ses « clients » de leur vivant. Ils se croyaient tous mieux que lui. N'empêche que c'était lui qui les mettait dans le trou... Il avait déjà choisi sa propre concession. Le pasteur la lui avait promise. Elle se trouvait tout au fond du cimetière, sous le vieil if. Il aimait bien cet endroit. Frais, à l'abri des rigueurs du climat. Et les gamins ne s'aventuraient guère jusque-là. Il espérait y être protégé des vandales qui avaient profané tant de tombes ces dernières années. Il appuya sa bicyclette contre une stèle et détacha son sac de son guidon. Flanqué de Fripouille, son fidèle terrier, il cala sa pelle sur son épaule et s'engagea dans une allée pour creuser une tombe fraîche.

*

* *

A la sortie du palais de justice, Sam s'attarda un moment sur le perron. Un air doux et lourd s'était abattu sur la ville. A l'est, le ciel se chargeait de gros nuages noirs. L'orage menaçait. Par-dessus les toits de la vieille ville, elle apercevait la flèche majestueuse de l'imposante cathédrale d'Ely. Teinté d'ambre et de rose, le gris de la pierre se détachait sur fond de ciel noir, illuminé par les derniers rayons du soleil d'octobre. De temps à autre, il lui arrivait de faire un tour dans la cathédrale. Elle flânait alors de chapelle en chapelle et s'amusait à lire les inscriptions dédiées aux saints. Même si elle doutait de l'existence divine, c'était là une petite parenthèse spirituelle dans une vie vouée à l'étude clinique des corps. Enfant, elle avait cru en Dieu. Avant la mort de son père.

Comme si c'était hier, elle le revoyait encore lui faire au revoir de la main. Quelques secondes plus tard, il explosait dans une aveuglante boule de feu. Le ou les coupables n'avaient jamais été arrêtés. C'était souvent le cas pour les attentats politiques. Son père se savait menacé. En terre protestante, un policier catholique risquait gros. L'IRA y voyait là un acte de trahison. Il ne comptait plus ses collègues tués ou blessés dans des attentats à la bombe. Voilà pourquoi il se montrait si prudent. Il avait l'habitude de tout vérifier au moins deux fois, surtout sa voiture. Sam jouait souvent avec le miroir muni d'un long manche qu'il glissait sous le châssis à chaque fois qu'il prenait le volant. Le jour de sa mort aussi, elle jouait avec. Puis sa mère l'avait appelée pour le déjeuner et elle avait abandonné l'engin au bout du jardin. Pendant le repas, le téléphone avait sonné. Une urgence. Pressé par le temps, son père avait exceptionnellement renoncé à sa mesure de précaution. Ce risque lui avait été fatal.

L'attentat avait été imputé à l'IRA. Plus tard, quand elle avait été en âge de comprendre, Sam avait trouvé cette accusation illogique. Son père avait toujours été pour la paix en Irlande. Non, s'il était mort, c'était de sa faute à *elle*. A elle seule. N'était-ce pas ce que lui avait toujours répété sa mère ? Le jour de l'enterrement resterait à jamais gravé dans sa mémoire. Sa mère, éperdue de chagrin, qui serrait sa sœur contre elle au bord de la tombe. Sa mère qui l'avait laissée à l'écart, sans même un regard. Sam avait alors dirigé toute sa rage d'enfant contre Dieu et l'Eglise qui n'avaient pas su laver cette injustice. Quinze années d'anatomopathologie n'avaient fait que renforcer son athéisme, sacrifiant ce qui restait de sa conscience spirituelle au raisonnement purement clinique et froid de la salle d'autopsie.

La cathédrale d'Ely était le premier édifice religieux dans lequel elle avait consenti à entrer depuis plus de vingt ans. Le premier pas lui avait coûté. Elle sourit en songeant au jour où, après bien des hésitations, elle avait fini par se mêler à un groupe de touristes et s'était laissé entraîner à l'intérieur du monument pour une visite guidée.

– Magnifique, n'est-ce pas ?

Sam sursauta. C'était Richard Owen. Elle le regarda un moment sans comprendre.

– La cathédrale. Elle est magnifique, vous ne trouvez pas ?

– Oui, en effet, approuva-t-elle, un peu désorientée.

– J'aime quand les audiences ont lieu à Ely. C'est un lieu d'une telle beauté.

Sam hocha la tête.

– Oui, vraiment grandiose.

– Bravo pour tout à l'heure. Vous avez été brillante. A côté de vous, j'ai fait bien piètre figure.

– Vous n'avez rien à vous reprocher, Richard. Il s'agissait d'un cas extrêmement rare. J'y étais moi-même confrontée pour la première fois de ma carrière. Comment auriez-vous pu y songer ?

– Il ne vous a pourtant pas échappé. Si j'avais pris la peine de mesurer correctement la température du corps, le doute m'aurait peut-être effleuré. Mais l'hypothèse du meurtre paraissait si évidente.

Sam se surprit à éprouver de la peine pour le généraliste. Il était de la vieille école, avec ses principes et manies bien ancrés, et avait parfois du mal à suivre.

– Eh bien, vous le saurez pour une prochaine fois, le consola-t-elle avec gaucherie.

– J'y compte bien. Ecoutez..., ajouta-t-il après un silence. Janet et moi nous demandions si vous accepteriez de venir dîner à la maison un de ces soirs. Vous pourriez faire sa connaissance. Et nous discuterions un peu boutique.

C'était la première fois que Richard Owen lui parlait en privé depuis son arrivée à Cambridge, un peu plus d'un an plus tôt. Il leur était arrivé d'échanger des notes, mais leurs relations étaient demeurées sur un plan strictement professionnel, au point qu'elle se demandait s'il l'appréciait beaucoup. Aussi cette invitation la surprit-elle. Elle était cependant soulagée de ne pas se l'être aliéné par sa déposition au tribunal. Owen était le médecin expert local depuis presque trente ans. Il constatait déjà les décès alors qu'elle n'était encore qu'une enfant avec ses nattes et sa salopette de serge bleue.

– Ce serait avec grand plaisir.

Il parut s'en réjouir.

– Parfait. Je vous téléphonerai la semaine prochaine pour que nous nous mettions d'accord sur une date.

Leur conversation fut interrompue par l'arrivée d'une jeune fille d'une vingtaine d'années, mince et jolie avec une longue chevelure blonde. Sam l'avait remarquée au tribunal.

– Docteur Ryan, pourrais-je vous parler un instant ?

– Je dois y aller, dit Richard Owen. A plus tard, n'est-ce pas ?

Sam hocha la tête avec un sourire. Il descendit les marches du palais. Elle le suivit un instant du regard, puis reporta son attention sur la jeune fille.

– Je suis Rebecca West, l'ancienne petite amie d'Andrew Stringer. Je tenais à vous remercier de ce que vous avez fait. Je savais qu'Andrew avait des problèmes psychologiques. C'est d'ailleurs pourquoi je l'ai quitté. Mais j'étais encore très loin de la vérité.

– Là où il est, il ne risque plus de vous causer des ennuis.

– Non, c'est sûr.

Un peu plus loin sur le trottoir, Sam remarqua un jeune homme plutôt séduisant qui les regardait. Sans doute le fiancé, se dit-elle.

– Il a l'air gentil.

Rebecca se tourna vers lui et agita la main en souriant. Il lui rendit son salut.

– Oui, nous nous adorons.

– Eh bien, bonne chance pour ce nouveau départ.

– Merci, répondit la jeune fille, radieuse.

Elle tendit la main à Sam qui la serra avec gentillesse, consciente du calvaire que la jeune fille et son ami venaient d'endurer. Puis Rebecca rejoignit son fiancé. Sam les suivit du regard, tandis qu'ils s'éloignaient sur le trottoir, main dans la main.

– Attendrissants, nos deux tourtereaux, n'est-ce pas ? fit soudain une voix derrière elle.

C'était l'inspecteur Adams.

– Nos deux tourtereaux, comme vous dites, viennent de vivre une épreuve que je ne souhaite à personne.

– Une affaire de plus qui nous passe sous le nez.

– Quelle affaire ? objecta Sam avec agacement. Il n'y en a jamais eu.

– Allez donc raconter ça à ma supérieure. Elle a du mal à encaisser le coup. Et devinez qui elle a dans le collimateur.

– Si elle voit des meurtres là où il n'y en a pas, c'est son problème.

– En tout cas, bravo pour votre démonstration. Elle m'a impressionné.

Sam ne put s'empêcher de se sentir flattée et s'en voulut. Bizarrement, elle était à l'aise en compagnie de Tom Adams. Sous un abord bourru, il cachait une chaleur et un humour caustique qui n'étaient pas pour lui déplaire.

– Adams, je vous ramène ou vous rentrez à pied ? fit soudain une voix de femme de l'autre côté de la rue.

Au volant de son Escort bleu foncé, l'inspecteur principal Harriet Farmer attendait son adjoint avec une impatience non dissimulée. Le flic dans toute sa splendeur, songea Sam. Mince et élégante, elle avait un visage dur et fermé qui trahissait des années de lutte non seulement contre le crime, mais aussi contre un système qui renâclait à accepter des femmes ambitieuses en son sein. Ses longs cheveux bruns étaient ramassés en une queue de cheval sévère, si serrée qu'elle lui tirait la peau comme un lifting.

– Il faut que j'y aille, souffla-t-il à Sam avec un clin d'œil. Sinon, elle va m'accuser de comploter avec l'ennemi.

Il traversa la rue et monta côté passager. Les regards des deux femmes se croisèrent un instant, puis la voiture démarra et Sam s'éloigna en direction de la cathédrale.

*

* *

# L'OISEAU DE NUIT

Il était tard. Pris au dépourvu par une violente pluie d'orage, Reg Applin s'était abrité sous les branches du vieil if. Appuyé sur le manche de sa pelle, il regardait la pluie crépiter sur le toit de l'église et ruisseler le long des murs. Si la paroisse ne faisait pas réparer les gouttières rapidement, il ne donnait pas cher de St Mary. On entrait en pleine saison des tempêtes d'équinoxe. C'était déjà la deuxième en un mois. Le fossoyeur sortit son Thermos de son sac. Il vida le fond de thé presque froid dans le petit gobelet en plastique et l'avala sans y penser. Il y avait déjà trois centimètres d'eau dans la tombe qu'il venait de terminer. Le vieil homme se demanda si le défunt réaliserait qu'il aurait les pieds dans l'eau. Il était exténué. A chaque fois, le travail lui semblait un peu plus long, un peu plus pénible. S'il était plus jeune et alerte, il aurait fini depuis longtemps de creuser cette fichue tombe et ne serait pas là à se faire tremper comme une soupe. Il fallait qu'il raccroche. Le pasteur n'avait qu'à se débrouiller pour lui trouver un remplaçant. Sinon, un jour, on le retrouverait raide mort dans le trou... Il revissa le gobelet sur son Thermos, se protégea la tête avec sa veste et courut à sa bicyclette aussi vite que le lui permettaient ses genoux. Il remarqua alors l'absence de son chien. Sans doute à l'abri sous un buisson ou une pierre tombale, se dit Reg Applin. Il jeta un coup d'œil à sa montre. Le pub était déjà ouvert depuis une bonne heure.

– Fripouille, sors de ton trou ! C'est l'heure de ma bière !

Il scruta les rangées de tombes à la recherche de son chien. A cet instant, le petit terrier surgit dans l'herbe trempée et fonça vers son maître. Reg Applin fronça les sourcils. Son chien tenait quelque chose dans sa gueule.

– Qu'est-ce que tu as encore déniché ? Donne !

Il tenta de lui prendre ce qu'il serrait entre ses crocs, mais le chien ne l'entendait pas ainsi. Il défendit sa proie avec fougue. Finalement, Reg Applin parvint à l'arracher. Fripouille s'empressa de mastiquer et d'avaler le peu qu'il avait sauvé. Aveuglé par la pluie qui lui coulait dans les yeux, le fossoyeur n'identifia pas immédiatement ce qu'il venait de récupérer. Ce sacré Fripouille avait sans doute encore fait les poubelles. Quelle ne fut pas son horreur quand il découvrit qu'il s'agissait d'une main. Ou plutôt de ce qu'il en restait. Il manquait une bonne moitié de la paume déchiquetée d'où pendaient trois doigts noircis. Par le passé, il était déjà arrivé que Fripouille lui rapporte des ossements humains, mais une main en décomposition, ça dépassait tout. Le plus atroce, c'était que la mort du malheureux propriétaire de cette main semblait récente.

Mu par une répulsion instinctive, Reg la lança avec force loin de lui. La main atterrit sur une stèle et tomba dans la boue en un tas flasque. Déçu d'avoir dû renoncer à son festin, Fripouille repartit à fond de train par où il était venu.

– Fripouille, reviens ici !

D'ordinaire, Reg Applin ne s'en serait pas fait. Son chien avait l'habitude de retrouver la maison tout seul. Il n'en était pas à sa première escapade. Mais Dieu seul savait ce que ce fichu chien était capable de lui ramener. Le fossoyeur accrocha son sac sur une pierre tombale et s'efforça de suivre les aboiements. Ils l'amenèrent dans la partie la plus ancienne du cimetière. Les yeux plissés, il chercha le terrier entre les stèles envahies par les herbes folles. Les aboiements semblaient provenir de la tombe de Sir Jasper Case. Il la connaissait bien. C'était presque un monument historique. La sépulture du dix-septième siècle était en piteux état et il faisait de son mieux pour l'entretenir, mais les gosses du village prenaient un malin plaisir à tout saccager derrière son dos. C'était devenu un jeu. Et ces maudits gamins gagnaient à tous les coups.

– Plus de respect pour rien, grommela-t-il entre ses dents.

Au pied de la croix de guingois, la dalle brisée était béante. Cet idiot de Fripouille avait dû sauter à l'intérieur et ne pouvait plus remonter.

– Corniaud de clebs, pas deux sous de jugeote, râla le fossoyeur.

Il s'agenouilla et scruta les profondeurs de la tombe. Un éclair zébra le ciel qui vira au bleu cobalt. Il eut tout juste le temps de distinguer le terrier qui reniflait quelque chose au fond du trou. Avec cette obscurité, il n'y voyait goutte. Il s'allongea au bord de la fosse et plongea les bras dans la tombe. Ses mains se refermèrent sur son chien. Il voulut le remonter, mais Fripouille semblait coincé. Le fossoyeur tira de toutes ses forces. En vain.

– Allez, viens, corniaud, on va pas y passer la nuit.

Intrigué, Reg Applin attendit un nouvel éclair. Il comprit alors à sa grande horreur que ce n'était pas Fripouille qu'il tenait entre les mains, mais une tête. Une tête de cadavre humain. Le visage était à moitié rongé et la chair se détachait des os en lambeaux putrides. Les lèvres déchiquetées dévoilaient les dents en un rictus effrayant. A la place d'un œil, il n'y avait plus qu'un trou béant. L'autre saillait de son orbite, rouge et boursouflé. Le fossoyeur lâcha la tête avec un hurlement de terreur et, dans sa panique, manqua de tomber à la renverse. Il regarda ses mains tremblantes. Un morceau de cuir chevelu y était resté collé. Secoué de spasmes de répulsion, il les essuya avec frénésie dans l'herbe et se sauva aussi vite que ses jambes le lui permettaient.

*

* *

# *L'OISEAU DE NUIT*

Encore ce rêve. Le même depuis un mois. Comme à chaque fois, Sam se réveilla en sursaut au milieu de la nuit, le corps et les draps trempés de sueur. Elle resta un moment allongée dans l'obscurité, les yeux ouverts. Elle s'efforça en vain de se remémorer son cauchemar. Elle avait simplement conscience qu'il était, comme toujours, d'un réalisme saisissant. Tel un feu follet, il s'était retranché dans un recoin sombre de son subconscient pour mieux revenir la hanter la nuit suivante. Elle avait le vague souvenir de visages blêmes qui apparaissaient tels des spectres, puis se désintégraient, comme happés par le néant. La sonnerie du téléphone sur sa table de nuit la ramena à la réalité. Elle se redressa sur un coude, alluma sa lampe de chevet et décrocha. Elle faillit lâcher le combiné en le portant à son oreille.

– Bonsoir, docteur Ryan, fit une voix jeune et enthousiaste à l'autre bout de la ligne.

Elle voulut répondre, mais la fatigue semblait lui avoir collé la langue au palais.

– Désolé de vous réveiller, docteur Ryan, continua la voix devant son silence. Mais nous avons un meurtre sur les bras. Pourriez-vous venir sur place immédiatement ? Il s'agit d'un cas gratiné.

Gratiné ? Ce jeune homme avait de ces expressions... Sans doute un excès de séries policières à la télé.

– C'est le docteur Stuart qui est de service cette nuit, répondit-elle peu aimablement d'une voix pâteuse.

– Je sais, mais je n'arrive pas à le joindre. Je me suis permis de vous appeler. Il s'agit d'une urgence.

– Vous avez bien fait, répondit-elle en maudissant intérieurement son collègue. Un moment, je prends de quoi écrire.

Sam se pencha et ouvrit le tiroir de sa table de nuit. Elle farfouilla à l'intérieur et en sortit un petit calepin noir et un stylo. Elle se cala contre son oreiller et posa le carnet sur ses jambes, s'efforçant de concentrer son regard sur la page blanche.

– Je vous écoute.

– C'est à Northwick, cimetière de l'église St Mary. C'est sur l'autoroute B381, à une vingtaine de kilomètres de...

– Je connais, merci, le coupa Sam.

– Adressez-vous au policier en faction à la grille L'inspecteur principal Farmer est déjà sur place.

Sam crut percevoir dans cette dernière remarque une incitation voilée à se presser.

– J'y serai d'ici une heure.

Elle raccrocha et consulta son réveil : minuit vingt-huit. Elle nota l'heure dans son calepin, le lâcha sur la table de nuit et lança ses jambes hors du lit. Une heure... Elle s'était peut-être montrée un peu optimiste. Northwick se trouvait à l'autre bout du comté et était très mal desservi. Farmer attendrait. Elle se souviendrait toute sa vie de cet appel qui l'avait tirée du lit à cinq heures du matin. Elle était rentrée tard d'un dîner. A moitié hébétée, elle n'avait pas pris la peine de passer à la salle de bains et après avoir enfilé les vêtements qui lui tombaient sous la main, elle s'était précipitée sur les lieux. Mal lui en avait pris. L'endroit grouillait de journalistes, de photographes et d'équipes de télévision. Le grand jeu. Elle avait dû affronter une muraille de flashes et de questions auxquelles elle n'avait pu répondre avant d'émerger dans le champ où gisait le corps. Quand elle s'était vue le lendemain au journal télévisé, elle avait failli mourir de honte. Le plus humiliant avait été les coups de téléphone d'amis hilares. Depuis ce regrettable incident, elle veillait toujours à son apparence, même si cela impliquait d'arriver en retard.

Encore ensommeillée, Sam alla tirer les rideaux et ouvrir la fenêtre en grand. Une bourrasque revigorante s'engouffra dans la chambre. L'orage était passé, mais le tonnerre grondait encore dans le lointain. Elle huma avec délices les senteurs qui emplissaient l'air nocturne nettoyé par les averses et regarda vers le jardin en contrebas. Arrosée en profondeur, la végétation mise à mal par la canicule commençait à reprendre vie. Sam se réjouit de bientôt commencer les travaux d'automne. Elle referma la fenêtre avec soin, puis traversa la chambre vers la salle de bains. Si Farmer était chargée de l'enquête, se surprit-elle à penser, alors elle reverrait sans doute Tom Adams. Une perspective qui lui plut davantage qu'elle n'aurait voulu l'admettre.

Sam arriva avec encore plus de retard qu'elle ne l'avait prévu. Elle avait encore réussi à égarer ses clés de voiture et avait dû se résoudre à utiliser le trousseau qu'elle gardait en réserve dans un tiroir de la cuisine. Elle imaginait Farmer faisant les cent pas en fulminant. Elle entra dans le village. L'église ne fut pas difficile à trouver. Il lui suffit de se guider aux gyrophares. Les journalistes se pressaient déjà aux abords du cimetière, massés derrière une fine bande de plastique jaune et noire. A la grille, un jeune agent en uniforme interdisait l'entrée du cimetière pour prévenir toute destruction d'indices. Encore une fuite à la criminelle, songea la légiste avec agacement. Elle eut du mal à se frayer un passage dans la cohue. Se protégeant le visage des flashes qui crépitaient, elle ignora les micros qui se tendaient à sa portière.

Quand elle parvint à la hauteur de la grille, le policier lui fit signe de s'arrêter. Le faisceau de sa torche aveugla Sam avec une insistance qui l'énerva. Il paraissait frigorifié. Avant que la décision soit prise de prévenir le légiste, plusieurs heures pouvaient s'écouler. Et si en prime, ils n'avaient pas réussi à joindre Stuart... Elle ouvrit la boîte à gants et fouilla dans la collection de papiers de chocolat, de bons de réduction et de cartes routières à la recherche de sa carte d'identité. Elle finit par dénicher le morceau de plastique peu reluisant qui portait une photo d'elle moins reluisante encore. Elle le tendit à l'agent.

– Docteur Ryan, médecin légiste, on m'attend.

Il hocha la tête et griffonna quelques notes sur un registre.

– Garez-vous par là-bas, docteur Ryan, répondit-il, indiquant le bas-côté contre le mur d'enceinte de l'église.

– D'accord, merci.

La carte d'identité rejoignit le désordre de la boîte à gants. Sam avança au pas jusqu'à ce qu'elle trouve un emplacement dans la longue file de voitures qui longeait l'église.

L'endroit grouillait de policiers en uniforme, d'enquêteurs en tenue de protection et d'inspecteurs de la criminelle discutant entre eux avec gravité. Sam franchit la grille du cimetière et suivit le chemin balisé. Colin Flannery, l'officier chargé d'organiser la protection de la scène du crime, lui tendit une combinaison blanche et des protège-chaussures.

Un homme venait dans sa direction. Elle reconnut Richard Owen. Dans son veston sombre et avec ses bottes de caoutchouc vert aux pieds, c'était le portrait-type du médecin de campagne. Pourvu qu'il n'ait pas tripoté le corps, songea Sam. De son avis, la fonction d'un médecin-expert se bornait à constater le décès sans toucher à la victime. Certains avaient trop tendance à jouer les Sherlock Holmes et outrepassaient allégrement leur rôle. Dans ses relations avec Sam, Richard Owen avait appris à limiter ses opinions et diagnostics au minimum. Elle s'irrita cependant qu'il ne porte pas de tenue de protection. Comment Colin Flannery avait-il pu laisser passer cette infraction flagrante, lui d'ordinaire si à cheval sur les procédures ?

– Bonsoir, Samantha. C'est la foule des grands jours dehors. Vous n'avez pas eu trop de mal à traverser la mêlée ?

– Non, non... Très élégant, votre veston. L'idéal pour constater un décès.

Sans relever l'ironic, le médecin lissa le tissu du bout des doigts.

– Vous aimez ? Un cadeau de mon épouse.

– Vous auriez dû enfiler une combinaison. C'est la règle d'or numéro un que j'enseigne à mes étudiants de première année.

– Une précaution bien inutile. Je suis resté trois minutes.

Sam eut du mal à contenir son agacement.

– Vous n'avez jamais entendu dire qu'une victime ne peut être massacrée qu'une fois, mais le lieu de son crime plusieurs ?

Richard Owen jugea préférable de détourner la conversation.

– N'était-ce pas Trevor Stuart qui était de garde cette nuit ?

– En effet, mais la police n'a pas réussi à le joindre.

– A-t-on essayé le campus universitaire ? Quand il était étudiant, on avait de bonnes chances de le trouver du côté de la résidence des filles.

– Il serait temps qu'il grandisse. A quoi ressemble la victime ?

– Individu de race blanche et de sexe masculin. Une vingtaine d'années. A mon avis, le décès remonte à plusieurs semaines.

Sam lui prêta une oreille courtoise, mais s'abstint d'enregistrer ce qu'il lui disait, préférant se faire son opinion par elle-même.

– Le fossoyeur l'a découvert il y a quelques heures, poursuivit le médecin. La victime a été étranglée à l'aide d'un cordonnet de nylon qui est toujours autour de son cou. Le corps n'est pas beau à voir. Des animaux l'ont trouvé avant nous.

– A-t-il été identifié ?

– Non, pas encore. Il est nu et jusqu'à présent, ses vêtements n'ont pas été retrouvés.

Sam réfléchit un instant.

– Mobile sexuel ?

– C'est vous la spécialiste. Moi, je ne suis là que pour constater le décès.

Il avait au moins retenu cette leçon. Sam lui sourit.

– Je les ai quand même autorisés à sortir le corps de la tombe. Impossible d'effectuer le moindre examen dans ce trou exigu. J'espère que cela ne posera pas de problème.

– Vous avez bien fait, le rassura-t-elle avec un hochement de tête. Il faut que j'y aille. Je suis déjà très en retard. Bonsoir, merci pour votre collaboration.

Reprenant la mallette qu'elle avait posée à ses pieds, elle se retourna vers le docteur Owen.

– J'espère que votre beau veston n'a pas pris d'odeur. Sinon, votre épouse va vous faire les gros yeux. A bientôt.

Sur cette pique, elle tourna les talons et suivit le chemin balisé qui s'enfonçait dans les profondeurs du cimetière.

Le docteur Owen attendit qu'elle fût hors de vue, puis porta un pan de son veston à ses narines. Il fit la grimace. Elle avait raison : les émanations putrides semblaient avoir imprégné chaque fibre. Une visite au pressing s'imposait. Il repartit vers la grille en dodelinant de la tête.

Sous les faisceaux puissants des lampes à arc, Sam repéra les inspecteurs Farmer et Adams, debout près de la tombe, au milieu des enquêteurs affairés. L'un d'eux était descendu dans la fosse où il effectuait divers prélèvements, tandis que ses collègues passaient les environs immédiats au peigne fin. Le photographe mitraillait le corps et la tombe sous tous les angles. Ils paraissaient tous frigorifiés. Farmer et Adams buvaient du café fumant dans des gobelets en plastique. Elle se dirigea vers eux.

La dalle de la tombe avait été enlevée et gisait en trois morceaux dans l'herbe mouillée. La dépouille était étendue dans un sac ouvert. Owen avait raison. La sépulture était très exiguë et elle n'aurait pu y travailler. Harriet Farmer leva le nez, visiblement surprise par sa présence.

– Docteur Ryan ? N'était-ce pas le docteur Stuart qui était de garde cette nuit ?

Sam commençait à se lasser de cette rengaine.

– Il est déjà sur un autre corps, répondit-elle d'un ton sec.

Farmer et Adams échangèrent un regard perplexe. Sam s'agenouilla près du corps, ouvrit sa trousse médicale et chercha son Dictaphone parmi les flacons et les instruments. Pas de Dictaphone. Zut, c'est vrai... Elle l'avait laissé sur son bureau au Park Hospital. Elle ferait sans. Elle sortit son registre, mais fut incapable de trouver un stylo.

– Quelqu'un aurait-il un stylo ? demanda-t-elle, un peu gênée.

L'inspecteur Adams fouilla dans sa poche et en sortit un stylo-bille.

– Il s'appelle reviens, plaisanta-t-il. C'est aussi comme ça que je l'ai obtenu.

Sam le remercia, maudissant intérieurement sa tête de linotte. Elle nota l'heure et le lieu de l'examen préliminaire dans son registre, ainsi que les noms des enquêteurs présents. Puis elle se pencha sur le corps. Il était salement amoché. Elle ne pouvait pas faire grand-chose à ce stade. Elle commença son commentaire.

– Victime de race blanche et de sexe masculin. Age : je dirais une vingtaine d'années. Etat de décomposition avancée. Absence de vêtements. Il manque la main droite...

– Elle a été retrouvée, intervint l'inspecteur Adams. Le chien du fossoyeur était parti avec.

– Manquent également trois doigts à la main gauche et la moitié d'un pied.

Elle leva les yeux vers Tom Adams.

– Ne me dites pas que c'est encore un coup du chien, plaisanta-t-elle, imperturbable.

– Non. L'intervention de son maître a limité les dégâts, répondit le policier avec un sourire amusé.

– Les bras et le torse présentent des blessures superficielles. Celles du torse consistent en deux incisions rectilignes, l'une verticale et l'autre horizontale, formant une sorte de croix renversée. Le point d'intersection se situe à la base de l'estomac.

Ces coupures l'intriguaient. Mais seul un examen approfondi à la morgue lui permettrait d'en apprendre davantage.

– Un cordonnet de nylon tressé enserre le cou de la victime. Il est passé dans un petit tube métallique que je remarque sur le côté gauche du cou. De toute évidence, il a servi à tendre le cordonnet par rotation à la manière d'un garrot.

Sam se tourna vers Colin Flannery.

– A-t-on mesuré la température extérieure ?

L'homme confirma d'un simple hochement de tête, agacé qu'on pût mettre ses compétences en doute.

– A l'intérieur de la tombe aussi ?

Nouveau hochement de tête.

– Il faudrait contacter l'institut météorologique pour établir une courbe de température moyenne des semaines passées.

– Ce sera fait.

Sam reporta son attention sur le cadavre. L'infestation par les vers blancs était très avancée. Ils grouillaient sous la peau, donnant l'impression étrange que le corps bougeait.

– Il me faudrait un échantillon de ces vers. Avez-vous contacté un entomologiste ?

– Ce ne sera pas possible avant demain matin.

– Voyez-vous une objection à ce que j'en prélève quelques-uns ?

– Je vais vous chercher du formol, répondit Colin Flannery.

L'analyse de ces vers permettrait d'établir l'heure du décès avec un minimum d'exactitude, une tâche souvent malaisée qui nécessitait l'exploitation de toutes pistes possibles. Sam prit un petit tube à échantillon dans sa sacoche. Elle préleva plusieurs spécimens à l'aide d'une pincette et les fit tomber dans le tube de verre. Elle le scella et le tendit à un technicien du labo. Colin Flannery revint avec un deuxième tube rempli de formol. Il s'accroupit auprès de Sam et préleva quelques vers supplémentaires qu'il regarda couler lentement au fond du récipient. Puis Sam sortit son thermomètre de sa sacoche, le secoua et le plongea dans la masse grouillante au niveau du cou, afin de calculer la vitesse de développement des vers. Plus la température était basse, plus la vitesse de développement était lente, et inversement. Elle demanda ensuite à l'officier de déplacer le corps sur le flanc. Il s'exécuta avec une habileté toute professionnelle.

Un examen rapide du dos ne permit pas de constater la présence d'autres blessures apparentes. Tandis que

Colin Flannery replaçait la dépouille dans sa position initiale, Sam consulta sa montre et se releva.

– Fin de l'examen préliminaire : une heure cinquante-huit.

Farmer et Adams confirmèrent l'heure sur leurs propres montres.

– Autopsie à dix heures demain matin si cela convient à tout le monde.

Nouveau hochement de tête.

– Bien, à demain matin donc, dit-elle en refermant sa sacoche.

– Que pouvez-vous d'ores et déjà nous apprendre ? s'enquit Harriet Farmer.

– Pas beaucoup plus que vous ne sachiez déjà. La cause de la mort est très vraisemblablement une strangulation par garrot. Quant aux blessures sur le corps et les bras, impossible pour l'instant de savoir si elles sont l'œuvre du meurtrier ou bien le résultat du séjour prolongé à l'extérieur. Il faut attendre le transfert à la morgue. Les vêtements ont-ils été retrouvés ?

– Les recherches se poursuivent. S'agit-il à votre avis d'un crime sexuel ?

– Vu l'état dans lequel se trouve le corps, cela va être délicat à établir.

– A quand remonte le décès selon vous ?

Sam haussa les épaules.

– A mon avis, plusieurs semaines. Je vais faire de mon mieux, mais la date exacte de la mort sera sans doute difficile à déterminer. L'autopsie et le rapport de l'entomologiste permettront peut-être d'affiner les conclusions, répondit Sam qui entreprit d'ôter sa combinaison.

L'inspecteur principal Farmer se renfrogna.

– Le docteur Owen s'est montré plus précis.

– Vraiment ? Il a bien de la chance. Je vous le dis tout net. Si vous voulez davantage de précision, c'est une voyante qu'il faut consulter, rétorqua la légiste du tac au tac.

Elle se débarrassa de la combinaison d'un coup de pied impatient, tendit le vêtement à un enquêteur qui passait par là et partit d'un pas décidé vers le portail. Harriet Farmer la regarda s'éloigner d'un œil noir.

# 2

SAM se gara en marche arrière sur son emplacement dans le parking souterrain. L'administration de l'hôpital s'était enfin décidée à installer le panneau vert foncé à lettres noires qui réservait officiellement sa place :

RÉSERVÉ

Docteur S. RYAN – PATHOLOGISTE

Un an de délai, pas trop tôt, songea-t-elle en coupant le contact. Elle fixa la barre antivol sur le volant. C'était juste du bluff ; elle en avait égaré la clé voici des mois, mais elle comptait sur l'effet dissuasif.

Sam descendit de sa Land Rover et scruta les longues allées sombres. Très mal éclairé, ce labyrinthe de béton était un lieu peu engageant, même de jour. Les recoins obscurs et les ombres irrégulières que les piliers jetaient sur le sol gris avaient un côté inquiétant. La nuit, l'endroit devenait carrément sinistre. Elle avait beau se raisonner, elle ne pouvait s'empêcher de presser le pas sur les quelques dizaines de mètres qui séparaient sa place de l'ascenseur. Elle s'était déjà plainte de l'insécurité auprès de l'administration, sans résultat. Le budget serré de l'hôpital devait satisfaire d'autres priorités. Selon certains esprits cyniques, seuls un viol ou un meurtre feraient bouger les choses. Sam se hâta donc vers l'ascenseur, tripotant d'une main nerveuse l'alarme anti-agression qu'elle gardait toujours dans la poche de son manteau, piètre concession de l'hôpital au personnel féminin qui, à son avis, ne serait d'aucune efficacité contre un agresseur déterminé.

Au quatrième étage, Sam se détendit. Elle sortit dans le couloir bien éclairé et animé. Peu avant son bureau, elle aperçut sa secrétaire, Jenny Carr, qui venait à sa rencontre d'un pas décidé, une tasse de café fumant à la main et dans l'autre, l'épais agenda marron dans lequel elle organisait les semaines toujours chargées de sa chef.

– Bonjour, docteur Ryan ! claironna-t-elle avec un accent du Norfolk à couper au couteau.

Jenny était une femme plutôt petite et bien bâtie. Les lunettes à grosse monture en équilibre sur le bout de son nez faisaient ressortir ses yeux bleus qui adoucissaient un visage un peu sec et carré. Elle s'obstinait à s'habiller avec une élégance un peu désuète qui résistait à toutes les tentatives de Sam d'y donner un coup de jeune. Jenny travaillait au Park Hospital depuis plus de vingt-cinq ans. Tout juste s'était-elle arrêtée pour donner naissance à ses deux enfants. C'était la perle des secrétaires, trop rarement estimée à sa juste valeur de l'avis de Sam qui reconnaissait volontiers que, sans son aide, elle aurait du mal à s'y retrouver. Elle prit la tasse de café et en but une gorgée.

– Merci, Jenny, fit-elle avec un sourire taquin, vous me gâtez. Un peu de caféine va me donner un coup de fouet.

Comprenant que toute protestation était inutile, Jenny soupira en dodelinant de la tête. Elle éprouvait de la sympathie pour le docteur Ryan, la première femme légiste pour laquelle elle travaillait. Elle avait même parfois tendance à la couver comme une mère poule. Les deux femmes entrèrent dans le bureau de Sam, une pièce spacieuse à l'atmosphère chaleureuse créée par une profusion de plantes et un choix judicieux de reproductions gaies et colorées aux murs. Il contrastait fortement avec le bureau gris et impersonnel de la morgue, à peu près aussi accueillant qu'une cellule de prison. Derrière le bureau, une grande baie vitrée donnait sur la plateforme de déchargement de la morgue, sur l'arrière de l'hôpital, ce qui permettait à Sam de surveiller les allées et venues.

– Comment se fait-il qu'on vous ait dérangée hier soir ? s'étonna Jenny, tandis que Sam passait derrière son bureau. Il me semblait que le docteur Stuart était de service.

– A moi aussi. Justement, répondit Sam d'une voix vaguement distraite, comme si elle avait l'esprit ailleurs, vous n'avez pas vu Trevor ce matin ?

– Non, je ne pense pas qu'il soit déjà arrivé. Sûrement encore une panne d'oreiller.

Sam contempla la pile de dossiers et de courrier non ouvert qui encombrait son bureau et la passa rapidement en revue. Rien de bien passionnant.

– Un homme d'âge mûr comme lui, je ne vois vraiment pas ce qu'elles lui trouvent, bougonna la secrétaire.

Sam releva le nez, amusée. Bien que sa secrétaire ne fût pas insensible au charme de Trevor Stuart, comme d'ailleurs la plupart des femmes de cet hôpital, elle réprouvait avec vigueur ses frasques amoureuses et ne s'en cachait pas.

– Où le corps a-t-il été découvert ? s'enquit-elle, préférant changer de sujet.

– Dans le cimetière de l'église St Mary.

– A Northwick ?

– Oui, vous connaissez ?

– C'est là que je me suis mariée.

– Vous m'en direz tant.

Jenny fit la grimace, mais devant le sourire malicieux de Sam, elle retrouva aussitôt sa bonne humeur.

– Vous avez pas mal de messages.

Sam se laissa tomber dans son fauteuil, but une gorgée de café.

– Allez-y.

Jenny ouvrit son gros agenda.

– Votre sœur a téléphoné pour vous dire que c'est aujourd'hui l'anniversaire de votre mère et qu'elle vous attend à dîner ce soir. Elle vous demande de rappeler pour confirmer l'heure.

Sam se prit la tête entre les mains.

– Mon Dieu, un an déjà...

– J'ai fait envoyer un bouquet avec une carte ce matin.

– Merci, Jenny, vous me sauvez. Comment ai-je pu oublier ?

– Pas étonnant avec votre emploi du temps. La facture est sur votre bureau. La fleuriste attend votre règlement. Je me suis dit que rien n'était trop beau pour une mère.

Sam prit la facture et écarquilla les yeux en découvrant le montant.

– Le procès Murphy aux assises s'ouvre le...

– Le procès Murphy ? Je croyais l'affaire classée.

– Il faut croire que non. Je viens de recevoir la convocation.

– A quelle cour d'assises ?

– Celle de Norwich, il me semble, répondit Jenny qui compulsa rapidement ses papiers. Oui, c'est ça.

– Qui est le défenseur ?

La secrétaire se replongea dans le dossier.

– Maître Atkinson.

– Oh non, pas lui... Ce vieux snob ne peut pas me voir. Il va me cuisiner des heures à la barre. Laissez-moi le dossier. J'ai intérêt à me préparer. Autre chose ?

– Maître Chambers, du cabinet Walter, Chambers et Pilkington, souhaiterait s'entretenir avec vous le plus vite possible au sujet de l'affaire Brown. Elle repasse en appel à la fin du mois. Il tient à s'assurer qu'il est d'accord sur les points clés de l'enquête.

– Nous en avons déjà discuté, il me semble, soupira Sam. J'en arrive parfois à oublier que je suis médecin légiste. Avec tout le temps que je passe dans les prétoires, j'aurais mieux fait de devenir avocate.

Un coup sec frappé à la porte les interrompit. Le visage souriant de Trevor Stuart s'encadra dans l'embrasure.

– Alors, à ce qu'il paraît, la nuit a été courte ?

Il s'invita dans le bureau avec son habituelle assurance. Tiré à quatre épingles dans un élégant costume, il ne paraissait pas ses quarante ans. Conscient de son pouvoir de séduction, il prenait un soin infini de son apparence, de la pointe de ses chaussures Gucci à sa coupe de cheveux impeccable. En irréductible convaincue, Jenny Carr le foudroya du regard et lui tourna carrément le dos.

– Je vous donnerai le reste de vos messages plus tard, docteur Ryan. Si on vous laisse travailler, ajouta-t-elle avec un regard appuyé à Trevor Stuart.

Elle passa devant lui en le toisant d'un air glacial.

– Bonjour, Jenny. Il ne vous resterait pas une petite goutte de votre délicieux café par hasard ? s'enquit celui-ci avec un culot qui la sidéra.

– Je vais voir, marmonna-t-elle d'un ton peu amène en tournant les talons.

– Ouf, sauvé, plaisanta Trevor Stuart dès qu'elle eut refermé la porte. La Fée Carabosse ne va pas verser du poison dans mon café au moins ?

– Te connaissant, ce qu'elle risque d'y verser, c'est une bonne dose de bromure. Tu es venu t'excuser pour hier soir ?

Tout sourire, Trevor s'assit sans invitation sur le bord du bureau de Sam.

– Désolé, Sam. J'ai passé la soirée chez une amie et mon bip m'a lâché. (Il détacha l'appareil de sa ceinture et l'agita sans conviction.) De la camelote japonaise.

Sam demeura de marbre.

– Je croyais que c'était ton odorat qui faiblissait, pas ton ouïe.

– Je m'occupe de l'autopsie, si tu veux. Ça te permettra de boucler les dossiers en retard.

– Non, ça va aller, Trevor. Je me garde l'autopsie et à toi la paperasse. A charge de revanche, ajouta-t-elle avec un clin d'œil.

Trevor hocha la tête à contrecœur.

– C'est de bonne guerre. Où l'a-t-on trouvé ?

– Dans le cimetière de l'église St Mary, à Northwick.

– Un cadavre dans un cimetière ? Très original. Il s'agit d'une mort naturelle ?

– Vu le garrot qui lui enserrait le cou, ça m'étonnerait, ironisa Sam. Le décès remonte à quelques semaines.

– Des pistes ?

– Pas grand-chose. Le corps était nu. Aucune trace des vêtements. Aucun moyen d'identification. Nous ignorons absolument tout de la victime.

– Pas de cicatrices, de tatouages ?

Sam secoua la tête.

– Rien de visible. Il faudra attendre de le laver. Mais il y avait une incision étrange sur l'abdomen. Une sorte de croix à l'envers.

– Un homme nu dans un cimetière avec une croix gravée dans la chair... Ça sent le crime de tordu à plein nez. A quelle heure a lieu l'autopsie ?

– A dix heures.

– Tu ferais mieux de t'activer. Il est déjà dix heures cinq.

Sam regarda sa montre et bondit de son fauteuil.

– Bon sang !

Sur le seuil, elle se retourna vers son collègue. Celui-ci feuilletait négligemment sa correspondance.

– N'oublie pas les dossiers en retard.

– Pas de problème, répondit Trevor en levant les mains d'un geste rassurant qui ne convainquit pas Sam.

– Gare à toi s'il en reste un seul, compris ?

– Aïe aïe aïe, ironisa Trevor qui se prit l'aine à deux mains avec une grimace de douleur.

Sam leva les yeux au ciel d'un air navré et claqua la porte.

La morgue était située au sous-sol de l'hôpital. Par l'ascenseur, elle y serait en moins de cinq minutes. Ce matin-là, comme par un fait exprès, il ne voulait pas venir. Sam enfonça le bouton à plusieurs reprises d'un geste impatient. En vain. L'ascenseur semblait bloqué au sixième étage. Elle dut se résoudre à prendre l'escalier, ce qui rallongeait son trajet de quelques couloirs. Au fur et à mesure qu'elle dévalait les marches, l'odeur habituelle de la morgue monta à ses narines. L'administration n'avait pourtant pas lésiné sur les moyens, mais en dépit du système de ventilation très perfectionné, les relents pénétrants des corps en décomposition remontaient invariablement jusqu'au rez-de-chaussée.

Sam arriva avec un quart d'heure de retard. Enervée, elle passa en hâte une blouse de chirurgie verte et un tablier, se désinfecta les mains et enfila une paire de gants en latex. Puis elle pénétra dans la salle d'autopsie, brillamment éclairée par de puissants néons qui se reflétaient sur le carrelage mural immaculé. La galerie des visiteurs connaissait une affluence inhabituelle. Au milieu des enquêteurs et représentants de la loi, elle remarqua maître Palmer, du bureau du coroner, ainsi que les inspecteurs Farmer et Adams. Harriet Farmer consulta ostensiblement sa montre d'un air désapprobateur. Sam l'ignora et se tourna vers son assistant.

– Tout est prêt, Fred ?

Fred Dale travaillait à ses côtés depuis sa nomination au Park Hospital et elle lui accordait son entière confiance. D'une efficacité et d'une loyauté à toute épreuve, il anticipait toujours le moindre de ses gestes à chacune des autopsies qu'ils pratiquaient ensemble.

C'était une armoire à glace d'un mètre quatre-vingt-dix, avec un visage rond et jovial qui respirait la gentillesse. Invariablement de bonne humeur, il possédait un sens de l'humour décapant propre à alléger l'atmosphère lors de situations poignantes qui, bien sûr, ne manquaient pas. Il paraissait plus âgé que ses trente-six ans. Ancien caporal-chef au sein des Royal Green Jackets, il avait été grièvement blessé à la jambe lors d'une émeute à Belfast qui avait coûté la vie à plusieurs de ses compagnons d'arme. Une claudication légère, mais définitive, avait mis prématurément fin à sa carrière militaire. Après avoir quelque temps galéré de petit boulot en petit boulot, il avait fini par se faire embaucher à l'institut médico-légal du Park Hospital. Il semblait avoir trouvé une sérénité peu commune à travailler au milieu des morts et Sam avait toujours été frappée par la douceur, la révérence même, avec laquelle ce grand gaillard s'occupait des corps qu'ils étaient chargés d'autopsier.

Elle s'approcha de la longue enveloppe de plastique noir qui attendait sur la table en inox. Elle hocha la tête et Fred ouvrit la fermeture à glissière, révélant le corps nu et noirci retrouvé à St Mary. Vu le stade avancé de la décomposition, l'autopsie s'annonçait délicate et les indices physiologiques ne seraient pas aisés à recueillir. Le photographe commença une première série de clichés, puis le technicien fit rouler avec précaution la dépouille sur le flanc et Sam ôta l'enveloppe qui fut pliée et rangée dans un sac à pièce à conviction. Ensuite, ce fut au tour du radiologue qui procéda à la radiographie des restes pour rechercher les fractures, corps étrangers ou blessures passés inaperçus à l'œil nu.

Puis, Fred plaça un bloc de bois incurvé sous la tête et ôta les sacs de plastique noir qui protégeaient les pieds et la main encore présente. Il sortit l'autre du sac posé près du cadavre et la positionna avec précaution au bout du bras mutilé.

Sam put alors débuter l'examen externe, donnant ses commentaires à voix haute. Sa concentration était totale.

– Le corps est celui d'un individu de sexe masculin d'une vingtaine d'années, bien constitué et bien nourri. Les cheveux sont blonds, visiblement décolorés. Les racines sont brunes ou châtain foncé.

Sam lut la fiche de renseignements fixée à un tableau au bout de la table.

– La victime mesure un mètre soixante-treize et pèse soixante-dix kilos. La dépouille est dans un état de décomposition avancée due à un séjour prolongé à l'extérieur. L'œil droit manque. L'infestation par les vers est importante. Je procède à un prélèvement complémentaire pour l'entomologiste.

– Dommage que je n'aime pas la pêche, j'aurais eu des stocks pour un moment, lui murmura son assistant en lui tendant un petit tube à essai.

Sam le réprimanda du regard. Sans se démonter, Fred reprit le tube avec un sourire amusé et l'étiqueta. Elle souleva le bras droit.

– Le bras droit porte un tatouage rudimentaire, vraisemblablement tracé par la victime elle-même. Fred, nettoyez cette zone, voulez-vous.

Il lava rapidement le bras à l'aide d'une petite éponge plongée dans l'eau chaude, afin de préserver les sécrétions et empreintes éventuelles laissées sur le corps. Puis il passa un mètre à ruban à Sam.

– Le tatouage mesure six centimètres de long et se compose de sept lettres. F.R.A.N.C.E.S., épela-t-elle. Pourrions-nous avoir une photo du prénom, s'il vous plaît ?

Elle soutint le bras, tandis que le photographe prenait plusieurs clichés. Elle examina ensuite le reste du corps à la recherche d'autres marques ou blessures susceptibles de faciliter l'identification. Elle n'en trouva aucune.

– Un fin cordonnet de nylon tressé enserre fortement le cou de la victime sur 360 degrés. Il est glissé dans un tube de métal creux qui pend sur la gauche du cou. Il est probable qu'une torsion répétée exercée sur ce tube soit à l'origine du décès par garrottage. Les examens ultérieurs permettront de l'établir avec certitude.

Fred prit des ciseaux de chirurgie sur le chariot d'acier placé près de la table et les tendit à Sam qui sectionna le cordonnet en évitant la proximité immédiate du tube. Elle dégagea délicatement le nylon qui mordait dans la chair du cou. Un lambeau s'en détacha. Le tout fut récupéré dans un autre sachet à indices. Sam préleva ensuite des échantillons de muqueuses buccales et nasales à l'aide d'écouvillons. Le mauvais état du nez, en partie rongé et décomposé, ne facilita pas le prélèvement dans les fosses nasales. Elle poursuivit son examen méthodique.

– Je constate des blessures superficielles et inhabituelles sur le torse et l'abdomen. Il s'agit de deux incisions linéaires. L'une, verticale, part de la base du cou et va jusqu'à la région supra-pubienne. L'autre traverse horizontalement l'abdomen de part en part. L'ensemble forme une croix à l'envers.

Fred lui redonna le mètre à ruban.

– L'incision verticale mesure quarante-deux centimètres. L'incision horizontale, vingt-huit centimètres.

Sam rendit le mètre à Fred qui lui tendit un scalpel de l'autre main. D'un geste précis et assuré, elle ouvrit les deux incisions.

– Les plaies sont régulières et semblent avoir été occasionnées par un objet très tranchant. Elles sont superficielles. Je vais passer à l'examen du dos.

Fred fit pivoter doucement le corps sur le flanc.

– Je ne remarque aucune blessure apparente, conclut Sam après un examen attentif.

Elle adressa un hochement de tête à son assistant qui replaça le corps dans sa position initiale.

– Je passe à l'examen interne.

D'un coup de scalpel assuré, elle pratiqua une incision en Y sur le torse et l'abdomen.

*

* *

Frances examina son reflet dans le miroir. L'hématome jaunissant qui cerclait son œil gauche s'était atténué. Une bonne couche d'anticernes et il n'y paraîtrait plus. C'était la première fois que Sebastian la frappait. Elle était tombée des nues. Il avait eu beau s'excuser, elle n'était pas près de lui pardonner. Que cette ordure ose encore porter la main sur elle...

Elle avait bien essayé de le quitter. Un mois déjà. Le fiasco total. Mark n'était jamais venu et elle avait fini par se lasser d'attendre. Près du monument aux morts, non loin de la place de la gare, un bruit de moteur l'avait alertée. Mark, enfin ! Oubliant sa colère, elle avait lâché ses valises et fait de grands signes. La voiture s'était arrêtée à sa hauteur. Aveuglée par les phares, elle avait adressé un sourire radieux au pare-brise.

– Tu aurais pu te presser, avait-elle bougonné en entendant le déclic de la portière. Pour un peu, j'ai cru que tu ne viendrais jamais.

– Je serais venu plus vite, si j'avais été au courant.

Frances s'était pétrifiée. Ce n'était pas la voix de Mark. Affolée, elle avait reconnu la silhouette élancée de Sebastian émerger du faisceau des phares. Il s'était planté devant elle.

– Tu t'es vite remise, on dirait. Quand je t'ai laissée, tu étais à l'article de la mort. Et regarde-toi maintenant : ma petite chérie est à nouveau en pleine forme. Deux aspirines et ça repart ! Dingue, non ?

Frances l'avait regardé sans un mot, sans un geste. Il lui avait empoigné le visage d'une main, pressant ses joues contre ses dents entre sa large paume jusqu'à lui arracher un cri de douleur.

– Alors, ton petit copain t'a posé un lapin ?

Frances était tétanisée.

– Tu crois vraiment au Père Noël, pauvre niaise. James en a rien à faire de toi. Ce mec, y a que le fric qui l'intéresse. Maintenant qu'il a mis la main sur mon blé, t'es pas près de le revoir. Vous vous êtes bien foutus de ma gueule, tous les deux.

Le coup était parti sans retenue. Sebastian lui avait cinglé le visage à la volée du dos de la main. Elle était tombée à la renverse sur la chaussée. Sa tête avait heurté le macadam. Le lendemain matin, elle s'était réveillée chez Sebastian. Dans son lit.

C'était à n'y rien comprendre. Depuis cette nuit-là, il n'avait plus jamais reparlé de Mark ou de l'argent. Une chose était sûre : Mark avait réussi son coup. Le barman de la boîte lui avait confié des détails. Mais depuis, personne ne l'avait revu. Sûrement en train de se la couler douce sur la Riviera, se dit-elle avec amertume. Comment avait-il pu la laisser tomber et se barrer avec l'argent ? Lui qui prétendait l'aimer... Elle aurait juré qu'il était prêt à tout pour elle. Elle s'était trompée sur toute la ligne. Comme avec Sebastian.

Cet argent leur appartenait, à elle et au bébé. Sebastian ne voulait pas d'enfant. Il le lui avait assez répété. Quant à une pension alimentaire, mieux valait ne pas y compter. Aussi avait-elle décidé de prendre l'argent là où il se trouvait. Dans le coffre de Sebastian à la discothèque. L'avenir de son enfant en dépendait. Elle avait demandé de l'aide à Mark. Il n'avait pas hésité une seconde.

Depuis, elle était coincée avec Sebastian. Quelle alternative avait-elle ? Le foyer pour femmes en détresse était si sordide qu'elle ne pouvait s'imaginer y élever son enfant. Quant à son père, quelle serait sa réaction s'il la voyait débarquer sur le pas de sa porte avec un gros ventre ? Il était peu probable qu'il l'accueille à bras ouverts. Comment lui en vouloir après avoir quitté la maison avec pertes et fracas deux ans plus tôt ? Si lui aussi la rejetait, surtout après la trahison de Mark, ce serait le coup de grâce.

Depuis le fameux soir, l'attitude de Sebastian à son égard était irréprochable, même s'il lui avait fait clairement comprendre qu'à la moindre entourloupe, elle le regretterait amèrement, ce dont elle ne doutait pas un seul instant. Elle baissa les yeux sur son ventre qui tendait le tissu de sa robe de soirée moulante. La situation n'allait pas tarder à devenir intenable.

– Magne-toi, Fran, on y va ! brailla Sebastian au pied de l'escalier.

Frances prit son sac posé sur le lit et descendit les marches à contrecœur.

*

* *

Sam cliqua sur impression et l'imprimante se mit à bourdonner. La police réclamait son rapport d'urgence. Un agent était en route pour venir le chercher. D'un air songeur, elle regarda la feuille de papier sortir de la machine. Elle avait lu et relu ses conclusions et pourtant, elle avait le sentiment qu'un détail capital lui avait échappé. Alors qu'elle mordait dans le sandwich au thon de son déjeuner, une voix derrière elle l'arracha à ses pensées.

– Déjà fini ?

– Quel honneur de voir ta tête deux fois dans la même journée, Trevor, dit-elle sans se retourner.

Elle fit pivoter son fauteuil.

– Que puis-je faire pour toi ?

– Je suis juste passé voir comment avançait la nouvelle affaire.

Sam se repencha sur son clavier.

– Encore quelques zones d'ombre à éclaircir, si j'arrive à travailler tranquille.

Trevor ignora l'allusion et lorgna vers la deuxième moitié du sandwich au pain de mie posée à côté de l'ordinateur.

– Tu ne veux plus de ton sandwich ? Je meurs de faim. J'ai sauté le petit déjeuner.

Elle le regarda en silence. Ce type ne doutait vraiment de rien.

– Vas-y, ne te gêne surtout pas. Il faudrait peut-être songer à te trouver quelqu'un qui sache cuisiner.

Trevor prit le sandwich et y mordit à belles dents.

– A ce qu'il paraît, tu es un véritable cordon-bleu.

– Et toi, un incorrigible baratineur, rétorqua-t-elle en riant.

– La victime a-t-elle été identifiée ?

– Pas encore. Toujours aucune trace des vêtements et il n'y a plus assez de peau sur les doigts pour permettre un relevé d'empreintes.

– L'odontologue est passé ?

– Non, je l'attends. Mais sans l'identité de la victime, il ne faut pas trop espérer de ce côté-là.

Elle sortit les clichés du dossier et les tendit à son collègue.

– Qu'en dis-tu ?

– Tu as déjà les photos ? s'exclama-t-il en posant son sandwich. Tu as la cote, dis donc !

Le retrait des clichés d'autopsie était un des sujets de plaisanterie favoris entre les pathologistes de l'hôpital. Il faut dire que les dossiers leur parvenaient souvent avec du retard, quand ils ne s'égaraient pas mystérieusement en route. Trevor les examina avec détachement.

– Corps d'un homme jeune. Vu son état, le décès remonte à plusieurs semaines.

Il lâcha les photos sur le bureau et mordit avec appétit dans son sandwich.

– Il n'y a rien qui te frappe ? Tiens, regarde un peu celle-là.

Il prit le cliché et la loupe qu'elle lui tendait. Il s'agissait d'un gros plan du torse.

– C'est vrai que ça ressemble à une croix.

– Ressemble ? Tu rigoles ? Que veux-tu que ce soit d'autre ? Tu peux toujours courir pour que je t'offre encore un sandwich !

– Ce ne sont pas les explications plausibles qui manquent.

Sam commençait à perdre patience.

– Ah oui ? Lesquelles ?

– Il peut s'agir de sévices précédant l'assassinat, ou bien de blessures de défense...

– Sur l'estomac et d'une telle régularité, ce serait nouveau !

Trevor haussa les épaules.

– On a peut-être affaire à un tueur en série qui veut qu'on le reconnaisse. Ce serait sa signature en quelque sorte. Aux Etats-Unis, c'est monnaie courante.

– J'ai consulté l'ordinateur. Les fichiers ne contiennent aucun cas similaire.

– Cela ne veut pas dire qu'il n'y en aura pas d'autres. Tout ceci est très préoccupant.

Sam hocha la tête d'un air soucieux.

– La forme de la blessure me dit qu'il s'agit d'un élément lié à une sorte de rite occulte.

Trevor l'observa un instant en silence. S'il y avait deux qualités auxquelles il avait appris à se fier chez Sam, c'étaient son jugement et son intuition.

– Je peux jeter un coup d'œil au corps ?

Les deux pathologistes se rendirent à la morgue. Le docteur Clive Gilbert, l'odontologue du service, était occupé à radiographier le crâne du cadavre inconnu. Fred attendait à la porte.

Bien qu'elle ne fût pas utilisée systématiquement, la radiographie dentaire postmortem qui révélait la structure des racines et la configuration unique des sinus était l'une des techniques d'identification les plus fiables, mais comme les empreintes digitales, elle se fondait sur une comparaison avec des données existantes. Une fois son travail terminé, le docteur Gilbert se retira sans un mot. Au début, l'attitude très renfermée de l'odontologue avait quelque peu dérouté Sam, mais elle avait très vite reconnu sa valeur et c'était tout ce qui lui importait. Fred rangea l'équipement, tandis que Sam et Trevor s'approchaient de la table. Sam souleva le drap.

– Très étrange, en effet, commenta Trevor qui examina les blessures de plus près. Il s'agit sans aucun doute d'incisions intentionnelles. Chacune a été pratiquée d'un seul geste. C'est vrai que ça ressemble à une croix, mais de là à conclure à un rite de magie noire... Comme je le disais, il peut s'agir de sévices ou bien d'une mise en garde entre gangs ou dealers.

– A mon avis, nous n'avons pas affaire ici à une simple cravate colombienne. Ça va beaucoup plus loin que ça. Une croix à l'envers, un cimetière à minuit...

– Quoi qu'il en soit, cette affaire sent le crime de tordu. Tu as déjà parlé de ton hypothèse à Farmer ?

– Je l'évoque dans mon rapport, mais je doute qu'elle me prenne au sérieux.

– Ça, c'est sûr.

Trevor réfléchit un instant.

– Je connais quelqu'un qui pourrait peut-être t'aider. Il s'appelle Simon Clarke. Il est docteur en psychologie. Nous avons fait nos études ensemble à St Steven's. Je l'ai rencontré récemment lors d'un dîner. C'est un spécialiste des crimes en série, surtout ceux à caractère occulte.

– Tu crois qu'il acceptera de me recevoir ?

– Bien sûr. Cette histoire va le passionner. Je vais t'arranger un rendez-vous.

– Docteur Ryan ?

Sam reconnut la voix de sa secrétaire de l'autre côté de la porte.

– Un policier vient d'arriver. Il attend votre rapport.

– Il est prêt. Entrez, je vais vous le donner.

– Sans façon, l'odeur me suffit, s'empressa de répondre la secrétaire qui se refusait obstinément à franchir le seuil des salles d'autopsie. Je remonte lui dire que vous arrivez.

Sam et Trevor échangèrent un regard amusé.

*

* *

Telle une institutrice devant sa classe, Harriet Farmer balaya d'un regard sévère les journalistes venus assister à la conférence de presse. L'assistance nombreuse l'étonna. Plusieurs journaux nationaux étaient même présents. Pour un crime local, c'était rare. Elle méprisait les journalistes et s'en méfiait comme de la peste. Pourtant, ils avaient parfois leur utilité. Comme aujourd'hui. La découverte du cadavre remontait à une semaine jour pour jour et l'enquête n'avait pas progressé d'un pouce. Le fichier des personnes portées disparues avait été épluché sans résultat. Cette conférence de presse était leur dernière chance.

Harriet Farmer jeta un coup d'œil au portrait-robot numérisé obtenu à partir du visage du cadavre et s'émerveilla de son réalisme. Quel progrès par rapport à l'ancienne technique... Après un regard à Adams, assis à sa droite, elle se leva.

– Mesdames et messieurs, votre attention, s'il vous plaît...

L'autorité de sa voix fit taire les bavardages. Tous les regards convergèrent vers l'estrade.

– Tout d'abord merci de votre présence. Je suis l'inspecteur principal Farmer et voici mon adjoint, l'inspecteur Adams.

Celui-ci salua d'un hochement de tête.

– Comme la plupart d'entre vous le savez déjà, le corps d'un homme a été découvert dans le cimetière de l'église St Mary à Northwick voici maintenant une semaine. Du fait d'un séjour prolongé à l'extérieur pendant plusieurs semaines et de l'absence de vêtements ou de tout autre moyen d'identification, nous n'avons pas été jusqu'à présent en mesure de mettre un nom sur la victime, en dépit d'investigations poussées. Tout ce que nous pouvons dire, c'est qu'il s'agit d'un homme de race blanche, âgé d'une vingtaine d'années. Il mesure 1 mètre 73 et pèse 70 kilos. Ses cheveux étaient décolorés en blond. Sa couleur naturelle est châtain foncé. La piste majeure qui pourrait permettre son identification est un tatouage sur son avant-bras droit. Il s'agit d'un prénom en lettres capitales à l'encre bleue : Frances.

Un journaliste se leva d'un bond.

– Peter Bushby, du *Sun*. Est-il vrai, inspecteur, que le meurtre de ce jeune homme soit lié à des pratiques occultes ?

Une jeune femme se leva à son tour.

– Claire Hargreaves, du *Cambridge Evening News*. Des incisions rituelles auraient été pratiquées sur le torse de la victime. Qu'avez-vous à déclarer à ce sujet ?

Farmer sentait l'agacement la gagner.

– Un certain nombre de blessures ont été relevées sur le corps. Leur caractère rituel, comme vous dites, n'a pas jusqu'à présent été établi.

– Helen Blackmore, du *Daily Mirror*, intervint une autre journaliste à droite de la salle. Si vous niez la magie noire, comment expliquez-vous la présence d'un coq mort et de quatre cierges noirs ?

– Autant que je sache, il n'y avait...

– Confirmez-vous qu'il existe bel et bien un lien avec la magie noire ?

Les questions fusèrent de tous côtés.

– Nous n'avons rien de plus à ajouter pour l'instant, s'époumona l'inspecteur Adams qui avait toutes les peines du monde à se faire entendre dans le brouhaha. Un dossier de presse va vous être remis. Il contient toutes les informations concernant la victime non identifiée. Merci.

Les deux policiers quittèrent la salle sous un torrent de questions. Harriet Farmer fulminait.

– Où sont-ils allés pêcher tous ces détails ?

– La plupart étaient faux, tenta de la calmer Adams.

– Pas tous. Comment sont-ils au courant pour les incisions ?

– La fuite peut venir de n'importe qui. La moitié de la brigade trinque au pub avec les journalistes locaux.

– C'est sûrement cette maudite pathologiste avec ses hypothèses tirées par les cheveux.

– Je n'imagine pas le docteur Ryan de connivence avec la presse. Elle a trop de conscience professionnelle.

Harriet Farmer dévisagea son collègue avec étonnement. Depuis quand défendait-il quelqu'un qu'il connaissait à peine ?

– Eh bien, trouvez-moi le coupable. Et vite !

*

* *

Frances regarda le réveil sur la table de nuit. Dix heures vingt. Elle n'avait plus envie de dormir. D'habitude, ils ne se levaient pas avant deux heures de l'après-midi. Ils avaient quitté le club à trois heures du matin et, à peine couchés, Sebastian avait tenu à lui prouver sa virilité. Elle n'avait pas osé se refuser à lui de crainte qu'il ne se doute de quelque chose. Combien de temps encore allait-elle pouvoir lui cacher la vérité ? Jusqu'à présent, la chance avait été de son côté : les nausées la prenaient toujours tôt le matin, quand Sebastian dormait encore. Mais il lui avait déjà fait une remarque sur son ventre, insistant pour qu'elle suive un régime, et tenait à la traîner à son club de gym pour qu'elle retrouve la ligne. Elle ne tiendrait plus longtemps. Comment allait-il réagir ? Tout ce qu'elle savait, c'est qu'il ne sauterait pas de joie, loin de là. Elle s'assit au bord du lit, enfila un court peignoir en satin sur son corps nu et se rendit à la cuisine d'un pas traînant.

Elle prit la bouilloire et la remplit au robinet tout en allumant la radio posée sur le bord de la fenêtre. Pendant que l'eau chauffait, elle examina son visage dans le miroir de la cuisine. Le bleu avait presque disparu. Elle frissonna. C'était un miracle que Sebastian ne lui ait pas fracturé la mâchoire. La bouilloire se mit à siffler. Frances prit la bouteille de lait dans le réfrigérateur. Le bulletin d'information de la demie commença :

*Ce matin, la police a lancé un appel à toute personne qui permettrait d'aider à identifier le corps découvert dans le cimetière de l'église St Mary, à Northwick, la semaine dernière. Le cadavre est celui d'un jeune homme blanc d'une vingtaine d'années...*

Elle écouta le reportage d'une oreille distraite.

*... porte un prénom tatoué sur l'avant-bras droit : Frances...*

Sous le choc, elle dut s'agripper au bord de l'évier pour ne pas tomber. La bouteille de lait lui glissa de la main et se brisa sur le carrelage, répandant des débris de verre aux quatre coins de la cuisine dans une mare de lait. Elle vit des étoiles et fut secouée d'une violente nausée, quand elle comprit avec horreur pourquoi Mark n'était pas au rendez-vous cette nuit-là. Sebastian l'avait assassiné !

– Fran, c'est quoi ce boucan dans la cuisine ? fit une voix ensommeillée dans la chambre.

L'instinct de survie prit le dessus. Frances courut dans le vestibule, prit les clés de la voiture et s'enfuit de la maison, obsédée par une seule idée : échapper au monstre dont elle avait partagé le lit. Pour elle. Pour son enfant à naître.

Toujours couché, Sebastian Bird appela à nouveau. Pas de réponse. Le vrombissement furieux de sa Porsche le fit bondir du lit. Il se précipita à la cuisine. Ses pieds nus foulèrent le carrelage. Il poussa un hurlement. Des débris de verre s'étaient fichés dans la plante de ses pieds. Grimaçant de douleur, il tituba jusqu'à la porte d'entrée grande ouverte. Il eut juste le temps de voir Frances au volant de sa voiture de sport. Elle malmena le boîtier de vitesses et la Porsche s'élança dans l'allée. Sebastian Bird la regarda tourner dans la rue, puis se laissa glisser sur le plancher et s'efforça d'ôter les gros morceaux de verre de ses plantes de pied ensanglantées.

Frances n'avait pas l'habitude de la Porsche, trop compliquée et trop puissante. Rien à voir avec la vieille Ford Escort que Sebastian lui avait refilée et qui passait plus de temps au garage que sur la route. Les yeux rougis et gonflés de larmes, elle avait toutes les peines du monde à distinguer la route devant elle. Dans son peignoir de satin, elle était transie. Horrifiée par ce qu'elle venait d'apprendre, elle était secouée de tremblements incontrôlables. Mark était mort. Par sa faute. Comment avait-elle pu jouer ainsi avec ses sentiments ? Mark l'aimait et elle s'était servie de lui comme un chien qu'on peut siffler à sa guise. Il méritait mieux que ça. Jamais elle ne se pardonnerait son égoïsme.

Elle freina brutalement à un feu rouge et se mit au point mort. Le feu passa aussitôt au vert. Elle voulut enclencher la première, le pied crispé sur la pédale d'embrayage, mais le levier refusa de bouger. Plusieurs conducteurs derrière elle klaxonnèrent avec impatience, lui faisant signe d'avancer ou de se ranger. Frances parvint enfin à passer la première. La Porsche avança dans un cahot au milieu du carrefour et cala. Le feu repassa au rouge. De part et d'autre, les voitures s'engagèrent sur le carrefour. Frances s'acharna sur le démarreur, mais dans la panique, elle noya le carburateur et, malgré ses efforts, le moteur refusa de repartir. Affolée par les coups de klaxon et les huées des conducteurs, elle éclata en sanglots sur le volant.

*

* *

Sur l'estrade au fond de l'amphithéâtre, Sam parcourut du regard les visages attentifs de ses étudiants. Combien d'entre eux deviendraient un jour médecins légistes ? Sans doute une infime minorité. La plupart de ces enfants de la génération Thatcher étaient davantage attirés par les honneurs et les comptes en banque bien garnis que promettaient certaines spécialités bien plus en vogue que la médecine légale. Elle adressa un signe de tête à un étudiant du fond qui actionna l'interrupteur. La salle fut plongée dans le noir. Sam appuya sur la télécommande et se tourna vers l'écran sur lequel était projetée la photo d'un salon spacieux. La dépouille d'un homme était affaissée sur le canapé. Le côté gauche de sa tête avait été arraché. Un magma de cervelle, d'os broyés et de chair avait été projeté contre le mur derrière lui. Le cadavre penchait légèrement sur la droite et ce qui restait de son cerveau coulait de sa boîte crânienne. Le côté droit de son visage, intact, arborait une expression de choc et de surprise. C'était un spectacle terrifiant.

– Question du jour : s'agit-il d'un crime ?

Elle dirigea le petit faisceau rouge de sa télécommande sur la tête de la victime.

– Nous constatons ici d'importantes lésions crâniennes. Quelqu'un a-t-il une idée de leur origine ?

Il y eut un moment de silence, puis une voix jaillit de l'obscurité.

– Blessure par arme à feu ?

– Bien. Quel genre d'arme ?

– Vu la violence de l'impact, un fusil de chasse, répondit la même voix.

– Oui, très bien. Quelqu'un remarque-t-il la présence d'un fusil ?

L'amphithéâtre demeura silencieux.

– Pas de fusil. Qu'en concluez-vous ?

– Qu'il s'agit d'un meurtre ? suggéra quelqu'un d'autre.

– Etudions cette hypothèse de plus près.

Sam appuya sur la télécommande et une autre diapositive apparut. Toujours le même salon, sous un autre angle. Un fusil de chasse à deux coups était appuyé contre le mur près de la porte. Elle pointa la lumière rouge sur l'arme.

– Voici donc l'arme du « crime ». Un Purdy à deux coups. Il se trouve à environ trois mètres du corps. Ceci semble justifier l'hypothèse du meurtre. Et ce fut en effet la conclusion de la police qui a enquêté au moins trois semaines en ce sens. Un suspect a même été arrêté. Or, il ne s'agissait pas d'un meurtre... mais d'un suicide.

Des murmures d'étonnement montèrent de l'obscurité.

– Quelqu'un a-t-il une idée du *modus operandi* ?

– L'homme s'est tiré une balle dans la tête et a titubé en arrière jusqu'au canapé ?

– Après avoir soigneusement posé l'arme près de la porte ? Et vous oubliez les projections sur le mur.

Sam appuya à nouveau sur le bouton de la télécommande. Cette fois, le visage souriant d'un policier en uniforme apparut sur l'écran.

– Cet homme est à la retraite maintenant. Sans doute le meilleur service qu'il ait rendu à la police. Il s'agit de John Munrow, ancien inspecteur principal du secteur A où le décès a eu lieu. Peu après la découverte du corps, Munrow arrive sur les lieux. Il ouvre la porte du salon, ordonnant au jeune agent en faction à l'entrée de ne pas noter son passage sur le registre sous le prétexte qu'il ne fait qu'entrer et sortir. Peu désireux de se retrouver muté au fin fond du Cambridgeshire, le policier juge plus prudent de garder le silence. Munrow, un mordu d'armes à feu, entre donc dans la pièce et aperçoit le fusil qui, soit dit en passant, se trouve toujours entre les mains du mort. Sans se poser de question, il prend l'arme et l'examine de plus près. Après avoir satisfait sa curiosité et reconnu un magnifique Purdy, il quitte la pièce et pose délicatement l'arme contre le mur près de la porte pour éviter qu'il ne soit endommagé.

Des murmures de désapprobation montèrent de l'assistance. Sam actionna à nouveau la télécommande et un gros plan d'un pouce de la victime apparut sur l'écran.

– Ce qui a éveillé les soupçons du médecin légiste dans cette affaire, c'est la position du pouce droit. Comme vous le voyez, elle n'est pas naturelle. Le doigt est tordu comme on s'y attend dans un cas de suicide par arme à feu. Le légiste l'a signalé dans son rapport et d'autres investigations ont été menées. Trois semaines après la découverte du corps, l'agent a dévoilé la vérité et le scandale a éclaté au grand jour. Munrow a été mis à la retraite anticipée pour raisons de santé quelques mois plus tard.

Sam dirigea le faisceau de sa télécommande vers le fond de l'amphithéâtre et un des étudiants ralluma la lumière.

– Que nous enseigne cette triste affaire sur la profession de légiste ? continua Sam qui balaya son auditoire du regard.

– De ne jamais prendre l'évidence pour argent comptant, répondit un étudiant.

– Bien. Mais encore ?

Les visages demeurèrent vides.

– Quel que soit le niveau de sophistication des méthodes scientifiques d'investigation, l'éventualité d'une erreur humaine est toujours à prendre en compte. Dans tous les cas de figure, souvenez-vous...

– Qu'il ne faut jamais dire jamais ! terminèrent en chœur les étudiants.

Sam sourit.

– Exactement.

*

* *

Avec un immense soulagement, Frances leva les yeux vers l'imposante demeure victorienne. Elle avait bien cru ne jamais arriver. Mais la vue d'une jolie jeune fille en détresse – et légèrement vêtue – avait suscité chez de nombreux conducteurs une vocation spontanée de chevalier servant. Grâce à leur aide, elle était enfin parvenue à rallier tant bien que mal sa destination. Elle contempla la façade avec émotion. C'était entre ces murs rassurants qu'elle avait grandi, choyée par ses parents.

Une époque de bonheur à jamais révolue. La dernière dispute qu'elle avait eue avec son père lui revint en mémoire comme si c'était hier. Elle avait fait preuve d'une bêtise et d'un égoïsme immatures. Elle s'était défoulée sur lui, lui avait hurlé d'arrêter de l'étouffer, de la traiter comme une gamine. En quittant la maison à dix-sept ans, elle avait eu conscience de lui briser le cœur. Et pourtant, elle n'était pas revenue. Elle avait fait souffrir tous ceux qui l'aimaient. Maintenant, elle ne demandait qu'à rentrer à la maison. Mais comment y serait-elle accueillie ?

Soudain, on frappa à la vitre de sa portière. Frances sursauta. Elle reconnut le visage familier de son père : ses traits marqués et son front haut qui s'était encore dégarni. Il ouvrit la portière. Pétrifiée sur son siège, elle se contenta de le regarder, tel un enfant pris en faute qui redoute la punition. Puis, d'un seul coup, la digue se rompit et elle se jeta au cou de son père, secouée de sanglots.

– Oh, papa ! J'ai des ennuis ! Des ennuis terribles !

Sans un mot, son père lui caressa le dos en un geste de réconfort. Puis il prit sa fille dans ses bras avec tendresse et lui fit franchir le seuil de la maison. Du bout du pied, il referma doucement la porte derrière lui.

# 3

Il gara sa voiture à bonne distance de l'entrée de la grande bâtisse à double façade. Il avait jugé préférable de rester en retrait, tout en ayant une vue d'ensemble de la rue. D'une prudence extrême, il surveillait la maison depuis un quart d'heure. Malgré l'heure très matinale, la rue commençait à s'animer et quelques passants se hâtaient déjà sur les trottoirs, le col relevé pour se protéger de la pluie et du froid. Soudain, il entendit le ronron électrique d'une voiture de laitier. L'engin tourna au coin de la rue dans un tintement de bouteilles. Quand la voiture parvint à sa hauteur, il se baissa sur son siège. Trop occupé avec ses livraisons, le laitier ne le remarqua pas.

Il s'emmitoufla dans une grande écharpe et s'assura que son chapeau baissé sur son front masquait son visage et ses cheveux, puis il prit la grande enveloppe de papier kraft posée sur le siège du passager, ouvrit la portière et se dirigea vers la maison. Malgré ses vêtements chauds, le froid vif le fit frissonner. C'était pourtant le temps idéal. Avec une météo plus clémente, sa tenue aurait sans doute attiré l'attention. Mais par un matin aussi glacial, il n'était qu'un passant frigorifié parmi d'autres sur le chemin du travail. Il parvint vite au portail et s'engagea dans l'allée pavée qui menait à l'entrée principale. Par bonheur, un grand porche protégeait la porte des intempéries. L'enveloppe était trop épaisse pour entrer dans la fente de la boîte aux lettres. Il la glissa donc sous le paillasson. Satisfait, il rebroussa chemin et regagna sa voiture. Il ne lui avait fallu que quelques minutes. Par chance, il n'avait rencontré âme qui vive. Par chance ? Pas tout à fait... C'est un signe de la volonté divine, pensa-t-il avec ferveur. Dieu était à ses côtés. Il le guidait avec son infinie bienveillance dans l'accomplissement de la mission sacrée qu'il s'était assignée.

*
* *

Sœur Veronica dirigeait depuis trois ans le foyer Notre-Dame pour mères célibataires démunies. Elle se dévouait corps et âme à son sacerdoce, mais ressentait le besoin de donner un nouveau sens à sa vie de religieuse. Elle espérait que, cette fois, elle obtiendrait son affectation tant attendue pour l'Afrique. Ici, ses protégées étaient entre de bonnes mains. Avec leurs enfants, elles étaient logées, nourries, blanchies. En dépit de destins parfois dramatiques, elles avaient une chance de s'en sortir. Les Africains, eux, n'avaient rien. Toute cette misère, les épidémies, les guerres, la faim... Là-bas, on avait vraiment besoin d'elle et de sa foi chrétienne. Pourtant, la décision se trouvait entre d'autres mains. Si Dieu ne souhaitait pas qu'elle parte, elle se soumettrait à sa volonté. Elle ramassa le courrier au pied de la porte et le feuilleta rapidement. Rien que des prospectus publicitaires et des factures. Elle soupira. Les finances du foyer étaient son souci permanent. Elle ouvrit la porte d'entrée et ramassa une bouteille de lait parmi les douze qui attendaient près du paillasson. Elle rentrerait les autres plus tard, après son thé.

Sœur Veronica faillit ne pas remarquer l'enveloppe. Mais un angle de papier kraft qui dépassait du paillasson surélevé attira son attention. Intriguée, elle le souleva. Pourquoi le facteur n'avait-il pas sonné comme à son habitude quand il avait un paquet à remettre ? Sans doute un nouveau. Encore heureux qu'on ne l'ait pas dérobée. Ce n'était pas rare dans le quartier. Elle jeta un coup d'œil de chaque côté de la rue avant de refermer la porte. Elle porta l'enveloppe à la cuisine et la déposa sur la table avec le reste du courrier, puis brancha la bouilloire électrique.

– Hmm, ça sent bon.

Sœur Veronica se retourna. Sur le seuil, le père Edward Farrar lui sourit.

– L'eau qui chauffe n'a pas d'odeur, père Farrar.

– Mon odorat se réjouit sans doute déjà du délicieux thé que vous préparez.

Elle ne put s'empêcher de rire.

– Si je comprends bien, je vais en préparer pour deux.

– C'est très aimable à vous, sœur Veronica. Je ne voudrais surtout pas m'imposer.

Pendant que la religieuse continuait ses préparatifs, il feuilleta le courrier.

– Des factures, toujours des factures. Tiens, une lettre qui m'est adressée.

Il déchira l'enveloppe et lut le contenu.

– Bonté divine ! Tous nos ennuis sont terminés ! s'exclama-t-il, ravi.

Occupée à verser le thé, sœur Veronica lui lança un regard intrigué.

– D'après cette lettre, j'ai gagné dix mille livres, un voyage autour du monde et une voiture de sport. Tout ce qu'on me demande, c'est de compléter ce petit formulaire et de l'expédier.

– Que feriez-vous donc d'une voiture de sport ?

– J'y transporterais mes dix mille livres jusqu'au paquebot de luxe qui m'emporterait autour du monde.

Sœur Veronica lui tendit une tasse de thé et lui prit la lettre des mains.

– A mon avis, ne rêvez pas trop. Il y a sûrement une clause... Qu'est-ce que je vous disais ? C'est écrit ici en tout petit : vous vous engagez à vous abonner pour deux ans à un de ces stupides magazines féminins.

– Cela plairait peut-être à nos pensionnaires.

– Sûrement, mais le foyer n'en a pas les moyens. Et puis la bibliothèque regorge de classiques autrement plus intéressants.

– Nous vivons dans une drôle d'époque, soupira le père Farrar qui reprit sa lettre, déçu.

– Une époque où rien n'est gratuit.

– Vous avez raison, ma sœur. Et les miracles, comme les millions, ne poussent pas sur les arbres. Je dois me préparer pour l'office. A plus tard, répondit-il, oubliant son thé.

Sœur Veronica posa sa tasse sur la table et ouvrit le courrier. Elle garda l'enveloppe de papier kraft pour la fin. Elle était soigneusement scellée et il lui fallut avoir recours aux grands ciseaux de cuisine. Elle vida le contenu sur la table.

Son hurlement strident retentit à travers tout le foyer. Croyant à un assassinat, le père Farrar fit irruption dans la cuisine. Une main crispée sur la bouche, sœur Veronica pointait un index tremblant vers la table. Il découvrit un monticule de liasses de billets de cinq et dix livres. Certaines avaient glissé sur le carrelage. Il contempla cette petite fortune avec ébahissement et ramassa le message dactylographié tombé de l'enveloppe :

*Pour vos bonnes œuvres. Un bienfaiteur.*

Le père Farrar prit une liasse de billets entre ses doigts et leva les yeux au plafond.

– Merci, Seigneur, vous avez fait vite. Pour la voiture de sport...

Sa prière se perdit dans un marmonnement inintelligible.

*

* *

Quand il arriva chez lui, le jour s'était levé. Il rentra sa voiture au garage et se hâta jusqu'à son bureau situé sur l'arrière de la maison. La porte avait l'apparence du chêne, mais il s'agissait en fait d'une porte de sécurité en acier trempé de neuf centimètres d'épaisseur. Il l'ouvrit et se glissa à l'intérieur avant de refermer avec précaution le battant derrière lui. Puis il alla à son bureau et sortit d'un tiroir une grande chemise bleue cartonnée dont il feuilleta le contenu. En première page, une photographie représentait Mark James posant avec fierté près de sa Spitfire. Elle était attachée par un trombone à une courte biographie du jeune homme, suivi d'un compte rendu quotidien de ses faits et gestes. Une grande croix rouge barrait la page. Il s'y attarda un moment, un rictus aux lèvres, satisfait du travail accompli, puis tourna la page et examina la photographie suivante, celle d'une séduisante jeune fille occupée à faire du lèche-vitrines dans une rue commerçante de Cambridge. Bien qu'il le connût par cœur, il prit le temps de relire son dossier. Puis il passa avec lenteur l'index sur le nom inscrit en capitales en haut de la feuille : Frances Purvis.

*
* *

Samantha Ryan parcourut d'un pas énergique les couloirs défraîchis du laboratoire de science légale de Scrivingdon. Les grandes baies vitrées s'ouvraient sur les laboratoires dans lesquels s'affairaient scientifiques et techniciens, revêtus de combinaisons blanches qui les faisaient ressembler à des fantômes. Sur les paillasses carrelées blanches trônaient microscopes et autres équipements de haute technologie. Scrivingdon était l'un des six laboratoires régionaux répartis sur tout le territoire et traitait la plupart des enquêtes légales de l'est de l'Angleterre. Situé derrière le centre hospitalier régional, niché parmi les arbres, Scrivingdon étudiait l'ensemble des pièces à conviction de son secteur, mais s'occupait aussi de toutes les analyses d'armes à feu à l'échelon national, d'où son prestige. Ces dernières années, il avait gagné en indépendance et bien qu'il fût toujours sous le contrôle du Ministère de l'Intérieur, il travaillait désormais aussi bien pour le parquet que pour la défense. Une petite révolution qui avait motivé, semble-t-il, la disparition dans le hall d'entrée de l'enseigne regroupant les blasons de toutes les forces de police du pays.

Sam parvint devant la porte qu'elle cherchait. Elle frappa et jeta un coup d'œil par la baie vitrée. Marcia Evans travaillait au fond du laboratoire, les yeux rivés sur un microscope Nikon. De la main droite, elle faisait délicatement la mise au point à chaque changement de lame. Le coup frappé à la porte la fit sursauter. Elle se retourna. Avec un sourire, elle fit signe à Sam d'entrer, puis se repencha sur son microscope. Sam pénétra dans le laboratoire d'un blanc immaculé.

– Que me vaut l'honneur ? demanda Marcia sans lever les yeux.

Sam avait fait la connaissance de la jeune scientifique peu après sa nomination au Park Hospital. Une solide amitié était née, doublée d'une estime professionnelle réciproque. Marcia n'était diplômée que depuis quelques années, mais son esprit d'analyse vif et son œil qui l'était tout autant lui avaient très rapidement valu une proposition de promotion qu'elle avait refusée, préférant son laboratoire à la paperasse du travail de bureau.

– Je suis venue voir comment tu t'en sors avec notre dernière affaire. Ça te dirait qu'on déjeune ensemble ? Et puis j'aimerais faire appel à tes lumières à propos d'une nouvelle coupe de cheveux. La mienne ne me plaît plus.

– Une nouvelle coupe ? Y aurait-il une histoire de cœur dans l'air ? Un nouvel homme dans ta vie dont tu m'aurais caché l'existence ?

– Qu'est-ce que tu vas imaginer ? Non, je veux juste donner un petit coup de fouet à mon ego en berne.

– Ego en berne ? Tu parles ! Mais un changement de look est une idée qui m'intéresse. Je crois que je vais accepter ton invitation.

– Tu m'en vois ravie. Alors, quoi de neuf ?

Marcia lui adressa un petit sourire d'excuse.

– Sans les vêtements, on ne peut pas aller très loin. Mais j'ai quand même fait une ou deux découvertes notables. Tu veux jeter un coup d'œil ?

Sam hocha la tête et elles s'approchèrent de la rangée de microscopes binoculaires installés sur une longue paillasse carrelée. Marcia effectua une légère mise au point sur l'un d'eux, puis releva la tête.

– Tiens, regarde.

Sam se pencha sur le microscope. La lame comportait une unique fibre bleu foncé présentant une structure écailleuse. Celle-ci se composait d'une série de lignes parallèles ondulées qui dénotaient son origine animale. Sam augmenta le grossissement de deux à quatre cents et concentra son attention sur le cœur de la fibre. Les écailles formées lors de la croissance étaient remplacées par de minuscules poches d'air qui formaient de petites vésicules noires. Parfois, cette structure de la moelle s'avérait très distinctive. Ce n'était pas le cas ici.

– Fibre de laine naturelle.

– Provenance ? demanda Marcia, impressionnée.

– Une veste ou un pantalon bleu foncé.

– C'est aussi ma conclusion, mais il faut se montrer prudent avec la couleur. Sous la lumière artificielle, la fibre révèle sa véritable couleur, un bleu foncé intense. Mais dans des circonstances normales, dans la rue par exemple, le tissu paraîtra noir. Je pourrai t'en dire davantage sur les couleurs quand j'aurai procédé aux tests de chromatographie et de spectrophotométrie.

Sam se repencha sur le microscope. Sa rencontre avec Richard Owen au cimetière de St Mary lui revint en mémoire.

– Où l'as-tu recueillie ?

– Sur le cordonnet qui enserrait le cou de la victime.

– Tu en as trouvé d'autres ?

– Seulement quelques-unes. Tu penses à quelque chose ?

– Richard Owen était vêtu d'un veston sombre quand il est venu constater le décès. Seul un échantillon permettrait d'établir l'origine et la couleur du tissu, mais je parie que...

– Comment ? Owen ne portait pas la combinaison réglementaire ?

Sam secoua la tête.

– Eh bien, voilà, pas la peine d'aller chercher plus loin ! s'exclama Marcia, furieuse. La fibre, c'est lui. Affaire classée ! A quoi sert donc Colin Flannery ? « Le moindre contact peut contaminer la scène d'un crime », Owen devrait pourtant le savoir. Moi qui croyais tenir une piste, c'est ridicule !

– Je lui en toucherai un mot. Tu sais, il est de la vieille école. Il est un peu figé dans ses habitudes, les bonnes comme les mauvaises.

– Là n'est pas la question. Dieu seul sait combien de temps nous aurions perdu si tu n'avais pas remarqué son veston.

– Tu disais qu'il y avait autre chose ?

Marcia changea la préparation sur le porte-lame et fit la mise au point. Sam regarda dans l'objectif. Cette fois, la fibre était longue, grossière, d'un brun sombre. Les deux extrémités semblaient coupées.

– Quel est le grossissement ?

– Cent cinquante.

Sam l'augmenta à deux cents et régla la netteté de l'image. Sans résultat. Elle n'avait aucune idée de l'origine de la fibre.

– Alors, tu sèches ? la taquina Marcia qui s'accouda sur la paillasse. Ça me rassure. Dis-moi, Owen ne se déplace pas à cheval, par hasard ?

Perplexe, Sam releva la tête.

– Cela ressemble à un cheveu, mais en très épais.

– C'est un crin de cheval, expliqua Marcia en souriant. J'en ai trouvé plusieurs. Tous sur... (elle prit le bloc-notes posé près du microscope)... la main et le bras droits.

Sam se pencha à nouveau sur le microscope.

– Plutôt insolite. Comment sais-tu qu'il s'agit de crin ?

– Principalement à son aspect et sa structure. Trop épais pour être une fibre industrielle. Aucune uniformité.

Comme tu le sais, un poil se compose de trois couches : la cuticule externe, le cortex et la moelle. Si tu observes la moelle de plus près, tu remarques qu'elle est continue. Dans un poil ou cheveu humains, la moelle est en général absente, ou tout au moins très fragmentée, sauf chez les mongoliens où elle présente également une structure continue. Les structures médullaires constatées sur des poils d'origine animale sont très différentes et souvent complexes. Mais dans l'exemple qui nous intéresse, c'est la cuticule qui révèle l'origine animale de la fibre. J'ai procédé à quelques comparaisons avec des échantillons de référence que nous possédons. Il peut s'agir de différents animaux, mais à mon avis, le cheval est le plus probable.

– Pourquoi ?

– Le crin a été coupé aux deux extrémités. Il devait avoir une utilisation commerciale, par exemple comme matériau de rembourrage. De nos jours, le crin n'est plus d'un usage fréquent, je sais, mais on en trouve encore dans des fauteuils, des matelas. Des recherches approfondies vont être nécessaires pour en établir la provenance. Si la police retrouvait les vêtements, cela nous serait d'une grande aide.

Sam leva les yeux vers elle, impressionnée par la méticulosité de son analyse.

– Les recherches continuent. Quoi de neuf sur le cordonnet et le tube métallique ?

Marcia s'approcha d'une grande table de travail au centre du laboratoire et ouvrit un des sacs en plastique contenant les pièces à conviction. Elle sortit le petit tuyau.

– Tu vois ce petit trou, là, à une extrémité. A l'origine, ce tube en laiton faisait partie d'un carillon éolien.

– Des empreintes ?

– Non. Il a été trop longtemps exposé aux intempéries. Et le meurtrier aura sans doute pris ses précautions.

Mais c'est une arme peu commune pour commettre un meurtre, non ?

Sam hocha la tête, intriguée.

– En effet.

Marcia leva le tube et le frappa avec son stylo. Un tintement aigu retentit dans la pièce.

– Pour qui sonne le glas ? dit-elle d'une voix lugubre.

– Peut-être pour toi, méfie-toi, plaisanta Sam.

Marcia sourit.

– Mon heure n'a pas encore sonné.

Elle rangea le tube dans le sac et retourna à son microscope.

– Chez Shepherd à treize heures, d'accord ? C'est toi qui paies les boissons.

– Comme toujours, non ?

Marcia fit au revoir de la main par-dessus son épaule et se replongea dans ses analyses.

⋆

⋆ ⋆

Rien n'avait changé dans la chambre de Frances. C'était comme si le temps s'était arrêté. Son jeté de lit ouvert semblait attendre qu'elle vienne se coucher et la collection de peluches et de poupées était installée sur son oreiller comme elle l'avait laissée. Même ses pantoufles étaient là, posées au pied du lit à leur place habituelle. Frances leva un regard ému vers son père.

– Tout est comme avant, comme si je n'étais jamais partie.

– Tu n'étais pas vraiment partie, tout comme ta mère est encore ici, à veiller sur nous. Je savais que tu reviendrais un jour. C'était juste une question de patience.

Frances enlaça son père avec tendresse. Pour la première fois depuis bien longtemps, malgré ses soucis, elle se sentait à l'abri, heureuse. Soudain, plus rien ne pouvait l'effrayer.

– Il faut que je te parle, papa. J'ai beaucoup de choses à te raconter.

– J'en suis sûr, mais nous avons tout notre temps. Va donc prendre une douche et te changer. J'ai gardé tous tes vêtements dans ta penderie. Ils seront peut-être un peu démodés et plus très à ton goût, j'imagine, mais ils feront l'affaire jusqu'à ce qu'on renouvelle ta garde-robe. Si tu rentres encore dedans. J'ai l'impression que tu as un peu grossi, non ?

Frances baissa les yeux sur son ventre. Une ombre d'appréhension assombrit son visage. Son père s'en aperçut.

– Ne t'inquiète pas. Ça te va très bien. Tu étais trop maigrichonne.

Frances se mordit la lèvre inférieure avec anxiété. Elle mourait d'envie de lui avouer la vérité, mais le moment et le lieu étaient mal choisis. Pour l'instant, elle était à nouveau la petite fille de papa et cela lui plaisait plutôt. Il s'occupait de tout et allait la dorloter. Lui avouer sa grossesse romprait le charme. Elle avait besoin d'un peu de temps pour réfléchir à tête reposée et prendre un nouveau départ.

Il l'embrassa sur le front et sortit sur le palier.

– Je vais prévenir la police pour qu'on vienne enlever la Porsche, ajouta-t-il dans l'escalier. Inutile qu'un certain Bird vienne faire du cirque ici, n'est-ce pas ?

Frances regarda son père descendre les marches, puis se réfugia dans la chaleur réconfortante de sa chambre d'enfant.

*
* *

Wyn Collins ferma les rideaux de la grande baie vitrée du salon, veillant comme tous les soirs à ce qu'ils se chevauchent au centre. La nuit tombait vite désormais et l'air froid nocturne semblait s'insinuer par chaque interstice du châssis. Elle se retourna vers sa mère, avachie dans un fauteuil profond à l'autre bout de la pièce. C'était le jour de son soixante-cinquième anniversaire et Wyn était décidée à ce qu'il soit une fête. Les allers-retours de sa mère entre sa chambre à l'étage et le rez-de-chaussée se faisaient plus rares. Tout comme ses moments de lucidité. Elle l'avait habillée de sa jupe et son chemisier favoris et fait passer une coiffeuse à domicile pour un brushing. Sa mère avait paru apprécier le geste. La jeune fille qui s'était présentée ne devait pas avoir plus de vingt ans, mais elle avait fait preuve d'une grande gentillesse et sa mère l'avait adoptée d'emblée. Après le départ de la coiffeuse, Wyn avait tenté d'exploiter ses maigres talents en maquillage pour embellir le visage ridé de sa mère. Pour couronner ses efforts, elle avait posé sur le sommet de sa tête un petit chapeau de cotillon aux couleurs criardes et passé l'élastique sous son menton. Madame Ryan ne semblait pas s'offusquer d'être ainsi déguisée en clown pathétique. Elle se contentait de sourire béatement au miroir que Wyn avait placé devant elle.

– Alors maman, qu'en penses-tu ? Ça te rajeunit d'au moins dix ans.

Le sourire figé, la vieille dame effleura ses cheveux de ses doigts tremblants. A l'évidence, son reflet lui plaisait. Wyn consulta sa montre.

– Toujours pas de Sam. Sans doute encore trop occupée avec sa carrière. Nous ferions mieux de commencer sans elle, dit-elle, posant une main rassurante sur l'épaule de sa mère.

Elle se rendit à la cuisine et sortit une boîte d'allumettes d'un tiroir. Le gâteau d'anniversaire trônait sur la table. Elle contempla avec fierté la génoise aux fruits en forme de soixante-cinq géant, nappée d'un glaçage blanc et surmontée d'une bonne trentaine de bougies multicolores. Elle avait passé des heures à le confectionner. Wyn voulait que cette soirée ressemble à une fête d'anniversaire normale, même si sa mère ne se rendait plus compte de grand-chose. Elle était déçue et agacée que Sam n'ait même pas pris la peine de téléphoner.

Wyn craqua une allumette et alluma toutes les bougies. Puis elle souleva le gâteau avec précaution et retourna au salon en entonnant « Joyeux Anniversaire ». Elle posa le gâteau sur une table basse devant sa mère et l'embrassa sur la joue. La vieille dame leva vers elle un regard déconcerté et lui sourit, mais ne parut pas la reconnaître.

– Allez, maman, on va souffler les bougies ensemble.

Pour la première fois de la soirée, Madame Ryan ouvrit la bouche.

– Ton père est-il déjà rentré du travail ? Il fait sans doute des heures supplémentaires à cause de Noël. Désires-tu toujours une bicyclette ?

Le cœur de Wyn se serra. Son père était mort depuis vingt ans, mais elle n'eut pas le cœur de le rappeler à sa mère.

– Non, papa n'est pas encore rentré. Il va falloir commencer sans lui. Prête ? Un, deux, trois...

A l'instant où Wyn commençait à souffler les bougies, le carillon de la porte d'entrée retentit. Par sécurité, elle éteignit toutes les bougies et alla ouvrir.

Sam battait la semelle sur le paillasson pour tenter de se réchauffer. Un épais brouillard givrant s'était abattu sur la ville et le froid devenait glacial. La porte d'entrée s'ouvrit soudain, inondant le perron de lumière et de chaleur.

– Désolée d'être en retard, dit Sam devant le visage réprobateur de sa sœur. Un empêchement de dernière minute.

Wyn eut du mal à cacher son agacement.

– J'ai cru que tu n'avais pas pris la peine de venir. Je t'avais demandé d'appeler.

Elle s'effaça à contrecœur et Sam entra dans le vestibule.

– Je suis débordée. Je m'occupe de ce meurtre au cimetière de Northwick.

– Ah bon ? répondit Wyn platement. Tu veux une tasse de thé ?

– Oui, merci. Je suis gelée. Où est maman ?

– Dans le salon.

– A-t-elle reçu les fleurs ?

– Je suis stupéfaite que tu t'en sois souvenue.

Sam ressentit un pincement de mauvaise conscience, mais ne releva pas le sarcasme.

– Je les ai mises dans un vase dans sa chambre, continua sa sœur. C'est un très joli bouquet. Toi et tes fleurs, tout le portrait de papa.

Sam sourit, flattée par la comparaison.

– Comment va-t-elle ?

– Pas très bien, répondit sa sœur qui disparut dans la cuisine.

Sam ôta son manteau et l'accrocha au bas de la rampe d'escalier. Puis elle entra dans le salon. Le spectacle qui l'accueillit n'était pas celui auquel elle s'attendait. Livrée à elle-même, sa mère avait décidé de goûter le gâteau à pleines mains. Elle s'en était mis partout. Sam contempla le désastre et sourit.

– Oh maman, tu vas te faire bien voir.

Levant les yeux vers elle, sa mère lui rendit son sourire, inconsciente des dégâts.

– Bonjour, chérie. Déjà rentrée de l'école ?

– Wyn, pourrais-tu apporter un torchon ? Maman a décidé de commencer sans nous !

Wyn parvint à grand-peine à contenir sa colère. Le visage fermé, elle traversa le salon et entreprit de nettoyer.

– C'est pire que d'avoir un bébé à la maison.

Wyn serra le visage de sa mère entre ses paumes et plongea un regard dur dans le sien.

– As-tu idée du temps que j'ai mis pour préparer ce gâteau pour toi ? Et de l'argent que ça m'a coûté ?

– Doucement, Wyn, intervint Sam, alarmée. Elle ne sait plus ce qu'elle fait.

Mais Wyn n'était pas d'humeur à se montrer raisonnable. Elle avait mis tant d'espoirs dans cette soirée et voilà qu'en moins de temps qu'il ne fallait pour le dire, elle s'était transformée en véritable fiasco. Elle était fatiguée et, de déception, elle frotta le visage de sa mère avec plus d'énergie qu'il n'était nécessaire.

– Elle le sait très bien, crois-moi. Elle le fait exprès pour me compliquer la vie. (Elle se tourna à nouveau vers sa mère.) Tout pour me casser les pieds, hein, maman ?

– Voyons, Wyn, c'est ridicule, intervint Sam.

Sa sœur s'en prit aussitôt à elle.

– De quel droit te permets-tu ? Quand tu commenceras à apporter un tant soit peu de soutien à ta famille, là tu pourras me faire des reproches. Quand tu vivras avec elle jour et nuit, semaine après semaine, à l'écouter geindre sans cesse et t'insulter pendant que tu changes pour la énième fois son lit souillé, là tu pourras me dire que c'est ridicule !

Wyn récupéra les plus gros morceaux de génoise à la crème qui poissaient les cheveux de sa mère. Bouleversée par l'éclat de sa sœur, Sam garda un moment le silence.

– Veux-tu que j'augmente la pension alimentaire ? finit-elle par demander.

– Avec toi, tout est toujours une question d'argent, hein ? Non, je ne veux pas davantage d'argent. Ce que je veux, c'est que tu t'occupes un peu de maman. Si c'était papa, tout serait différent, non ?

– Ne sois pas injuste, murmura Sam, blessée, malgré le fond de vérité que contenait l'accusation de sa sœur.

Elle avait toujours été plus proche de son père, tout comme sa sœur préférait sa mère. Son père avait coutume de l'appeler son « petit génie ». Sa mort l'avait anéantie. Elle avait l'impression de n'avoir eu de cesse depuis qu'elle ne tente d'apaiser son sentiment de culpabilité et qu'elle ne prouve à la mémoire de son père qu'elle était bel et bien le « petit génie » dans lequel il avait placé toutes ses ambitions.

Wyn se retourna vers sa sœur, furieuse.

– Ecoute, ça fait trois ans que je dois me débrouiller toute seule depuis que John a fichu le camp en Irlande. J'ai deux enfants à charge et je l'ai, elle, ajouta-t-elle, avec un geste rageur vers sa mère qui mangeait en silence les dernières miettes de gâteau restées sur sa jupe. Elle réclame plus d'attention qu'un nourrisson. Et Ricky, qui au passage a eu dix-sept ans la semaine dernière, merci pour la carte...

Sam avait oublié et n'avait aucune excuse. Sa sœur poursuivit sa diatribe.

– ... en a assez de partager sa chambre avec son frère. Quant à David, on dirait qu'il prend un malin plaisir à me causer de la peine et à me faire tourner en bourrique...

– Que penses-tu d'une maison de retraite ? suggéra Sam.

– Et si tu l'accueillais plutôt chez toi de temps en temps ? rétorqua Wyn.

– C'est impossible, nous en avons déjà discuté.

– Ah oui, c'est vrai... Ta sacro-sainte carrière. Et puis elle ferait tache dans tes dîners mondains.

Cette fois, elle dépassait les bornes.

– Je crois qu'il vaut mieux que je rentre, dit Sam, blessée par tant d'acrimonie.

Wyn croisa les bras et approuva d'un hochement de tête rageur. Sam embrassa sa mère sur le front.

– Bon anniversaire, maman. Je reviendrai te voir bientôt.

Elle lui lissa les cheveux avec tendresse et se poissa les doigts. Wyn lui tendit le torchon, les lèvres pincées.

– Merci.

Sam s'essuya les mains en hâte, regagna le vestibule et enfila son manteau. Elle se tourna vers sa sœur.

– A bientôt.

Wyn hocha la tête, plus furieuse que jamais.

– Dis à Ricky que je suis désolée d'avoir oublié son anniversaire.

Sam sortit sur le perron et descendit dans l'allée. La porte claqua derrière elle.

L'attitude de Wyn l'avait profondément meurtrie. Elle n'avait jamais été proche de sa sœur, pas même durant leur enfance. Tout les opposait. A l'écouter, Wyn était la seule à avoir concédé des sacrifices. Si Sam avait quitté Londres, c'était uniquement pour se rapprocher de sa mère, Wyn semblait l'avoir oublié. Et la pension qu'elle versait chaque mois à sa sœur n'avait rien de mesquin. Wyn ne pouvait joindre les deux bouts sans cet argent, même si elle répugnait à l'admettre. Mais en dépit de leurs dissensions, elles formaient une famille et, pour Sam, celle-ci passait avant tout.

★
★ ★

Malcolm Purvis venait de casser un œuf dans la poêle à frire quand Frances entra dans la cuisine.

– Ça te dit, un petit déjeuner ? demanda-t-il sans se retourner. Je prépare des œufs au bacon.

L'odeur de graisse souleva le cœur de Frances.

– Non, merci. Tu ne devrais pas être au travail à cette heure-ci ?

– J'ai pris quelques jours de congé. Au cabinet, ils survivront bien sans moi. De toute façon, c'est très calme en ce moment. Essentiellement de l'assistance juridique.

Il se retourna vers sa fille et eut l'impression d'avoir subitement remonté le temps. Frances avait revêtu un T-shirt blanc et une longue chemise en jean bleu. Le dernier cadeau de sa mère avant sa mort. Il s'en souvenait comme si c'était hier.

Frances baissa les yeux sur sa tenue.

– Ce n'est pas le dernier cri, mais il n'y avait pas beaucoup de choix.

– Je ne t'ai pas vue habillée comme ça depuis...

– Mes douze ans ?

– C'est sans doute un peu exagéré. Ta mère te l'avait achetée à C & A, je me souviens. Tu nous avais rebattu les oreilles pendant des semaines avec cette chemise, raconta-t-il avec émotion.

Frances releva la tête. Le moment était venu.

– Je suis enceinte.

Le silence qui s'ensuivit parut durer une éternité. Son père reposa la poêle, s'avança vers sa fille et lui prit la main, le regard grave.

– Tu en es sûre ?

Frances hocha la tête.

– J'ai des nausées tous les matins.

– Ta mère aussi en avait. Désolé de t'avoir proposé des œufs.

– Tu n'es pas fâché ?

– Fâché ? Comment pourrais-je être fâché ? Ma fille est de retour à la maison et je vais être bientôt grand-père.

Il se tut, sentant qu'il s'était peut-être avancé.

– Enfin... si tu souhaites garder l'enfant.

– Oui, répondit-elle avec conviction.

Malcolm hocha la tête en souriant.

– Et le père ? J'imagine que c'est Sebastian.

– Je ne veux pas qu'il l'apprenne.

– Il risque de l'apprendre de toute façon, tu ne crois pas ?

– D'ici là, il sera trop tard. Il sera en prison.

– En prison ? Pourquoi ? Il ne t'a pas fait de mal au moins ? s'inquiéta Malcolm.

– Pas à moi. Tu te souviens de Mark James ?

– Bien sûr. J'ai été son avocat, non ?

– Il a été assassiné. Tu n'as pas entendu la nouvelle ? Le cadavre découvert dans le cimetière, à Northwick... c'était Mark.

– Tu l'as vu ?

Frances secoua la tête.

– Alors comment peux-tu être aussi sûre ?

– Il avait tatoué mon prénom sur son bras droit avec une aiguille et de l'encre. Le corps du cimetière portait ce tatouage. C'est Mark, je sais que c'est lui.

Malcolm Purvis n'en croyait pas ses oreilles.

– Tu en as parlé à la police ?

Frances fit signe que non.

– Il faut aller raconter ce que tu sais.

– C'est plus compliqué que ça, papa. Je connais l'assassin. C'est Sebastian !

Malcolm la dévisagea d'un air abasourdi.

– Tu es certaine ? Absolument certaine ?

Frances hocha la tête, secouée de tremblements.

– Et j'ai peur d'être la prochaine sur la liste.

Effaré, son père fut un instant incapable de toute pensée rationnelle. Il attira Frances contre lui et la serra de toutes ses forces entre ses bras.

– Personne ne te fera de mal, ma chérie. Ni Bird, ni personne. Nous sommes à nouveau une famille et rien ne pourra plus nous séparer, je te le promets.

Frances était assise avec son père dans la salle d'interrogatoire en face de Farmer et Adams. L'inspecteur principal la dévisagea un moment. Elle n'avait jamais rencontré la jeune fille, mais connaissait son père, le brillant avocat Malcolm Purvis. Elle avait déjà eu l'occasion de le voir à l'œuvre dans plusieurs affaires sur lesquelles elle avait enquêté. C'était un défenseur hors pair. Elle tendit à Frances le portrait-robot réalisé pour la conférence de presse.

– S'agit-il de Mark James ?

Frances examina longuement le portrait avec une grande concentration.

– Il lui ressemble beaucoup. Son visage n'a pas tout à fait cette forme et le nez est un peu trop gros, mais sinon, c'est lui.

Elle reposa le cliché sur le bureau de Farmer.

– Il avait les yeux bleus. Bleu foncé, ajouta-t-elle, au bord des larmes.

– Parlez-moi du tatouage.

– Il l'avait fait avec une aiguille et de l'encre. Sans doute pour m'impressionner. Parfois, il faisait des choses un peu bêtes.

– Avait-il de la famille ?

– Pas que je sache. Ses parents ont été tués dans un accident de la route quand il était petit. Il a été élevé par sa tante, mais elle ne s'est jamais beaucoup occupée de lui. Elle est morte il y a deux ans. Depuis, il vivait seul. Il avait son appartement...

– Où ça ?

– Dans Histon Road. Numéro soixante-dix-neuf, je crois. Le bail était arrivé à expiration. Il a déménagé le jour où nous avions prévu de nous enfuir ensemble.

– Quel genre de relations entreteniez-vous avec Mark James ?

– Nous nous connaissions depuis la primaire. Nous étions de grands amis. Je le considérais un peu comme un grand frère.

– Et lui ?

– Je sais qu'il avait... des sentiments pour moi. Mais il n'a jamais essayé d'aller plus loin, pas une seule fois. (Elle eut un temps d'hésitation.) Avez-vous retrouvé sa voiture ?

– Quel genre de voiture possédait-il ?

– Une vieille Spitfire. Il y tenait comme à la prunelle de ses yeux.

Adams se tourna vers sa supérieure.

– On a un rapport concernant une voiture retrouvée carbonisée juste à la sortie de Northwick il y a deux semaines. Une Spitfire, il me semble. Elle était dans un tel état qu'il a été impossible d'identifier le propriétaire. On avait conclu à l'œuvre de voleurs de voitures qui s'en étaient débarrassés après un rodéo.

– Tout ce qu'il possédait se trouvait dans cette voiture. Toute sa vie.

– Pourquoi vouliez-vous vous enfuir ? poursuivit Harriet Farmer.

– Je suis enceinte. Sebastian m'avait fait clairement comprendre qu'il ne souhaitait pas d'enfant et j'avais peur qu'il me force à avorter. Et puis il devenait violent.

– Il vous a battue ?

Les lâches qui violentaient les femmes étaient la bête noire d'Harriet Farmer.

– Oui.

– Souvent ?

– Une seule fois, la nuit où Mark a disparu. Mais ça m'a suffi. C'est le premier coup qui compte.

– Pourquoi avez-vous décidé de vous enfuir avec Mark ?

Frances glissa un regard piteux vers son père.

– Je croyais qu'il était le seul ami qui me restait.

Malcolm se pencha et prit la main de sa fille entre les siennes avec chaleur.

– Ma fille et moi nous étions perdus de vue depuis quelque temps, mais tout est oublié maintenant.

– C'est Mark qui a volé l'argent, n'est-ce pas ?

– Oui, mais c'est moi qui l'y ai poussé. Il aurait fait n'importe quoi pour moi et j'en ai profité. Jamais je ne pourrai me le pardonner.

– Pourquoi vouliez-vous cet argent ?

– C'était pour le bébé. Je savais que Sebastian ne paierait pas de pension alimentaire et, après tout, c'était son enfant. Je voulais qu'il ne manque de rien.

– Je suis prêt à rembourser à Sebastian Bird le préjudice subi, intervint Malcolm Purvis.

Harriet Farmer hocha la tête et poursuivit l'interrogatoire.

– Vous dites n'avoir jamais vu Mark cette nuit-là ?

– Non, il n'est pas venu au rendez-vous.

– Mais Bird, lui, est venu ?

– Oui. On pensait pourtant être en sûreté à la gare. Sebastian et ses amis ne mettent jamais les pieds là-bas.

– Pourquoi le soupçonnez-vous d'avoir tué Mark ?

– Il était évident qu'il le cherchait et qu'il savait où me trouver. Ce n'était pas une coïncidence. Et il était fou de rage. Jamais je n'ai eu aussi peur de ma vie.

– Et c'est à ce moment-là qu'il vous a frappée ?

Frances acquiesça d'un hochement de tête.

– A-t-il récupéré son argent ? La police n'a rien retrouvé auprès de Mark.

– Je ne sais pas. Il n'en a pas parlé depuis.

– Il n'a pas cherché Mark ou tenté de récupérer l'argent ?

– Pas que je sache, non.

– Avez-vous une idée du montant dérobé ?

– Pas exactement. Sans doute quelques milliers de livres. Il les a pris dans le coffre-fort de Sebastian à son club, *L'Oiseau de Nuit.*

– Merci beaucoup de votre coopération, mademoiselle. Nous allons en rester là pour l'instant. Un policier va prendre votre déposition. Répétez-lui ce que vous venez de nous dire.

Frances regarda son père qui lui sourit avec encouragement.

★

★ ★

Une longue file d'attente s'étirait à l'entrée de *L'Oiseau de Nuit.* Harriet Farmer observa les visages des jeunes qui faisaient la queue et en reconnut quelques-uns. Le rendez-vous favori des petits délinquants du Cambridgeshire, pesta-t-elle intérieurement. Elle consulta sa montre.

– Que font-ils donc ? s'impatienta-t-elle.

Assis au volant, Tom Adams jeta un coup d'œil à l'horloge du tableau de bord.

– Il n'est qu'un peu plus de vingt-trois heures, patron. Laissez-leur le temps d'arriver.

Mais elle n'était pas d'humeur à se montrer patiente.

– Des flics d'élite se doivent d'être ponctuels. Ils auraient dû être là à vingt-trois heures pile.

Voyant qu'elle était à cran, Adams jugea préférable de couper court à la discussion. Il tira une longue bouffée sur sa cigarette, exhala la fumée par la vitre ouverte et la regarda se dissiper dans l'air froid de la nuit. Des crissements de frein lui firent lever les yeux vers le rétroviseur. Un fourgon banalisé venait de se garer derrière eux sur le parking de la discothèque. Plusieurs policiers vêtus d'épaisses combinaisons bleues sautèrent sur l'asphalte.

– Pas trop tôt, marmonna Farmer.

Les deux policiers descendirent de voiture et rejoignirent les neuf officiers du Groupe d'Intervention Spéciale qui attendaient les ordres près du fourgon. Harriet Farmer s'avança vers le sergent.

– Désolé du retard, inspecteur, s'excusa celui-ci. Un petit problème de...

– On vous a mis au courant ? l'interrompit Farmer.

Le sergent hocha la tête.

– Alors ne perdons pas davantage de temps. Allons-y.

L'unité d'intervention suivit Farmer et Adams jusqu'à l'entrée de la discothèque. Ils furent accueillis par les quolibets et les huées des clients. Flanqué de deux officiers, Adams s'approcha du grand carillon éolien suspendu à l'entrée principale. Il examina les longs tubes de laiton. Il en manquait au moins deux. Il fit un signe de tête aux policiers qui décrochèrent le carillon et glissèrent avec précaution la pièce à conviction dans un sac en plastique transparent.

Indécis, les deux videurs mirent du temps à réagir. Finalement, l'un d'eux, un homme au visage patibulaire et au cou de taureau, s'interposa entre Farmer et la porte. L'inspecteur s'arrêta devant elle et gratifia le videur d'un regard glacial. Malgré sa bravade, l'homme était nerveux. Elle le lisait au fond de ses yeux.

– Bougez de là ou c'est moi qui vous fais dégager, ordonna-t-elle d'un ton sans appel.

Il hésita, comme hypnotisé par son regard pénétrant. Ses quelques secondes d'indécision lui furent fatales. Tout se passa en un éclair. Farmer baissa les yeux, feignant de se désintéresser de son cas. Soulagé, l'homme se détendit. Grossière erreur. De toutes ses forces, Farmer lui flanqua son genou dans l'aine. Il se plia en deux de douleur. Elle lui assena un violent coup de poing sur la nuque et il s'affala sur le sol. Son collègue voulut bondir à sa rescousse, mais le regard féroce de Farmer l'en dissuada. Il ne bougea pas.

L'inspecteur principal contempla d'un air dédaigneux l'homme prostré qui gémissait.

– Bouclez-le.

– Pour quel motif ? s'étonna un des officiers.

– Trouble de l'ordre public, aboya Farmer qui détestait qu'on discute ses ordres. Embarquez-le, et plus vite que ça.

Le sergent fit signe à deux de ses hommes qui relevèrent le videur et l'entraînèrent vers le fourgon. Farmer et Adams gravirent les marches sans rencontrer d'opposition et se firent conduire au bureau de Sebastian Bird. L'inspecteur principal ne perdit pas de temps en formalités et poussa la porte sans frapper. Assis derrière un luxueux bureau moderne, le patron de la discothèque était plongé dans des papiers. Surpris, il leva le nez et se renfrogna.

– Qui êtes-vous ?

Farmer s'avança jusqu'au bureau, sortit son insigne de la poche de son manteau et le brandit sous le nez de Sebastian Bird.

– Inspecteur principal Farmer et voici l'inspecteur Adams, répondit-elle, désignant son adjoint, demeuré à l'entrée du bureau avec deux policiers. Etes-vous Sebastian Bird ?

Bird regarda Adams, puis son regard se posa à nouveau sur Farmer.

– Evidemment, rétorqua-t-il, visiblement exaspéré. A quoi rime ce cirque ?

– Sebastian Bird, vous êtes en état d'arrestation pour le meurtre de Mark James. Tout ce que vous direz pourra être retenu contre vous...

Elle lui débita ses droits d'une voix monocorde, dans son style habituel. Une incompréhension mêlée d'indignation se peignit sur le visage de Bird.

– C'est quoi, cette blague ?

Farmer adressa un signe de tête à Adams. Celui-ci s'effaça et laissa entrer les deux policiers. Ils s'avancèrent vers Bird, le forcèrent à se lever de son fauteuil, lui maintinrent les mains derrière le dos et lui passèrent les menottes. Il perdit un peu de sa belle assurance.

– Je n'ai rien fait ! Je n'ai tué personne !

Harriet Farmer se contenta de lui sourire, tandis que les policiers l'entraînaient et qu'il protestait de son innocence avec véhémence. Adams alluma une autre cigarette et inspira une profonde bouffée. Il jeta un regard à la ronde et ne put s'empêcher d'être impressionné par le luxe de la pièce. Le mobilier, les lampes, tapis et objets de décoration, tout était coordonné avec goût. Même les nombreuses plantes vertes semblaient se fondre harmonieusement dans le décor. Le seul objet qui ne semblait pas à sa place était une vieille photographie sépia représentant deux Noirs vêtus de blouses paysannes de l'époque victorienne. Le cadre était accroché au mur au-dessus d'un grand plant de lierre vert dont les pousses pendaient jusqu'au parquet. Les deux hommes se tenaient devant une ferme à toit de chaume. Derrière eux se trouvait un homme âgé de race blanche, habillé de façon similaire et arborant une longue barbe grise. Adams examina le cliché quelques instants avec curiosité. Sa contemplation fut interrompue par la voix autoritaire de sa supérieure.

– Adams, occupez-vous de la perquisition. Prévenez aussi les gars du labo. Et que tout soit fait dans les règles ! Eh bien, Adams, qu'est-ce que vous attendez ?

L'inspecteur se détourna de la photographie et entreprit de fouiller les tiroirs du bureau.

*
* *

Malcolm Purvis frappa discrètement à la porte de la chambre de sa fille et ouvrit doucement le battant. Allongée sur le lit, les mains calées sous la tête, Frances contemplait le plafond d'un air songeur. Son père s'approcha d'elle.

– J'ai vu que ta lumière était encore allumée. Tu n'arrives pas à dormir ?

Frances se redressa sur un coude et regarda son père.

– Non. En fait, je n'arrête pas de me demander si c'était une bonne idée d'aller voir la police. J'aurais peut-être mieux fait de me taire.

Malcolm s'assit sur le lit.

– Tu as pris la bonne décision, Frances. Si c'est Sebastian qui a tué Mark, il doit répondre de ses actes. Mark n'était pas un ange, loin de là, mais je l'aimais bien. Il pensait le plus grand bien de toi. Et il ne méritait certainement pas une fin aussi horrible.

Frances se laissa retomber sur son oreiller. Elle n'était pas convaincue.

– Je n'ai pas vraiment vu Sebastian le tuer.

– Non, mais d'après les circonstances, toutes les présomptions pèsent contre lui. L'affaire est entre les mains de la police et de la justice maintenant. Ce n'est plus de ton ressort.

– Et que va-t-il se passer quand il sera libéré ?

– S'il est condamné, il n'est pas près de sortir de prison, crois-moi.

Frances se redressa à nouveau.

– Je croyais que les avocats savaient voir le bien en chaque être humain.

– Tu confonds sans doute avec les assistantes sociales, une profession qui n'a rien à voir avec la mienne. Je n'apprécie pas la plupart de mes clients.

– Tu appréciais Mark.

– En dépit du bon sens. Sans doute parce qu'il tenait tant à toi.

Frances sourit et prit la main de son père. Malcolm se pencha et glissa sa main libre dans un sachet en plastique qu'il avait apporté. Il en sortit une petite brassière bleu ciel.

– Qu'en penses-tu ? demanda-t-il en la lui tendant.

Frances prit le vêtement en souriant.

– C'est superbe, mais tu t'avances un peu, non ? Comment sais-tu que ce sera un garçon ?

Malcolm replongea la main dans le sac et en sortit cette fois une brassière rose pâle.

Frances éclata de rire. Elle prit les deux et les contempla tour à tour.

– Pauvre bébé, il va être tout déboussolé.

Elle enlaça le cou de son père avec fougue.

– Je ne sais pas comment tu fais pour me supporter, papa. Je ne te cause que des ennuis.

Malcolm la serra tendrement dans ses bras.

– Tu es ma fille et je t'aime, un point c'est tout. Unis comme les doigts de la main, comme quand ta mère était encore en vie.

Une larme chaude roula sur la joue de Frances et s'écrasa sur la chemise de son père.

*
* *

Harriet Farmer alluma le magnétophone posé à un bout de la table dans la salle d'interrogatoire et y enregistra les informations d'usage. Adams et elle faisaient face à Sebastian Bird et à son avocat, maître Colin Lane. Le visage impassible, Bird était calé au fond de son fauteuil avec désinvolture.

– Je vous rappelle que vous demeurez pour l'instant en liberté sous caution. A l'issue, bien entendu, de la période légale de garde à vue. Est-ce clair pour vous ?

L'intéressé approuva d'un haussement de sourcils dédaigneux.

– Pour le magnétophone, je vous prie.

Il se pencha en avant.

– Oui.

– Une enquête a été ouverte sur le décès d'un homme du nom de Mark James. Je crois que vous pouvez nous aider, monsieur Bird.

Il demeura de marbre.

– Connaissiez-vous Mark James ?

– Il lui arrivait de travailler pour moi.

– En quelle qualité ?

– Barman.

– Depuis combien de temps ?

– Environ deux ans. Mais c'était très ponctuel.

– D'après nos informations, il vous aurait dérobé plusieurs milliers de livres. Confirmez-vous ce vol ?

Bird hocha la tête. L'inspecteur Adams désigna le magnétophone du menton.

– Oui.

– Pourquoi ne l'avez-vous pas déclaré ? demanda Adams.

– A quoi bon ?

– La police aurait peut-être été en mesure de retrouver cet argent.

Sebastian Bird se pencha en avant vers la table et regarda l'inspecteur droit dans les yeux. Celui-ci ne broncha pas.

– Je n'arrive plus à trouver d'assureur, vous savez pourquoi ? Parce que mon club a été cambriolé plusieurs fois l'année dernière. J'en ai eu pour plus de vingt mille livres en marchandise volée ou saccagée. Et qu'ont fait les flics ? Rien du tout. Voilà pourquoi je n'ai pas déclaré le vol.

Il se cala à nouveau dans son fauteuil.

– Mais cette fois, vous connaissiez l'auteur.

– Je connaissais les auteurs les sept fois précédentes et pourtant vous n'avez pas bougé le petit doigt.

– Vous avez donc décidé de faire justice vous-même et vous êtes lancé à la poursuite de James, intervint Farmer.

– Exact. Je voulais récupérer mon fric.

– Est-ce pour cela que vous l'avez tué ?

– Je ne l'ai pas tué.

– Vous l'avez pourchassé.

– Il y a une énorme différence entre pourchasser un type et le descendre.

Bird appuya à nouveau ses coudes sur ses genoux.

– C'est Frances qui vous a raconté ça, hein ? Ecoutez, elle a une dent contre moi en ce moment ; alors à votre place, je n'accorderais pas trop d'importance à ce qu'elle raconte. De toute façon, cette fille est un peu...

Il fit un signe éloquent de l'index contre sa tempe.

– Que s'est-il passé quand vous avez trouvé James ? demanda Adams.

– Je ne l'ai jamais retrouvé. Je l'ai cherché partout, dans tous les endroits habituels, les boîtes, les bistrots, les rues chaudes. Pas de trace de James. Puis un de ses potes m'a dit qu'il avait vu Frances partir vers la gare. Ce soir-là, elle avait refusé de m'accompagner au club. A ce qu'elle prétendait, elle était malade. Quand je l'avais laissée, elle était couchée. Son manège m'a énervé et je suis allé voir ce qu'elle fabriquait. Mais je n'ai pas vu James.

– Qu'aviez-vous l'intention de faire si vous l'aviez retrouvé ?

– Lui filer une bonne raclée. Il l'avait bien cherchée. Mais ça n'aurait pas été plus loin. De toute façon, il n'a plus jamais montré son nez, alors ça en est resté là.

– Alors vous vous en êtes pris à Frances ?

– J'ai peut-être eu la main un peu lourde, c'est vrai. Mais je ne voulais pas lui faire de mal. Elle s'est cogné la tête en tombant. Après, je m'en suis voulu. Je me suis excusé, j'ai essayé de recoller les morceaux.

– Ce n'était pas juste une question d'argent, n'est-ce pas ? Vous pensiez qu'il allait se faire la malle avec votre petite amie. S'il avait réussi son coup, vous auriez perdu la face.

– On ne tue pas à cause d'une femme.

– C'est pourtant le mobile de centaines de crimes chaque année. Pourquoi seriez-vous différent ? lança Harriet Farmer.

– Frances est libre. Si elle voulait se barrer avec ce minable, c'était son problème. Mais certainement pas avec mon fric.

– Est-ce la raison pour laquelle vous avez tué James ?

– Vous pouvez répéter mille fois votre question, vous obtiendrez toujours la même réponse : je ne l'ai pas tué. On ne s'est même pas vus. Et si j'avais mis la main sur lui, je n'aurais sûrement pas risqué perpète pour lui. Ce type n'en valait pas la peine. Il y a erreur sur la personne.

– Pourquoi n'avez-vous pas continué à chercher James après avoir retrouvé Frances ?

– Je me suis renseigné à droite et à gauche, mais il avait disparu. Je me suis dit qu'il devait être en train de se la couler douce sur une plage des Tropiques en se foutant de moi.

Harriet Farmer déposa sur la table le sac contenant le carillon et le cordonnet de nylon retrouvé autour du cou de la victime.

– Je montre au suspect la pièce à conviction numéro douze. Ce tube utilisé pour garrotter Mark James a été identifié comme provenant du carillon éolien suspendu à l'entrée de votre discothèque. Avez-vous une explication ?

Sebastian Bird prit le sac et examina l'objet à travers le plastique transparent.

– Un ou deux tubes ont disparu il y a quelques semaines. Ce n'est pas la première fois que ça arrive. Je laisse le carillon dehors toute la nuit. Il est censé écarter les mauvais esprits.

Il regarda Farmer droit dans les yeux et se coinça les mains derrière la tête avec un sourire arrogant.

– Vous croyez que je vais récupérer mon fric ? C'est clair, ce truc marche pas.

Sebastian Bird fut ramené en cellule. L'inspecteur Adams alluma une cigarette.

– Vous pensez que c'est lui ?

– Evidemment. Il se fout bien de nous, grommela Harriet Farmer.

– Il n'avouera pas. Ce genre de type n'avoue jamais. Vous croyez qu'on a de quoi le boucler ?

– Pas sûr. Il y a quelques années, ça n'aurait pas posé de problème, mais maintenant... Ça dépend du juge et vous savez comme moi à quel point ils peuvent être imprévisibles. Il nous en faut un peu plus et je sais où chercher.

Un agent frappa à la porte et passa la tête dans l'embrasure.

– Le commissaire veut vous voir immédiatement dans son bureau, madame.

Adams haussa un sourcil interrogateur.

– Voulez-vous que je vous accompagne ?

– Non, il veut seulement être tenu au courant. Inutile qu'on soit deux à perdre notre temps dans son bureau. Merci quand même.

Adams regarda sa supérieure s'éloigner d'un pas décidé. Il connaissait trop bien le grand patron pour croire qu'il était venu au milieu de la nuit pour une simple réunion d'information. Farmer devait le savoir, elle aussi. Il y avait du grabuge dans l'air et elle allait l'affronter seule. Adams retourna à pas lents dans le bureau des inspecteurs.

# 4

– VOICI les journaux de demain. Inutile de vous dire que nous faisons les gros titres !

Le commissaire Words claqua une pile de journaux sur son bureau. Harriet Farmer le trouvait déjà antipathique quand il se montrait sous son meilleur jour, mais lorsqu'il explosait ainsi avec arrogance et grandiloquence, il devenait carrément odieux. Elle prit le premier de la pile, une feuille de chou à scandale, et lut la une racoleuse :

*MAGIE NOIRE DANS LE CAMBRIDGESHIRE :*
*UN MEURTRE RITUEL BOULEVERSE UN VILLAGE TRANQUILLE*

L'article contenait un compte rendu complet de l'enquête concernant le corps non identifié découvert dans le cimetière de St Mary avec des détails macabres à foison et en prime une photo du fossoyeur portant son chien. Les circonstances de la découverte du corps étaient rapportées avec la précision d'un scénario de film gore. Les autres articles semblaient tout aussi inspirés.

– C'est le bouquet, Harriet ! Là, c'est vraiment le bouquet ! Où diable ces scribouillards ont-ils été pêcher toutes ces informations ?

– Ils ont sûrement glissé quelques billets au fossoyeur.

– Il ne pouvait être au courant d'autant de détails. D'où sort toute cette histoire ridicule de magie noire et de crime rituel ?

– Le docteur Ryan, la légiste qui a autopsié le corps, a évoqué dans son rapport l'hypothèse d'un crime à caractère occulte. Les journalistes auront inventé le reste.

– Que ces maudits légistes gardent donc leurs idées farfelues pour eux ! Tout ce que nous attendons de Ryan, c'est qu'elle nous dise que la victime est morte et de quelle façon, un point c'est tout ! Chacun son boulot ! Je vais en toucher un mot à sa hiérarchie. Donc, vous m'assurez que la fuite vient d'elle ?

– Pas du tout. Je n'ai aucune certitude.

– Alors d'où vient-elle, bon sang ? De votre équipe ?

– Je n'en ai aucune idée, répondit Harriet Farmer que ces éclats et accusations commençaient à lasser. J'ai chargé Adams de se renseigner.

– Eh bien, assurez-vous qu'il fasse correctement son boulot. Je veux connaître l'origine de cette maudite fuite et si par malheur un de vos hommes est impliqué, je veux sa tête sur mon bureau dans le quart d'heure !

Farmer hocha la tête. Elle n'avait guère le choix.

– Et ce suspect que vous avez interpellé ? Vous l'avez inculpé ? poursuivit Words.

– Non, pas encore. Mais c'est une piste prometteuse.

– Prometteuse, ça ne me suffit pas, Harriet. Je veux du concret et sans traîner. Plus vite ce sac de nœuds sera démêlé, mieux ça vaudra. Nous n'avons pas besoin d'une psychose dans le comté.

Il marqua un temps d'arrêt, le temps de reprendre son souffle, puis revint à la charge.

– Loin de moi l'intention de me brouiller avec vous, Harriet, mais si cette enquête n'est pas bouclée rapidement, je serais malheureusement obligé d'avoir avec vous une petite discussion sur la suite de votre carrière. Le bleu de l'uniforme vous irait sans doute très bien !

Farmer poussa un profond soupir, mais ne répliqua pas. A part une inculpation rapide de Bird, rien n'était en mesure de calmer les foudres de son chef. Le hic, c'était le manque de preuves. Pour l'instant.

*
* *

Au volant de sa voiture de patrouille, l'officier de police Sandy Wilson surveillait le 42 Croft Lane avec son équipier, Philip Troakes. Il admira les grands pavillons résidentiels modernes, flanqués d'un garage double prévu pour les plus gros modèles de voiture. Il rêvait de posséder une belle maison de ce genre. Un rêve malheureusement au-dessus de ses moyens.

– Ça te plairait de vivre dans ce quartier ? demanda-t-il à son collègue.

Troakes, qui somnolait sur le siège du passager de la Panda blanc et noir, releva sa casquette d'un geste indolent.

– Au royaume des échangistes et des orgies à gogo ! Et comment que je suis partant !

– D'où sors-tu ces conneries ?

– Lis un peu les journaux du dimanche. Chaque semaine, il y a un article là-dessus. Pendant que les mecs sont au boulot, leurs femmes s'ennuient à mourir dans leur cage dorée. Ça leur donne des idées.

Wilson secoua la tête d'un air navré.

– Mon pauvre vieux, tu prends tes rêves pour des réalités.

– Souviens-toi de l'enquête sur le meurtre de Bradthorpe l'année dernière. Le même genre de quartier rupin. Six des gars chargés de surveiller le quartier se sont fait pincer pour des parties de jambes en l'air. Six, tu te rends compte ? Dont un avec la femme du directeur d'une banque du coin. A ce qu'il paraît, il a été pris en flagrant délit ; il avait encore sa casquette sur la tête.

Troakes éclata d'un rire gras en se renfonçant dans son siège. Il abaissa sa casquette sur ses yeux.

– Tout ça ne va pas arranger la réputation de la police, bougonna Wilson.

– Les îlotiers sont censés être proches du public, non ? insista Troakes, hilare. Ils ont pris leur boulot un peu trop au pied de la lettre.

Sandy Wilson secoua à nouveau la tête avec désapprobation et reprit sa surveillance. Il détestait les conflits familiaux. Ça se finissait toujours dans les larmes et personne n'en sortait grandi. Sans compter que ces stupides querelles domestiques étaient beaucoup plus périlleuses pour la police qu'on ne l'imaginait. Tandis que ses pensées commençaient à dériver vers le week-end et le match de foot du dimanche, une Ford gris foncé se gara dans l'allée du suspect. Troakes ouvrit un œil ensommeillé et aperçut un homme en complet bleu qui descendait de voiture. Celui-ci regarda dans leur direction.

– C'est notre homme ?

– Non, sans doute son avocat. C'est ce qui était convenu.

Colin Lane remonta l'allée jusqu'à la porte d'entrée. A cet instant, une Range Rover passa à la hauteur de la Panda et se gara un peu plus loin dans la rue. Les deux policiers ne la remarquèrent pas, tout occupés qu'ils étaient à observer l'avocat. Celui-ci disparut à l'intérieur de la maison. Les deux policiers se renfoncèrent dans leurs sièges.

Malcolm Purvis descendit de voiture et regarda en direction de la voiture de patrouille. Les deux occupants semblaient assoupis. Il claqua la portière. Les deux policiers se redressèrent en sursaut et, après avoir ajusté leurs casquettes, descendirent de voiture sans précipitation. Malcolm ne tenait pas la police en grande estime. Il reconnaissait la difficulté de sa mission, mais reprochait à certains de ses représentants un manque de professionnalisme parfois lourd de conséquences, notamment à la barre d'un tribunal. Combien de procès n'avait-il pas perdus à cause de témoignages approximatifs et bâclés ? Avec leur carrure de catcheurs, ces deux-là avaient tout à fait la tête de l'emploi qu'on leur avait assigné. Il espérait que leur intervention ne serait pas nécessaire. Il ouvrit le coffre de sa voiture, en sortit une grande valise marron et emboîta le pas aux deux armoires à glace jusqu'à la porte d'entrée du numéro 42.

Ils n'eurent pas besoin de frapper. L'avocat les avait vus arriver et leur ouvrit la porte. Il les conduisit à l'étage jusqu'à la chambre de son client et ouvrit une garde-robe. Malcolm le remercia d'un hochement de tête et entreprit d'entasser les vêtements de sa fille dans la valise. L'homme de loi surveillait chacun de ses gestes. Il nota scrupuleusement tout ce qui fut emporté. Malcolm Purvis referma la valise pleine et le petit groupe redescendit l'escalier. L'avocat qui fermait la marche les fit sortir sans les quitter des yeux un seul instant. Puis il referma la porte à clé et s'assura de leur départ.

Tandis que les deux véhicules tournaient au coin de la rue, une autre voiture démarra et s'engagea à leur suite. Elle éveilla aussitôt les soupçons de l'avocat.

Manifestement, il ne s'agissait pas d'un hasard. On aurait dit qu'elle les attendait. Il envisagea un appel anonyme à la police sur son portable. Si les amis de son client avaient décidé des représailles, il ne tenait pas à être impliqué. Il détacha son combiné fixé à son ceinturon et réfléchit à l'attitude à adopter. Malgré la distance, le conducteur lui avait fait l'impression d'un homme d'un certain âge, pas vraiment le genre de fréquentation de Bird. Il rangea son téléphone et regagna sa voiture.

*
* *

Sam ne rentra chez elle qu'en début de soirée. Sa voiture regorgeait de plantes de toutes tailles et espèces. Plusieurs spécimens dépassaient par les vitres ouvertes, donnant à sa Land Rover des allures de serre ambulante. Elle s'efforçait de garder ses week-ends libres et, sauf urgence ou permanence occasionnelle, elle y parvenait en général. Ces fins de semaine lui offraient une des rares occasions de faire ses courses, le ménage du cottage et de s'occuper de son jardin. En automne, il y avait toujours quelque chose à y faire. Elle adorait la douce torpeur qui enveloppait la nature en cette saison et prenait grand plaisir aux multiples tâches indispensables à la beauté de son petit domaine : plantation, élagage, division des vivaces et nettoyage en prévision des premiers froids.

Le cottage dans lequel vivait Sam était une maison de garde-chasse vieille de plus de deux cents ans. Si elle en appréciait le cachet rustique, elle aimait aussi le confort apporté par les rénovations qui avaient su préserver à l'endroit son charme d'origine, notamment une imposante cheminée à foyer ouvert et de magnifiques poutres en chêne au plafond. Son seul regret était le nom trompeur du lieu-dit, le *Domaine du Blaireau*. Tous ceux de la région avaient dû être enfumés ou pris au piège il y a fort longtemps, car depuis un an qu'elle avait acheté la maison, bien qu'elle ait entr'aperçu quelques spécimens attrayants de la faune locale, elle n'avait pas vu un seul blaireau. Le cottage était isolé, entouré de champs et de bois. Seul un petit sentier de terre battue y menait. C'était d'ailleurs pourquoi elle l'avait choisi. Et aussi à cause du jardin, un des plus enchanteurs qu'elle ait jamais vus.

Bien qu'il fût à l'abandon, il avait miraculeusement résisté à l'invasion des mauvaises herbes. De magnifiques roses anciennes aux senteurs rarement égalées par les hybrides modernes s'y épanouissaient pour le bonheur des yeux et du nez. Parmi les rosiers grimpants, le chèvrefeuille et le jasmin montaient à l'assaut du pignon et du mur de pierres qui protégeait le jardin des vents d'est. Sur l'arrière de la maison, une myriade d'herbes aromatiques et plusieurs variétés de lavande bordaient le sentier menant de la porte de la cuisine au cœur du jardin. Le soleil y donnait presque toute la journée et à chaque fois que Sam s'y rendait, elle effleurait avec bonheur les feuilles qui exhalaient leurs senteurs diverses et puissantes. Les giroflées, qui avaient enduré de nombreux hivers, s'étaient mélangées aux œillets plantés en plate-bande devant un vieux lilas. Comme elle avait pu le découvrir tout au long de cette première année, chacune des saisons lui offrait tour à tour une moisson de plantes et de fleurs plus ravissantes les unes que les autres. Mais celles-ci n'étaient pas éternelles et Sam consacrait beaucoup de temps et d'argent à faire des boutures, recueillir des graines et à éplucher les catalogues des jardineries afin de remplacer les précieux spécimens perdus.

Son voisin le plus proche, le fermier qui lui avait vendu le cottage, vivait à plus d'un kilomètre. Sam appréciait cette solitude. Elle lui donnait le temps de réfléchir et de se ressourcer. Quand elle ne s'occupait pas du jardin, elle passait des heures à se promener à travers les bois et les champs, respirant à grandes bouffées l'air frais et revigorant.

Elle conduisait toujours au pas sur le sentier défoncé qui menait à son cottage, naviguant avec prudence entre les grandes ornières pleines d'eau boueuse d'une profondeur incertaine. A la moindre distraction ou fausse manœuvre, son quatre-quatre se retrouverait embourbé. Quand elle déboucha enfin dans l'allée, elle remarqua une voiture bleu foncé garée contre le pignon. Dans la pénombre du soir, elle ne pouvait voir les visages des deux occupants, mais elle devina qu'il s'agissait de policiers. Même banalisée, une voiture de police reste une voiture de police. Sans y prêter attention, Sam descendit de sa Land Rover et entreprit de décharger sa cargaison. Des pas crissèrent sur les gravillons. Elle posa le grand hamamélis qu'elle venait d'extirper de l'habitacle et se retourna vers les visiteurs. C'étaient les inspecteurs Farmer et Adams. D'un air peu amène, elle les regarda approcher, espérant qu'ils avaient une bonne raison de venir troubler l'intimité de son week-end.

– J'ignorais que vous faisiez des visites à domicile.

– Ce n'est pas dans nos habitudes, docteur Ryan, mais il s'agit d'une urgence, expliqua Harriet Farmer, contrariée de se sentir mal à l'aise.

– Nous allons devoir parler dans le jardin, je le crains. Je dois planter cet arbre avant la tombée de la nuit, répondit-elle, désignant l'*Hamamelis Mollis* à ses pieds.

– Adams, donnez donc un coup de main au docteur Ryan, voulez-vous ?

Visiblement peu enchanté, celui-ci comprit cependant qu'il n'avait pas le choix. Sam s'éloigna vers l'arrière de la maison en compagnie d'Harriet Farmer et lança un regard amusé au policier qui se demandait comment il allait soulever cette plante encombrante sans salir son costume avec la terre du pot.

La marche avait été longue depuis la route et ça montait tout le temps. L'état du sentier n'avait pas facilité sa progression. Il avait glissé et trébuché à plusieurs reprises et quand il était enfin arrivé en vue du cottage, il avait les mains, les chaussures et le bas de son pantalon trempés et couverts d'une épaisse boue noire. Le grand distributeur blanc qu'il tenait contre sa poitrine l'encombrait et lui faisait perdre l'équilibre. Quand il atteignit enfin sa destination, il était épuisé. Il s'appuya contre un des montants du portail, histoire de reprendre son souffle. C'est à ce moment-là qu'il remarqua la Vauxhall bleue garée contre le pignon à quelques mètres de lui. Il n'y prêta d'abord guère d'attention. Sans doute des amis en visite. Mais quand la radio se mit à grésiller dans l'habitacle, il prit peur. La police ! Abandonnant son précieux butin qu'il adossa contre le portail, il prit ses jambes à son cou et disparut entre les arbres qui jouxtaient le cottage. Il s'enfonça dans le sous-bois dense jusqu'à ce qu'il se sente en sécurité.

Malgré l'approche de l'hiver, le jardin de Sam était encore magnifique. Harriet Farmer, qui n'avait guère l'âme d'un jardinier, l'admira intérieurement, impressionnée par la somme de travail nécessaire à sa création et son entretien. Les bordures profondes et bien fournies avaient été conçues de façon à ce que couleurs, formes et parfums se renouvellent en harmonie tout au long de l'année. Au fond du jardin, derrière une haie taillée et un treillage élégant, se trouvait un petit verger aux espèces variées. Les feuillages d'automne arboraient un flamboiement de rouges et de bruns digne d'un Rembrandt.

Sam entra dans la petite véranda sur l'arrière de la maison et en ressortit avec une paire de bottes en caoutchouc vert. Adams apparut au coin, toujours aux prises avec sa plante qu'il ne savait où poser.

– Là-bas, dans le coin ! lui lança Sam, remarquant son embarras.

Adams avança, mais dans la mauvaise direction.

– Non, non, par là-bas ! l'arrêta-t-elle, pointant l'index vers le fond du jardin.

L'inspecteur la foudroya du regard. Il commençait à en avoir assez de servir de larbin. Quand il atteignit l'endroit que Sam avait désigné et qu'elle lui eut signifié son approbation d'un hochement de tête, il déposa précautionneusement son encombrant colis sur le sol.

Sam enfila ses bottes et alla chercher une bêche et un sac de compost dans un appentis adossé à la maison, puis elle rejoignit Adams et entreprit de creuser un grand trou.

– Qu'y a-t-il donc de si important pour que vous mettiez le nez dehors par un samedi froid et pluvieux ? s'enquit-elle, peu aimable.

– Nous tenons un suspect dans l'affaire James, expliqua Harriet Farmer, tandis que Sam s'activait avec énergie.

Sam leva les yeux vers elle, puis recommença à creuser. Rythmé par ses coups de bêche, son souffle formait de petits nuages de vapeur blanche dans l'air glacial du soir.

– Tant mieux, mais je ne vois pas en quoi je peux vous être utile.

Sans attendre la réponse de Farmer, elle déversa une généreuse quantité de compost dans le trou.

– Nous avons interpellé le propriétaire d'une discothèque de Cambridge, un dénommé Sebastian Bird.

Sam interrompit son travail et s'appuya sur sa bêche.

– A-t-il un intérêt particulier pour l'occultisme ?

– Cette affaire n'a rien à voir avec la magie noire, docteur Ryan. Il s'agit d'un simple règlement de comptes entre voyous qui a mal tourné.

– Et la croix sur le torse ?

– Ces types ne sont pas des tendres. C'est le genre de traitement qu'ils peuvent s'infliger entre eux.

– Si vous avez déjà toutes les réponses, qu'attendez-vous donc de moi ? s'impatienta Sam.

– Nous savons que James a dérobé plusieurs milliers de livres dans le coffre de Bird à *L'Oiseau de Nuit*, sa discothèque, et que celui-ci l'a traqué le soir présumé de son assassinat. Nous avons un témoin qui confirme ces faits. Nous savons aussi qu'il a été étranglé...

– Garrotté, corrigea Sam.

– Garrotté, répéta Farmer de mauvaise grâce, à l'aide d'un tube provenant d'un carillon éolien suspendu à l'extérieur de la discothèque. N'importe qui aurait pu le subtiliser. Le carillon reste accroché dehors vingt-quatre heures sur vingt-quatre. Bref, en l'état actuel de l'enquête, nous sommes dans une impasse.

Sam reprit son travail.

– Il n'est pas passé aux aveux ?

Avec un bel ensemble, Farmer et Adams firent signe que non.

– Dans ce cas, où suis-je censée intervenir ?

– Nous ne disposons que de présomptions indirectes, expliqua Harriet Farmer. Cela ne suffit pas pour l'inculper.

Sam égalisa le compost au fond du trou.

– Et nous nous demandions si vous aviez trouvé quelque chose qui pourrait nous aider à le confondre.

Sam alla ouvrir le robinet près de l'appentis et traîna le long tuyau d'arrosage jusqu'au trou qu'elle entreprit de remplir. Elle leva les yeux vers l'inspecteur principal.

– Vous avez eu mon rapport. Je ne vois pas ce que je pourrais ajouter de plus.

Elle retourna couper l'eau, puis se débattit avec la plante pour la sortir de son conteneur. Serviable, Adams s'accroupit à ses côtés et l'aida à extirper la motte du pot et à la placer au fond du trou où elle atterrit dans un éclaboussement d'eau boueuse.

Agacée par l'indifférence de Sam, Farmer revint à la charge.

– A l'exception du carillon qui, du fait de son accessibilité générale, ne nous est pas d'une grande aide, nous ne disposons d'aucune preuve de la présence du suspect sur le lieu du crime et n'avons pu établir aucun lien avec les pièces à conviction en notre possession. Nous espérions que vous auriez peut-être remarqué quelque chose...

– Par exemple ? demanda Sam qui ne voyait pas où elle voulait en venir.

– Je ne sais pas... Le moindre indice qui nous permettrait d'établir un lien direct entre Bird et le meurtre.

– Marcia Evans, de Scrivingdon, a recueilli des fibres sur le corps. L'avez-vous contactée ?

– Oui, intervint Adams. Le crin de cheval provenait du siège de la voiture de James. Et le docteur Owen nous a fait parvenir un échantillon du tissu de son veston. Ils correspondent aux fibres retrouvées sur le corps. Il n'y a donc rien à attendre de ce côté-là.

– On lui a fait la leçon, déclara Farmer d'un ton sec devant le regard réprobateur de Sam. Cela ne se reproduira pas.

Sam en doutait, mais ne fit aucune remarque.

– Etes-vous certaine qu'il n'y avait rien d'autre ? Un petit détail qui, interprété différemment, nous fournirait ce que nous cherchons ?

Sam mit les dernières pelletées de terre dans le trou et la tassa à coups de talon énergiques.

– Si nous ne trouvons pas très vite une piste, insista Farmer, nous allons être obligés de remettre en liberté Bird. Etes-vous vraiment sûre de ne rien pouvoir dénicher ?

Etait-ce le ton de Farmer ou bien son regard ? Sam comprit soudain ce que l'inspecteur principal attendait d'elle. Elle en fut indignée.

– Je ne peux pas inventer ce qui n'existe pas, rétorqua-t-elle d'un ton cassant.

– Vous avez peut-être découvert quelque chose sans forcément faire le rapprochement. Vous me comprenez, n'est-ce pas ?

Sam finit de ratisser le sol autour de l'hamamélis, puis regarda Farmer droit dans les yeux.

– Je vous comprends parfaitement. Tout est dans mon rapport et rien ne m'a échappé.

Les deux femmes se toisèrent d'un air de défi et le visage de Farmer s'empourpra de colère.

– Voulez-vous que je porte les autres plantes ? intervint Adams, histoire de désamorcer la tension.

Sam arracha son regard de celui d'Harriet Farmer.

– Non, merci. Je continuerai tranquillement demain matin. Après ce que je viens d'entendre, c'est vous que je vais planter là.

Elle baissa les yeux vers le bas de pantalon d'Adams qui était couvert de boue.

– Désolée pour votre pantalon, inspecteur Adams, lança-t-elle en s'éloignant vers la maison.

– Et merde, marmonna-t-il en essayant de nettoyer les dégâts de son mieux.

– Vous ne croyez pas si bien dire.

Sam ouvrit la porte de derrière et entra dans la cuisine. Puis elle referma le battant et tourna rageusement la clé dans la serrure, abandonnant les deux inspecteurs dans le jardin sombre.

De sa cachette, il vit les deux policiers remonter dans la Vauxhall et repartir. Il s'assura de voir les feux arrière disparaître au bas du sentier, quand la voiture s'engagea sur la route. Puis il longea l'allée de gravillons qui menait sur l'arrière du cottage.

Dans la cuisine, Sam préparait le dîner. Elle mourait de faim. Elle n'avait pas eu une minute pour déjeuner. Bernard, un gros matou angora tigré, sauta sur le plan de travail et renifla la poêle sur la plaque de cuisson. Sam le prit avec douceur et le caressa. Son chat était sa seule compagnie et elle y tenait beaucoup. Après le déménagement, il avait été un peu perdu. C'était un chat des villes et la vie au grand air l'avait d'abord dérouté, mais après un temps d'adaptation, il s'y était fait et rapportait maintenant à la maison une ribambelle de rats morts, campagnols, mulots et autres petits rongeurs. A l'instant où elle le déposait sur le carrelage, elle entendit frapper sur un des panneaux en verre de la serre. Elle plissa les yeux à la fenêtre, mais ne distingua rien dans l'obscurité. Elle alluma le projecteur extérieur et le jardin s'illumina. Aucun signe de vie. Vaguement inquiète, elle sortit dans la véranda, enfila ses bottes et s'arma de sa bêche. Puis elle s'aventura prudemment dans le jardin.

– Salut, tante Sam !

Elle fit volte-face et se retrouva nez à nez avec son neveu qui lui souriait. En dépit de son soulagement, elle laissa éclater sa colère.

– Pourquoi ne frappes-tu pas à la porte d'entrée comme tout le monde ? J'ai failli avoir une crise cardiaque !

– Désolé, j'attendais que tes visiteurs s'en aillent.

Sam n'en croyait pas ses yeux. Il était dans un drôle d'état.

– Qu'est-ce que tu as encore fabriqué ? On dirait le monstre du Marais Noir.

Ricky baissa les yeux sur ses vêtements maculés de boue.

– Je me suis planté dans une ou deux ornières en montant jusqu'ici. Il faisait noir comme dans un four.

Sam avait beaucoup d'affection pour son neveu, même si parfois ce n'était pas chose aisée. Grand et mince comme un fil, il avait cette gaucherie dégingandée qui accompagne souvent la puberté chez les garçons. Une chance pour lui, il ne souffrait pas d'acné. Et malgré tous ses défauts, son visage d'ange et sa tignasse rousse en bataille avaient le don de la faire craquer.

– Tu as mangé ?

– Pas récemment.

– Viens, je t'invite. Il y en a assez pour deux.

Ricky suivit sa tante à l'intérieur et ôta ses baskets boueuses sur le paillasson. Sam alla soulever le couvercle de la sauteuse dans laquelle mijotait une bolognaise maison.

– Encore quelques minutes et ce sera prêt. Comment va la famille ?

– Grand-mère est toujours fidèle à elle-même. Maman a l'air fâché en permanence et David passe tout son temps avec sa nouvelle copine.

David était l'aîné de Wyn. Si Sam avait un faible pour Ricky, elle n'avait jamais réussi à porter David dans son cœur. Il ressemblait beaucoup trop à son père, égoïste et taciturne. Ricky était loin d'être un ange, mais il possédait une gentillesse foncière que Sam aimait.

– Alors on va avoir un mariage dans la famille ?

– Ça m'étonnerait, répondit le garçon avec une moue sceptique. Son slogan avec les nanas, c'est « je prends, je jette ».

Sam se hérissa intérieurement. C'était tout David. Elle préféra le chasser de son esprit.

– Prends deux assiettes, tu veux ? Elles sont là, dans le buffet.

Quand Ricky se leva de table, il sortit sa main gauche de sa poche où il la cachait depuis son arrivée. Il l'avait enveloppée dans un mouchoir blanc crasseux, un mélange de boue et de sang coagulé. Sam s'en aperçut.

– Qu'est-ce que tu as ? Tu es blessé ?

Elle le força à se rasseoir, lui prit la main et ôta le bandage de fortune. Il fit la grimace quand le tissu se décolla de la plaie, une méchante coupure qui lui barrait la paume.

– Comment t'es-tu fait ça ?

– Je me suis coupé avec un morceau de verre. Un accident idiot.

Maintenant qu'elle était assise à côté de lui, elle remarqua son haleine.

– Tu as bu ?

– Juste une bière.

Sam hocha la tête d'un air qui voulait dire « cause toujours » et alla prendre une trousse de premiers secours dans la salle de bains. Elle versa un antiseptique sur un morceau de coton et désinfecta la plaie. Ricky serra les dents.

– Désolée. Tu es sûr que c'était du verre ? Ça n'en a pas l'air.

Elle enveloppa sa main dans un bandage propre et le fixa à l'aide d'une épingle de sûreté.

– Voilà, ça devrait aller.

Elle mit le couvert et servit les pâtes. Ricky se jeta sur son assiette.

– Dis donc, tu meurs de faim ! s'exclama Sam en riant.

Il engloutit ses pâtes en silence, puis lança un regard pathétique à sa tante par-dessus la table.

– Je peux rester ici cette nuit ? Si je rentre, il va falloir que j'explique ça, dit-il en levant sa main bandée.

Sam sonda son regard.

– Tu es sûr que tu n'as rien à me dire ?

Ricky continua de manger.

– Non, mais maman ne voudra jamais me croire, répondit-il, la bouche pleine de spaghettis.

Sam soupira. Décidément, son week-end tranquille commençait mal. Mais son sens de la famille et l'affection qu'elle portait à son neveu eurent tôt fait de prendre le dessus.

– Bon d'accord, je vais te préparer le lit dans la chambre d'amis. Mais il vaut mieux téléphoner à ta mère pour lui dire où tu es. Sinon elle va s'inquiéter.

Ricky la regarda d'un air penaud.

– C'est toi qui l'appelles, d'accord ?

– Et puis quoi encore ? Pas question. Tu te débrouilles tout seul. Et avant, tu feras la vaisselle.

Ricky s'appuya contre le dossier de sa chaise et s'enferma dans un silence buté.

– Désolée d'avoir oublié ton anniversaire, continua Sam devant sa mine renfrognée. Ces derniers temps, ça s'est un peu bousculé au travail.

Ricky haussa les épaules sans un mot. Sam sortit son porte-monnaie de son sac et lui tendit un billet de vingt livres.

– Tiens, pour me faire pardonner. Et dépense cet argent à bon escient, ajouta-t-elle, consciente cependant que c'était sûrement mission impossible.

Un large sourire éclaira le visage de Ricky.

– T'es cool, tante Sam. Merci.

– Et ton nouveau travail, comment ça va ?

Ricky plongea piteusement le nez dans son assiette.

– Qu'est-ce qui s'est passé cette fois ? s'enquit Sam.

– Manque de ponctualité. De toute façon, c'était un

boulot sans perspective. Je voudrais aller à la fac, mais maman est contre.

– Tu n'étais pas particulièrement brillant au lycée, il me semble.

– C'était pas pareil. Et puis, les profs pouvaient pas me sacquer.

Sam eut un sourire désabusé.

– Et c'était justifié, si je me souviens bien. Tu crois qu'à la fac, ce serait différent ?

Il hocha la tête avec enthousiasme.

– On est traité en adulte, pas en gamin.

– Oui, mais toi, es-tu prêt à agir en adulte ?

– Arrête ton sermon, on dirait maman, bougonna Ricky.

La comparaison avec sa sœur coupa l'appétit à Sam et mit fin à la discussion.

– Commence la vaisselle, dit-elle en se levant. Je vais préparer ton lit.

Ricky hocha la tête.

– Et n'oublie pas d'appeler ta mère.

Il tenta un regard implorant.

– Inutile d'insister, Ricky.

*

* *

– Qu'est-ce que j'ai ri quand tu as renversé la moitié de l'eau du bain sur ton pantalon ! s'exclama Frances. Et tu as laissé tomber deux fois le poupon en plastique en essayant de le changer. Si tu veux t'occuper de ton petit-fils, tu as de sacrés progrès à faire !

Malcolm Purvis avait accompagné sa fille au cours de préparation à l'accouchement dispensé par la clinique où elle s'était inscrite. D'abord réticent, il avait fini par céder pour lui faire plaisir. A leur entrée dans la salle, il avait lu la réprobation des autres participants sur leurs visages. Un homme d'au moins quarante-cinq ans en compagnie d'une jolie jeune fille... Encore un que le démon de midi avait pris. Elle aurait pu être sa fille, devaient-ils penser. Un peu embarrassé, Malcolm Purvis s'était assis au fond à côté de Frances. Mais les présentations avaient détendu l'atmosphère et, au bout du compte, il s'était beaucoup amusé. Bras dessus, bras dessous, ils regagnèrent la voiture sur le parking de la clinique. Plongés dans leur conversation, ils ne remarquèrent pas la voiture bordeaux garée quelques emplacements plus loin.

*

*  *

Il était neuf heures quand Sam dévala l'escalier. Une odeur de bacon grillé lui chatouilla les narines. Dans la cuisine, la table était mise et son neveu s'affairait devant la plaque de cuisson.

– Tu prépares le petit déjeuner ? C'est gentil.

Il lui jeta un regard par-dessus son épaule.

– De bons œufs au bacon bien sains.

– Sains ? Ce n'est sans doute pas le mot qui me viendrait à l'idée, plaisanta Sam en décrochant son manteau de la patère derrière la porte.

Ricky la regarda avec étonnement.

– Tu ne manges pas ?

Elle l'embrassa sur le front et soupira avec regret.

– Désolée, pas le temps. Je suis déjà en retard.

– Mais c'est dimanche !

– Tout le monde ne finit pas sa semaine le vendredi après-midi, tu sais.

Pendant qu'elle enfilait son manteau, il déposa un œuf au bacon sur une tranche de pain et la lui tendit.

Sam croqua une bouchée avec appétit.

– Délicieux, merci.

– Grand-mère t'a jamais dit qu'on parle pas la bouche pleine ? la taquina-t-il, tandis qu'elle ouvrait la porte.

– Tu seras là à mon retour ?

– Ça m'étonnerait. Il vaut mieux que je rentre braver la tempête.

– Bonne chance.

Elle alla jusqu'à la porte d'entrée et prit le courrier qu'elle n'avait pas ramassé la veille. Pour la plupart, il s'agissait de prospectus publicitaires, mais il y avait aussi une carte postale. Elle la lut en riant. Hilare, elle ouvrit la porte en avalant une bouchée de son sandwich... et se retrouva nez à nez avec Tom Adams. Il tenait dans ses bras un grand distributeur de cigarettes blanc au dos duquel pendouillaient quelques gros morceaux de plâtre. Sam le regarda, sidérée. Sa bouchée lui resta en travers de la gorge. Adams lui sourit.

– De la famille en vacances ? demanda-t-il, désignant du regard la carte qu'elle tenait à la main.

– Non, un ancien... ami. A ce qu'il raconte, je dois m'attendre à une visite de sa part.

Adams se rembrunit imperceptiblement. Il lui tendit le distributeur.

– C'est à vous ? Je l'ai trouvé près de votre portail. J'ignorais que vous fumiez.

Sam fronça les sourcils.

– Je ne fume pas.

Elle examina le sang séché qui maculait les côtés de l'appareil et comprit soudain comment Ricky s'était blessé la main. Il était grand temps de donner une petite leçon à cette graine de voyou. Ça lui apprendrait à mentir à sa tante. Adams posa le distributeur sur le paillasson.

– Désolé pour hier soir, dit-il, abordant la véritable raison de sa visite. Je tenais à vous dire que je n'y suis pour rien. Nous sommes soumis à une forte pression à cause de l'affaire James.

– Et ça tape sur les nerfs de votre supérieure.

– En quelque sorte.

– C'est ce que j'avais cru remarquer. Si vous le souhaitez, ajouta-t-elle après un silence, je peux procéder à un nouvel examen du corps pour m'assurer qu'aucun détail ne m'a échappé, mais s'il n'y a rien...

Adams leva la main.

– Je comprends, merci.

Sam entendit des pas derrière elle. Elle se retourna. Ricky avait entendu sa tante parler et s'avançait avec curiosité dans le couloir.

– Ricky, je te présente Tom Adams.

L'adolescent lui tendit sa main blessée.

– Tom est inspecteur de police.

A cet instant, Ricky remarqua le distributeur de cigarettes ensanglanté sur le paillasson. Il réprima un juron et se balança d'un pied sur l'autre, mourant visiblement d'envie de prendre ses jambes à son cou.

– L'inspecteur Adams a trouvé ça près du portail, dit Sam, imperturbable, en désignant le distributeur. Je me demande ce que ce truc faisait là.

Ricky feignit l'indifférence.

– Je vois là une belle série d'empreintes. Vous devriez facilement mettre la main sur le coupable, n'est-ce pas, inspecteur ? demanda Sam avec un clin d'œil.

Adams hocha la tête en fixant l'adolescent d'un air qui ne laissait rien présager de bon.

– En effet, nous sommes déjà sur une piste.

Sam adressa un large sourire à son neveu et se dirigea vers sa voiture.

– Bon, il faut que j'y aille. Je suis sûre que vous avez beaucoup de choses à vous raconter, tous les deux.

Ricky la regarda s'éloigner avec un mélange d'incrédulité et de sentiment de trahison.

Adams se tourna vers l'adolescent.

– Et si on rentrait discuter deux minutes de ta dernière campagne « antitabac » ?

Une demi-heure plus tard, Sam se garait dans le petit parking pavé devant St Steven's College. Elle franchit le portail et se présenta à la loge du portier qui lui indiqua le bureau de Simon Clarke à l'autre bout de Grand Court. A ses yeux, Grand Court était la plus belle cour intérieure de l'université de Cambridge. Un vaste espace entouré par des enfilades de salles d'étude qui s'ouvrait sur trois côtés par des portails monumentaux. A droite de l'entrée principale se trouvait la chapelle du collège, une haute bâtisse imposante qui depuis plusieurs siècles avait entendu les prières des plus grands et devant laquelle se dressait le chef-d'œuvre de Roubiliac, la statue de l'étudiant le plus illustre de Cambridge, Isaac Newton. Tout au fond se trouvait le réfectoire avec son plafond à solives et ses hauts vitraux. Du personnel en tenue servait encore les repas, sur de longues tables en chêne, aux quelques privilégiés de ce club très fermé. Le point de convergence de la cour et son attrait le plus charmant selon l'avis de Sam était la fontaine. Construite par des artisans italiens, elle dominait le décor avec splendeur. De presque toutes les salles donnant sur la cour, on entendait le doux murmure de ses jets d'eau qui contribuait à créer l'atmosphère calme et contemplative propice à l'étude.

Sam gravit les marches de l'escalier M10, lissées et usées par des années de passage. Le palier donnait sur une grande porte verte en chêne. Celle-ci était ouverte. La porte intérieure blanche était entrebâillée.

– Entrez, entrez, fit une voix à l'intérieur, alors qu'elle s'apprêtait à frapper. Je suis à vous dans une minute. Mettez-vous à l'aise.

Sam poussa le battant et pénétra dans une pièce sombre. Les quatre fenêtres sur la cour étaient obscurcies par un rideau de lierre dense que la lumière du jour avait toutes les peines du monde à franchir. Le bureau était dominé par une grande cheminée de style George V. Sur l'imposant manteau était disposée une collection de bocaux, statues et pots de toutes formes et tailles. Au fond, une bibliothèque croulait sous les livres dont certains, visiblement très anciens, semblaient sur le point de tomber en poussière. Au centre de la salle trônait un grand bureau en chêne couvert de dossiers et de livres. Une légère odeur de vieux papier humide se mêlait à un relent de tabac froid et de renfermé, comme si la pièce, abandonnée en hâte, n'avait pas été aérée depuis des mois. Aux murs étaient accrochés de nombreux tableaux et gravures. Un objet étrange accrocha l'œil de Sam. Il était suspendu à un simple clou au-dessus de la cheminée. C'était un masque mortuaire noir à l'expression quasi hypnotique. Une voix sèche derrière elle l'arracha à sa contemplation.

– Le masque mortuaire d'Aleister Crowley, l'illustre Sorcier, la Bête aux trois six, expliqua l'homme, l'index levé. Une pièce unique.

Sam haussa les sourcils en regardant à nouveau le masque.

– Ça ne m'étonne pas.

– Vous êtes Samantha Ryan, l'amie de Trevor Stuart, n'est-ce pas ? Simon Clarke, enchanté de faire votre connaissance.

Il lui tendit une main tachée de nicotine. Sam la serra.

– Merci de me recevoir un dimanche.

– La semaine, le week-end, pour moi c'est du pareil au même. Les jours finissent par tous se ressembler. Mon travail ne connaît pas de pause.

Simon Clarke devait avoir une quarantaine d'années, mais paraissait plus âgé. Grand et mince, il portait des lunettes à verres épais et à monture d'acier. Il avait une allure débraillée et dégageait une forte odeur de tabac froid et de transpiration. Il se retourna vers le masque.

– Crowley s'est adonné à toutes les formes de débauche connues de l'homme... et même à quelques autres. Il a trouvé la mort en France durant une orgie à la gloire des paradis artificiels.

– Certainement le sourire aux lèvres.

Simon laissa échapper un petit rire, puis alla d'un pas vif jusqu'à son bureau et y prit un gros ouvrage à reliure de cuir. Il le laissa tomber sur le plancher et s'assit devant en tailleur.

– Pourquoi avez-vous choisi la médecine légale ?

Sam fut surprise par cette question abrupte, mais répondit volontiers.

– Les morts m'intéressent davantage que les vivants. Et ils ne braillent pas quand vous les chatouillez avec un scalpel.

Un sourire passa sur les lèvres de Simon Clarke.

– J'ai fait trois années de médecine. Ça ne me convenait pas. Je n'arrivais pas à m'habituer aux dissections. Découper des morceaux de cadavre... j'en frissonne encore.

– Et vous, pourquoi la criminologie ?

– Au départ, j'imagine, un certain humanisme. Faire en sorte que le monde tourne rond, changer les criminels, en faire des membres utiles de la société.

– Et maintenant ?

– Je veux juste aider à coincer ces salopards. La plupart d'entre eux ne veulent pas s'amender et se complaisent dans leurs vices. Si je peux contribuer à en empêcher quelques-uns de nuire, tant mieux.

– Qu'on les pende haut et court, c'est ça ?

– Plutôt une balle dans la nuque. C'est plus propre et plus rapide.

Sam fut un peu surprise par ses vues pour le moins radicales. Simon Clarke s'en amusa.

– Je vous choque, n'est-ce pas ? A ce que je vois, le système judiciaire n'a pas encore corrompu votre louable humanisme. Mais imaginons qu'un de vos proches soit victime d'une violente agression ou d'un odieux assassinat. Imaginons encore que la justice, comme c'est souvent le cas, remette le coupable au plus vite à la rue où il s'empressera bien sûr de recommencer son carnage. Là, vous verriez sûrement les choses sous un autre jour.

Sam ne sut que répondre.

– Ce n'est pas la première fois que ce genre de symbolique est utilisé dans un meurtre par ici, poursuivit Simon Clarke.

– Pardon ?

– La croix renversée. Il y a eu des précédents dans la région.

Sam s'assit à son tour sur le plancher.

– Vraiment ?

– Oui, enfin pas très loin d'ici, dans les Fens. Connaissez-vous quelque chose à la magie noire ?

Sam fit signe que non. Simon Clarke feuilleta le livre d'un index impatient. Il l'ouvrit sur une double page dont l'illustration représentait deux femmes attachées sur un bûcher.

– La sorcellerie a imprégné cette région depuis des siècles.

Sam examina les gravures avec attention. Une des femmes hurlait sous l'effet des flammes qui lui léchaient les jambes et les hanches. Le visage déformé par la douleur, l'autre avait la langue gonflée et pendante. Un des bourreaux lui serrait quelque chose autour du cou, tandis que son compagnon mettait le feu aux fagots à ses pieds.

– Que lui fait-il ? s'enquit Sam.

– Il la garrotte.

– Pourquoi ?

– Si on plaidait coupable, on était garrotté avant que le feu soit mis au bûcher. C'était une mort plus rapide, moins douloureuse. Un acte de miséricorde en quelque sorte.

– Que portent-elles donc enroulé autour du poignet gauche ?

– Du lierre, probablement.

Simon Clarke prit une loupe sur son bureau et se pencha sur l'ouvrage.

– Oui, c'est ça, des guirlandes de lierre. Le lierre était censé empêcher les sorcières de faire usage de leurs pouvoirs contre leurs ennemis. Il intervient dans maintes cérémonies occultes. Les Romains contraignaient les Juifs à le vénérer.

Sam hocha la tête, fascinée.

– Mais quel rapport avec l'affaire Mark James ?

– J'y viens.

Il feuilleta quelques pages et s'arrêta sur une photographie de deux Noirs en blouse de paysans d'un autre âge.

– Je vous présente Charles et Isaac Ironsmith.

Sam prit la loupe et étudia la photographie avec soin.

– Ils sont arrivés à Little Overton tout au début du siècle. Ils n'avaient qu'une dizaine d'années à l'époque et ne parlaient pas un mot d'anglais. Personne ne savait d'où ils venaient. Les hommes de couleur étaient très rares dans la région à l'époque et on faisait des kilomètres rien que pour les voir. Une véritable attraction. Joseph Ironsmith, un fermier du coin, les a recueillis et élevés comme ses propres enfants. Ceci explique leur nom de famille. Il avait perdu ses deux fils durant la guerre des Boers et manquait désespérément de bras à la ferme. Apparemment, ils se sont bien accordés. A sa mort, le paysan a laissé l'exploitation à ses deux fils adoptifs qui ont continué de s'en occuper. Ils menaient une vie très retirée, sans problème apparent.

– Avaient-ils appris l'anglais ?

– Oui et non. Personne ne les a jamais entendus parler anglais, mais la plupart de ceux qui ont eu des contacts avec eux étaient convaincus qu'ils comprenaient parfaitement la langue. Et puis ils communiquaient sans problème avec le vieux paysan.

– Tout ceci est fascinant, mais vous n'avez toujours pas répondu à ma question.

– Patience, j'y arrive. On a raconté beaucoup de choses sur ces garçons. Des sornettes pour la plupart, mais des incidents étranges se sont effectivement produits dans la région.

– De quel ordre ?

– Effigies de cire clouées sur la porte de l'église, tombes profanées, bétail malade... les trucs classiques. Mais aucun de ces incidents n'a jamais pu être imputé aux deux frères. A mon avis, certains habitants du coin les auraient volontiers fait accuser de sorcellerie pour s'en débarrasser. Mais le vieux Ironsmith les protégeait comme une louve.

– A-t-on fini par découvrir d'où ils venaient ?

– Des bruits ont couru. On prétend qu'environ un mois avant l'arrivée des garçons au village, un navire marchand en provenance d'Haïti se serait échoué sur la côte du Norfolk, d'où la crainte du vaudou.

– Etait-ce la vérité ?

Simon haussa les épaules.

– J'ai épluché toutes les archives sans trouver la moindre trace de ce navire, mais cela ne prouve pas grand-chose. Tous les naufrages n'ont pas été répertoriés, loin de là.

– Cette explication me semble un peu tirée par les cheveux, non ?

– Certes, mais le vaudou fait la synthèse de nombreuses croyances africaines. Il a aussi beaucoup emprunté au catholicisme. Il se peut que les frères Ironsmith aient été influencés par le vaudou dans leur petite enfance.

– Quel est le rapport avec l'affaire Mark James ? insista Sam qui commençait à penser qu'elle perdait son temps.

– Un des frères, Isaac, a trouvé la mort dans un accident à la ferme dans les années vingt. L'exploitation représentait trop de travail pour un seul homme. Charles l'a vendue à un paysan du coin. Il s'est installé dans un petit cottage voisin et a travaillé à la ferme comme ouvrier agricole jusqu'à sa mort prématurée.

– Que lui est-il arrivé ?

– Il a été assassiné dans les années soixante.

– Assassiné ?

– Il était sorti tailler des haies. Ne le voyant pas revenir après la tombée de la nuit, le fermier a envoyé un petit groupe à sa recherche. On l'a trouvé au sommet de Primrose Hill, juste à la sortie du village. Il avait été garrotté. Une guirlande de lierre lui entourait le poignet gauche.

Simon Clarke plongea son regard pénétrant dans celui de Sam.

– Et détail plus intéressant encore, reprit-il après une pause destinée à assurer son effet, une grande croix renversée lui barrait le torse et l'abdomen.

– A-t-on mis la main sur le ou les coupables ? s'enquit Sam avec un brusque regain d'intérêt.

– A ma connaissance, il n'y a pas eu d'arrestation. Mais allez donc rendre visite au révérend John Shaw. C'est le pasteur de Little Dorking, une encyclopédie vivante sur l'histoire de la région. Sur le meurtre du vieux Charlie, il est intarissable. Il pourra peut-être vous apprendre quelque chose.

Sam se leva.

– Sans vouloir me montrer dédaigneuse, dit-elle avec un regard à l'inquiétant masque de Crowley, ne pensez-vous pas que la sorcellerie est seulement un prétexte à des orgies débridées pour riches branchés en mal de sensations fortes ?

– Il y a plus de vingt-cinq mille sorciers et sorcières en activité actuellement dans le pays et la plupart d'entre eux prennent la chose très au sérieux.

– Des goules et démons qui s'envoient en l'air dans les bois les jours de sabbat, c'est ça ?

En guise de réponse, Simon Clarke se contenta d'un sourire condescendant.

– Je viens de me souvenir qu'un de mes anciens étudiants avait rédigé un mémoire sur l'affaire Ironsmith. Cette histoire est devenue pour lui une véritable obsession, au point qu'il en a négligé son poste de maître-assistant et a fini par se faire renvoyer de l'université. Si je me souviens bien, il s'appelait Bird. Oui, Sebastian Bird. Un élément brillant.

*

* *

L'inspecteur principal Farmer déboula comme une furie dans la salle des pas perdus du Tribunal d'Instance de Cambridge. Les claquements de ses talons sur le dallage de pierre résonnaient contre la voûte.

– Quelle bande d'irresponsables ! Et cette caution exorbitante, comment fait-il pour la payer ? S'il récidive, ce sont eux qui porteront le chapeau, pas moi !

– Le dossier n'était pas assez solide, vous le saviez en entrant ici, tenta de la calmer l'inspecteur Adams qui l'accompagnait. Mais les juges ont assorti sa libération d'un contrôle judiciaire. A la moindre occasion, on le boucle.

– Vous irez raconter ça à la famille de la prochaine victime !

Elle se tourna vers lui.

– Je veux que vous le fassiez filer jour et nuit. Si cette ordure bouge le petit doigt, je veux en être avertie immédiatement, compris ?

Adams hocha la tête et Farmer sortit sur le perron que baignait le soleil automnal. En haut des marches, elle s'arrêta net, comme si elle venait de heurter un mur invisible. Sur ses talons, son adjoint dut faire un écart pour éviter de la bousculer. Raide d'indignation, Farmer avait les yeux rivés sur le trottoir au pied des marches. Adams suivit son regard. Près de sa Porsche rouge, Sebastian Bird était en grande conversation avec son avocat. De toute évidence, ils discutaient de l'issue de l'audience avec satisfaction. Les deux hommes échangèrent encore quelques mots, puis se serrèrent la main et se séparèrent. Tandis que son avocat s'éloignait sur le trottoir, Bird leva les yeux et aperçut Farmer. Un sourire plein de fatuité se dessina lentement sur ses lèvres. Farmer resta de marbre. Soudain, son sang ne fit qu'un tour. Bird était garé en stationnement interdit. Elle se tourna vers Adams.

– Ce mariole est en infraction. Allez lui coller un P.V.

– Vous croyez vraiment que...
– Pas de discussion, Adams. C'est un ordre.
Il soupira intérieurement et descendit les marches sans enthousiasme.

# 5

Le premier meurtre remontait à un mois et il était prêt pour le suivant. Il se pencha sur le côté de son bureau en chêne et souleva la petite mallette en cuir noir. Il la déposa d'un geste sec sur le plateau et l'ouvrit dans un claquement de serrure. Il en sortit un scalpel. Parfait, se dit-il en passant le pouce sur le plat de la lame pour en éprouver le tranchant effilé. Il faut dire qu'il n'avait servi qu'une fois. Il le rangea avec soin dans sa housse de protection qui regagna les profondeurs de la sacoche. Puis il examina les seringues, scellées dans leurs emballages individuels. Il s'agissait de seringues à usage unique, mais c'était sans importance. Il avait des réserves.

Il avait gardé les deux accessoires capitaux pour la fin : un petit tube de laiton enfilé sur un long cordonnet et une guirlande de lierre coupée le matin même. Il la fit glisser entre ses doigts, admirant les fines ciselures des feuilles. Une plante envoûtante. Il en était entouré depuis des années, mais jamais auparavant il n'en avait apprécié la beauté et la délicatesse. Il la laissa retomber au fond de sa sacoche qu'il referma et rangea soigneusement contre son bureau. Il avait d'abord hésité. Deux personnes à la fois, c'était risqué. Mais c'était la volonté du Seigneur et il s'y plierait corps et âme. La paix était à ce prix.

*
* *

Frances triait sa garde-robe quand son père entra dans sa chambre. Elle avait déjà entassé une pile de vieux vêtements sur le lit. Elle irait les porter au Secours contre la Faim et ne garderait que ses préférés, ceux chargés de souvenirs. Elle plaqua une robe devant elle et se tourna vers son père.

– Tu te souviens de celle-là ?

Malcolm fit une mouc.

– C'est celle que je portais au mariage de tante Kitty. John avait trop bu et a vomi sur le plastron. Portée une fois et fichue le jour même. La tache n'est jamais complètement partie. Ce radin n'a même pas proposé de la rembourser.

Malcolm hocha la tête sans conviction. Devant son air tracassé, Frances jeta la robe sur la pile.

– Qu'est-ce que tu as ?

– Je ne pourrai pas t'accompagner au cours de préparation demain soir.

– Oh, pourquoi ? Tu sais que j'y tiens.

– Une affaire qui repasse en appel après-demain. Il va me falloir passer une ou deux nuits à Londres. Je dois me remettre le dossier en tête. Pour me faire pardonner, je passerai à Hamleys vous acheter un beau cadeau, à toi et au bébé, ajouta-t-il devant la mine déçue de sa fille.

– Promets-moi que c'est la dernière fois que tu m'abandonnes.

– Je le jure, répondit-il en levant la main droite.

Elle soupira.

– Le cours va être d'un triste sans notre comique de service.

Malcolm sourit.

– Je me rattraperai la semaine prochaine, promis.

– Je te fais confiance.

*

* *

Sam arpentait son salon avec fébrilité. De temps à autre, elle se plantait devant le feu qui ronflait bruyamment dans la cheminée et son regard se perdait dans les flammes aux reflets irréels. Après plusieurs interventions nocturnes d'affilée, elle avait décidé de prendre son après-midi. Et puis elle avait besoin de réfléchir. Jamais Farmer ne prendrait son hypothèse au sérieux. Avant d'aller lui parler, elle devait à tout prix trouver du concret... Cette affaire devenait une véritable obsession. Sam avait beau tenter de la chasser de son esprit, elle mourait d'envie d'approfondir la piste Ironsmith. D'une façon ou d'une autre, le meurtre de Mark James y était lié, elle n'en démordrait pas. Etendu de tout son long sur le canapé au fond de la pièce, le chat Bernard suivait ses allers-retours tel un spectateur à un match de tennis, s'interrompant à l'occasion pour lisser son pelage ou s'étirer paresseusement. Sam s'arrêta devant la fenêtre et contempla un moment la pluie qui s'abattait sur les bois environnants. Sa décision était prise. D'un pas pressé, elle alla dans le vestibule et décrocha son téléphone.

Marcia changeait la préparation sur le porte-lame, quand le téléphone sonna. Une pause était bienvenue pour ses yeux fatigués. Elle se leva de son tabouret et décrocha l'appareil.

– Alors, docteur Ryan, on s'ennuie déjà à la maison ? plaisanta-t-elle en reconnaissant la voix de Sam.

Elle retrouva aussitôt son sérieux. Son amie paraissait préoccupée.

– Marcia, ma question va sans doute t'étonner, mais y avait-il du lierre parmi les pièces à conviction de l'affaire James ? Une guirlande de lierre ?

– Euh... non, pas que je sache, répondit l'experte en fibres, déconcertée. Attends, je vérifie.

Elle sortit le dossier James de la pile bien rangée à côté de son microscope et vérifia la liste des pièces répertoriées.

– Non, ni lierre, ni guirlande d'aucune sorte. C'est important ?

– Je n'en sais rien. Ça se peut. C'est juste une intuition.

– Si je reçois quelque chose, je te passe un coup de fil.

– D'accord, répondit distraitement Sam, plongée dans ses réflexions. Dis-moi, ça te tente d'assister au dîner annuel de la faculté de médecine demain soir ? Il me reste un billet.

– L'invitation est alléchante. Le problème, c'est que je croule sous les dossiers en retard. Et puis je suis un peu juste ce mois-ci.

– Je t'invite.

– C'est très sympa, merci. Mais c'est une soirée habillée, non ?

Sam la sentait sur le point d'accepter.

– Songe à tous ces jeunes et beaux carabins...

– Tu trouves toujours les mots qu'il faut, Sam. Bon, d'accord, je craque. Quelle heure, quel endroit ?

Venait ensuite le plus délicat.

– Rendez-vous à dix-huit heures devant St Mary. Tenue de soirée exigée.

– Attends une minute. St Mary, à Northwick ? Le dîner a lieu à Master's Loge, non ? Et puis dix-huit heures, c'est un peu tôt pour...

– En fait, je me demandais si tu accepterais de me rendre un petit service en guise d'apéritif.

– Dans un cimetière ? En tenue de soirée ? Et puis quoi encore !

*

* *

Il était encore tôt dans la soirée et *L'Oiseau de Nuit* commençait à s'animer. Le personnel se préparait à l'ouverture. Sebastian Bird arriva parmi les premiers. Il gara sa Porsche le long du trottoir, juste en face de la discothèque. En planque dans une voiture banalisée garée à distance respectable, l'inspecteur Jock McFadyed le photographia au téléobjectif alors qu'il entrait dans l'établissement. Peter Morant, son coéquipier, établit le relevé d'usage. Puis il croisa les bras en bâillant et reprit sa surveillance sans enthousiasme. Il détestait les planques. C'était interminable, ennuyeux et en général inutile. Sans compter que ça perturbait sa vie privée. Il regarda sa montre et soupira. A cette heure-ci, il aurait dû être au pub avec sa femme devant une bonne bière à se marrer avec George et Glenda. De toute façon, le type savait qu'il était filé. Il n'allait pas être assez bête pour se faire remarquer. Et encore moins commettre un meurtre. Tandis qu'il se morfondait, il aperçut soudain une jeune serveuse en minijupe qui sortait de la discothèque. Elle vint dans leur direction, portant deux cocktails sur un plateau. Elle s'approcha de la portière côté passager. Jock descendit la vitre, mal à l'aise. Elle se pencha en souriant.

– De la part du patron pour vous aider à tuer le temps...

Les deux inspecteurs se regardèrent.

– Il s'excuse de ne pas les apporter en personne, continua la fille qui semblait beaucoup s'amuser, mais il a été obligé de s'absenter.

– Et merde..., grognèrent en chœur les policiers.

Jock prit les verres et en tendit un à son coéquipier.

– Farmer va nous tuer.

Peter Morant leva son verre à la fille qui lui sourit.

– Après tout, il faut bien mourir de quelque chose.

Il vida son cocktail d'un trait.

*
* *

Les deux femmes échangèrent un regard indécis. Sam prit son courage à deux mains et frappa à la porte du cabanon. Elle s'ouvrit aussitôt et le fossoyeur sortit sur le seuil, sa pelle à la main. Il avait l'air mécontent.

– Bonsoir, je suis le docteur Ryan, de l'institut médico-légal. Le pasteur a dû vous prévenir de...

– Vous êtes en retard, bougonna le vieil homme. Il m'avait dit six heures et il est la demie. J'ai pas qu'ça à faire de poireauter.

– Désolée, s'excusa Sam de bonne grâce. Nous avons été retardées par les embouteillages. Vous savez ce que c'est.

Il la dévisagea sans un mot, puis jeta sa pelle sur son épaule et se mit en marche, manquant au passage de bousculer Marcia à qui il n'accorda pas un regard. Un peu refroidies par cet accueil peu engageant, elles suivirent néanmoins le fossoyeur qui s'enfonçait dans le cimetière. Tandis qu'ils marchaient entre les vieilles tombes, Sam ne put s'empêcher d'admirer la beauté du lieu. Ici, entourée par la mort, la vie affirmait ses droits dans toute son abondance. Jamais elle n'avait vu autant de variétés de fleurs sauvages réunies en un seul endroit. Des espèces de lierre rares envahissaient les pierres tombales. Parfois même, de jeunes arbres ou arbustes surgissaient du cœur de tombes très anciennes comme les doigts de trépassés tendus vers la lumière. Avec l'automne était venue la métamorphose et, à la différence de la mort qu'elle côtoyait chaque jour, la fin ici était synonyme de splendeur, comme si elle donnait aux plantes et aux feuillages l'occasion ultime de transcender leur magnificence passée. Sam se promit d'y revenir. En simple visiteuse.

– Voilà, on y est, dit soudain le fossoyeur en se tournant vers elle. Si vous voulez mon avis, vous vous donnez beaucoup de mal pour rien. Vos collègues de la police ont déjà mis tout sens dessus dessous. Et ils m'ont laissé un sacré chantier.

– Ils ignoraient ce qu'ils cherchaient, répondit Sam qui s'approcha de la tombe.

Un angle entier de la plaque manquait. L'espace paraissait suffisant pour se glisser à l'intérieur. Elle se tourna vers le fossoyeur.

– C'est vous qui l'avez trouvé, n'est-ce pas ?

Il se prit le nez entre les doigts.

– Plutôt senti. Une vraie puanteur.

Sam hocha la tête.

– Je vais aller jeter un coup d'œil.

Elle sortit une lampe-torche miniature de son sac et la fourra dans une poche. Elle tendit son sac à Marcia, puis se faufila dans l'étroit passage. Elle s'accroupit au fond du trou noir et prit sa torche. L'air humide était lourd d'oppressants relents de pourriture. Les araignées avaient repris possession des lieux et d'impressionnantes toiles tapissaient la moindre crevasse. Le fond n'était pas aussi propre que Sam l'avait espéré. Les enquêteurs s'étaient contentés de le remuer sans faire le ménage. La végétation en décomposition, à laquelle se mêlaient des détritus en tous genres, formait une fine couche visqueuse recouverte par un manteau de feuilles mortes sèches et cassantes. Sam y passa les mains avec précaution, ramassant de temps à autre un spécimen pour l'examiner. Elle s'efforçait de procéder systématiquement, mais la tâche n'avait rien d'aisé. L'endroit exigu offrait peu de marge de manœuvre. Plusieurs fois, elle sursauta en sentant un insecte affolé fuir sous ses doigts. Elle commençait à se décourager, quand le faisceau de sa torche accrocha la forme distinctive qu'elle recherchait. Du bout des doigts, elle nettoya sa découverte en la tenant avec précaution, puis s'extirpa du trou et retrouva avec joie le monde des vivants.

– Vous avez trouvé votre bonheur ? demanda le fossoyeur avec curiosité.

Avec un sourire victorieux, Sam brandit la guirlande de lierre qui se souleva au gré du vent.

*

* *

A l'énoncé du verdict de la cour d'appel, l'accusé se leva d'un bond et, les bras au ciel, se tourna vers sa famille et ses amis qui exultaient dans le public.

Malcolm Purvis sentit une main ferme sur son épaule. Il se retourna et se retrouva face à l'avoué de son client qui lui tendait la main, le sourire aux lèvres. Il félicita l'avocat qui jeta un dernier regard au box des accusés.

Son client, un homme replet d'environ trente-cinq ans, engoncé dans un costume élégant, s'était rassis et pleurait comme un enfant, la tête entre les mains. D'ordinaire, Malcolm aurait attendu pour s'entretenir une dernière fois avec son client et sa famille. Mais le procès avait traîné en longueur et il était impatient de rentrer. L'avocat s'éclipsa discrètement du prétoire et regagna le vestiaire où il se hâta de troquer sa robe et sa perruque contre son costume de ville. Puis il quitta le palais de justice. Une cohorte de journalistes se pressait au pied des marches. Il s'arrêta en voyant la meute fondre sur lui. Par bonheur, ce n'était pas après lui qu'ils en avaient, mais après son client qui venait d'apparaître sur le perron, flanqué de son avoué et de sa famille. Ils furent aussitôt engloutis par une marée de caméras, de magnétophones et de calepins. Malcolm en profita pour leur fausser compagnie. D'un pas pressé, il se rendit à son cabinet, situé à trois cents mètres du tribunal. Il monta les marches quatre à quatre. Au dernier étage où se trouvaient ses bureaux, il se retint à la rampe, hors d'haleine.

– Si vous ne vous ménagez pas plus que ça, vous courez droit à l'infarctus, maître Purvis, le mit en garde Michael Scott, son secrétaire qui l'attendait sur le palier.

– Parfait, Michael, c'est exactement ce qu'il me fallait, le remercia Malcolm Purvis en découvrant le grand landau bleu roi à ses côtés.

– Content qu'il vous plaise. Un peu démodé, vous ne trouvez pas ?

– Bien sûr que non, protesta Malcolm. Nous avions le même pour Frances.

– Il y a vingt ans et des poussières. Les temps ont changé, maître Purvis, et les jeunes femmes aussi.

– Elle va l'adorer, j'en suis sûr.

Malcolm lui prit le landau des mains et fit semblant de bercer un bébé imaginaire en fredonnant une berceuse. Jugeant qu'il en avait assez supporté, le secrétaire battit en retraite dans le couloir. Il n'y a pas plus gaga qu'un futur grand-père, décréta-t-il en disparaissant dans son bureau.

*

* *

Frances but une dernière gorgée de café et reposa la tasse sur la table de la cuisine. Puis elle alla prendre son manteau et son chapeau dans le vestibule et fit une dernière inspection. Elle avait nettoyé la maison de la cave au grenier et l'avait décorée de bouquets de fleurs fraîchement coupées, comme sa mère en avait l'habitude. C'était une surprise pour son père en remerciement de son affection et dc son soutien. Elle regarda sa montre. Elle n'était pas en avance. Elle se dépêcha de quitter la maison et courut vers sa voiture, une vieille Austin Mini bleue qui avait appartenu à sa mère.

Alors qu'elle déverrouillait la portière, un bruissement de branchages près du portail attira son attention. Elle retint son souffle en voyant une silhouette émerger des buissons. Malgré le réverbère de la rue qui éclairait l'allée, elle ne pouvait distinguer ses traits.

– Frances...

Elle reconnut aussitôt la voix. Un frisson remonta le long de sa colonne vertébrale. Sebastian. Il s'avança lentement et s'arrêta à quelques mètres. La gorge de Frances se serra. Instinctivement, elle protégea son ventre d'une main et, de l'autre, chercha dans sa poche l'alarme qu'elle y cachait sur l'insistance de son père.

Sebastian fit encore un pas. Paniquée, Frances crispa les doigts sur l'appareil et déclencha une sonnerie stridente qui se répercuta dans toute la rue comme un long hurlement plaintif. Surprise par le vacarme, elle lâcha l'alarme et plaqua ses mains sur ses oreilles. Pris au dépourvu, Sebastian regarda de toutes parts, s'attendant à voir surgir la police. Des lumières s'allumèrent dans les maisons voisines et des portes s'ouvrirent. Le voisin des Purvis sortit sur le pas de sa porte.

– Un problème, mademoiselle Purvis ? cria-t-il à travers le grillage.

Il lança un regard soupçonneux à Sebastian Bird qui perdit son sang-froid et battit en retraite. Il sauta dans sa Porsche et disparut dans un vrombissement en direction du centre-ville.

Frances ramassa l'alarme et l'éteignit. Le silence subit était presque assourdissant. Elle resta un moment immobile, encore sous le choc.

– Ce jeune homme vous a importunée ? s'enquit le voisin de l'autre côté du grillage.

– Tout va bien, monsieur Miles, merci. Juste une dispute avec mon ancien petit ami.

– Vous êtes sûre que ça va aller ?

Frances le rassura d'un hochement de tête et il rentra chez lui. Elle se mit à trembler de façon incontrôlable. Elle s'empressa d'ouvrir la portière, se glissa sur le siège du conducteur et agrippa le volant, le souffle oppressé. Une violente nausée lui tordit l'estomac. Elle se sentait au bord de l'évanouissement. Un instant, elle songea à rentrer à la maison et à sécher son cours. Puis elle se ravisa. Sebastian lui avait déjà suffisamment gâché la vie. Elle n'allait pas trembler de peur jusqu'à la fin de ses jours. Elle abaissa la vitre, respira quelques grandes goulées d'air froid et essuya ses larmes avec la manche de son manteau. Un peu calmée, elle se redressa sur son siège, mit le contact et fit demi-tour dans l'allée.

*

* *

Un chant d'une beauté céleste montait du chœur qui dominait la salle d'apparat d'Old Hall et flottait majestueusement au-dessus des tables éclairées par des chandelles. Certains convives écoutaient les yeux fermés, portés par ces accords qui charmaient ce lieu depuis des centaines d'années. D'autres admiraient les étranges jeux d'ombre qui animaient les portraits d'anciens professeurs ornant les boiseries cirées. Quand le chant se tut, les invités se tournèrent vers la table d'honneur où présidait John Watkins, le doyen de l'université. Celui-ci se dressa, son verre en cristal à la main.

– Mesdames et messieurs, à la Reine !

Alors qu'il levait son verre, l'assemblée répéta en chœur :

– A la Reine !

Puis tout le monde se rassit sur les longs bancs de chêne et la salle résonna aussitôt du bourdonnement des conversations ponctuées de rires. Sam était placée en face d'un portrait particulièrement revêche. Sur le parking de l'université, elle avait troqué son jean et son pull contre une robe de soirée noire au-dessus du genou. Elle avait brossé à la va-vite les toiles d'araignées prises dans ses cheveux et une touche de maquillage avait fait le reste. A la lueur tamisée des chandelles, elle était d'une élégance irréprochable.

Elle avait perdu de vue Marcia dans la queue qui se pressait devant Old Hall. Son amie était maintenant assise en face d'un homme plutôt séduisant d'environ vingt-cinq ans. Ils conversaient avec une animation qui trahissait une évidente complicité. Sam sourit, vaguement jalouse de leur jeunesse riche de promesses. Elle songea avec nostalgie aux aventures passagères qui avaient émaillé ses années d'université. Des histoires peu exigeantes, sans complication.

– Beau couple, n'est-ce pas ?

Cette remarque fit irruption dans sa rêverie comme un écho de cette époque insouciante de sa vie. Elle provenait de la femme qui lui faisait face.

– En effet, répondit Sam.

– Ah, la jeunesse... Mais permettez-moi de me présenter. Janet Owen. Et vous, vous êtes le docteur Ryan, si je ne me trompe ?

– C'est exact, confirma Sam.

– Vous connaissez mon mari, je crois ?

– Le médecin expert ? Bien sûr.

– Expert est un bien grand mot. Il fait de son mieux, mais pour être franche, je crains qu'il ne se fasse un peu vieux.

Sam lui adressa un sourire rassurant, s'efforçant de dissimuler sa totale approbation. Janet Owen ne fut pas dupe.

– Je vois que nous sommes d'accord.

Au même instant, un brouhaha à l'autre bout de la table masqua l'embarras de Sam. Visiblement éméché, Trevor Stuart tripotait sans vergogne une jeune blonde pulpeuse assise à côté de lui, provoquant ses gloussements ravis. Il avait manifestement à cœur de faire des envieux parmi les autres convives masculins. Sam appréciait Trevor, mais là, il dépassait les bornes.

– Trevor Stuart et ses conquêtes, ironisa Janet. Il les prend au berceau, ma parole. Comment fait-il pour les séduire toutes ?

– Il leur fait sans doute miroiter de bonnes notes aux examens grâce à sa technique de révisions très au point, répondit Sam qui observait son collègue de loin.

Celui-ci avait entrepris de picorer la nuque de la blonde. Ecœurée par les frasques de son collègue, Sam reporta son attention sur Janet Owen. C'était une belle femme élégante d'environ quarante-cinq ans, à la silhouette fine et sportive. A côté d'elle, son mari faisait piètre figure, songea Sam.

– Où est Richard ? Il n'est pas de garde ce soir, j'imagine.

– Non, il doit être là, quelque part, à discuter travail avec un collègue ou bien du dernier meurtre dont il s'est occupé.

– L'affaire James.

Janet lui lança un regard surpris, puis se détendit.

– Ah oui, c'est vous qui vous êtes chargée de l'autopsie, n'est-ce pas ? C'est d'ailleurs pourquoi mon mari est tellement préoccupé.

– Préoccupé ?

– Depuis que vous l'avez ridiculisé au tribunal l'autre jour.

Sam était sidérée.

– Je ne l'ai pas ridiculisé.

– C'est pourtant son avis, notamment au sujet du spasme cadavérique.

– Il n'y a aucune raison qu'un médecin généraliste, même avec l'expérience de votre mari, ait pu identifier cette manifestation rarissime.

– Vous y êtes bien parvenue.

– J'ai eu de la chance, c'est tout. Je ne veux pas me brouiller avec Richard pour ça.

Janet sourit.

– Il n'est pas question de brouille. Vous avez aiguillonné sa petite fierté masculine, voilà tout.

Sam lui rendit son sourire, un peu mal à l'aise. Elle s'empressa de changer de sujet.

– Votre mari m'a dit que vous aviez pris votre retraite.

– Si on veut. Je le remplace encore certains jours. Mon handicap m'empêche d'exercer à temps plein.

Elle leva son bras droit au-dessus de la nappe. Sa main était enflée et contusionnée. Plusieurs de ses doigts étaient tordus.

– Arthrite, il n'y a rien à faire. C'est le climat qui veut ça. Mais j'espère décrocher un rôle dans *Peter Pan*. Celui du Capitaine Crochet.

Sam admira son courage.

– Contre la douleur, il y a des médicaments. Mais d'ici un an ou deux..., ajouta Janet Owen avec un haussement d'épaules. J'envisage de me lancer dans la psychologie, ajouta-t-elle après un moment de silence.

– Soigner l'esprit au lieu du corps ?

– C'est une façon de voir les choses.

Un brouhaha au bout de la table interrompit leur conversation. Debout sur le banc, Trevor Stuart était manifestement enchanté de se donner en spectacle. Deux portiers en tenue d'apparat intervinrent et le firent descendre de son piédestal. Il dérapa sur le carrelage et s'affala par terre, entraînant la blonde dans sa chute. Sam secoua la tête d'un air navré et décida de rentrer. Elle en avait assez vu.

*

* *

Frances commençait à regretter d'avoir été au cours de préparation à l'accouchement. Quand elle avait quitté la maison, la nuit était claire. Or, en à peine deux heures, un épais brouillard s'était abattu sur la région, réduisant la visibilité à quelques mètres. En ville, elle était encore parvenue à distinguer les contours des immeubles. Et puis les réverbères et les vitrines éclairées dissipaient quelque peu la purée de pois. Mais sur la route de campagne d'environ un kilomètre qui menait chez elle, c'était très différent. Ici, pas d'éclairage public pour chasser les bancs de brume qui tourbillonnaient sur les champs et la chaussée. Le nez collé au pare-brise, les yeux plissés, elle s'efforçait de repérer la route qui se déroulait devant la voiture. Les phares ne parvenaient pas à percer les épaisses volutes qui réfléchissaient les faisceaux lumineux droit dans ses yeux. Elle faisait du vingt à l'heure à peine. Elle connaissait bien le trajet qu'elle avait emprunté, à pied ou en voiture, des centaines de fois. Mais dans le brouillard, tout était méconnaissable. Elle essaya en vain d'estimer la distance qui la séparait encore de chez elle. Impossible sans aucun point de repère.

Le choc fut léger. A peine plus qu'une secousse. Par bonheur, Frances était bien calée dans son siège à cet instant et la ceinture remplit son rôle. Elle leva les yeux vers le rétroviseur, tentant d'apercevoir ce qui avait heurté l'arrière de sa voiture. Elle ne vit pas grand-chose. Juste la forme sombre d'une grosse cylindrée. Ce n'était pas une Porsche. Mais pendant quelques secondes, elle fut persuadée que Sebastian était à ses trousses. En dépit de toutes ses résolutions, la peur l'envahit à nouveau. Dans le rétroviseur, elle vit la portière du conducteur s'ouvrir et une silhouette s'avancer jusqu'à sa voiture, côté passager. L'homme lui sourit par la vitre. Elle lui rendit son sourire, se pencha par-dessus le siège et déverrouilla la portière. L'homme monta dans la voiture.

*

* *

Debout à la fenêtre de son bureau, il regardait la fumée grise disparaître au-dessus des toits du village. Ça avait bien pris. Il retournerait au jardin plus tard récupérer ce que le feu n'aurait pas consumé : boutons, pressions métalliques, broches... La première fois, il s'était étonné de l'importance des résidus. Il les ramasserait avec soin, puis irait les éparpiller dans la campagne aux quatre coins du comté.

Dommage qu'ils n'aient pas été ensemble. Cela lui aurait fait gagner du temps. Mais il avait quand même eu de la chance. Pendant un moment, il avait perdu sa trace dans le brouillard et songeait à renoncer, quand la collision s'était produite. Une manifestation indiscutable de la volonté divine.

– Plus que dix-huit, marmonna-t-il entre ses dents.

Il tira un dossier au sort. Les trois premiers, il les avait désignés d'office. Il avait décréter de mélanger régulièrement les autres. Tous étaient condamnés, bien sûr. Mais il ne se sentait pas le droit de décréter le moment fatidique et préférait donc remettre ce choix entre les mains de Dieu. Il vida le contenu de la chemise cartonnée sur son bureau et prit la photo. Il l'épingla au tableau en liège accroché au mur sur le côté de son bureau. Cette femme appartenait au jury. Il se rappelait encore son expression quand leurs regards s'étaient croisés juste après l'énoncé du verdict. Il espérait qu'à l'heure du jugement dernier, c'était cette image qu'elle emporterait dans la tombe.

*

* *

Sam arriva à Little Dorking peu après midi. Elle avait quitté l'institut médico-légal dès qu'elle avait pu se dégager de ses obligations. Le brouillard inattendu de la nuit précédente persistait encore sur la campagne, rendant la conduite délicate. Mais quand elle entra dans le village, le soleil commençait à déchirer les bancs les plus tenaces. Elle gara sa voiture devant un des pubs de la localité, *Au Chien Noir*. C'était une longue bâtisse pittoresque, blanchie à la chaux, avec un toit de chaume et des fenêtres à petits carreaux. Sam trouva cependant que l'enseigne qui se balançait doucement au-dessus de l'entrée détonait curieusement avec la beauté du lieu. Elle représentait un molosse noir montrant les crocs, les babines retroussées et les yeux rouges pénétrants. Un fidèle labrador serrant un faisan entre les mâchoires lui aurait semblé plus approprié. En descendant de voiture, elle remarqua deux femmes qui l'observaient de l'autre côté de la rue. Leurs regards insistants la mirent mal à l'aise. Elle tenta un sourire amical, mais elles se détournèrent et firent semblant de se replonger dans leur conversation. Sam claqua la portière et s'engouffra dans l'hôtel.

Il n'y avait personne à la réception. Elle appuya sur la sonnette et attendit. L'intérieur était lui aussi très pittoresque. L'endroit avait été modernisé, mais de nombreux détails d'origine avaient été conservés. En face de la réception, Sam découvrit une large cheminée au foyer encrassé de suie qui servait encore. Au pied de la cheminée, elle remarqua plusieurs cercles blancs entrecroisés qui évoquaient un peu l'emblème olympique, en plus sommaire et plus espacé. Une femme d'âge mûr, petite et replète, apparut derrière le comptoir.

– Bonjour, madame, fit-elle avec un sourire chaleureux. Que puis-je pour vous ?

– Bonjour, je cherche le presbytère. Pourriez-vous m'indiquer le chemin, s'il vous plaît ?

Toujours souriante, la réceptionniste sortit sur le trottoir avec Sam.

– Suivez la route jusqu'à la place du marché et traversez le carrefour, expliqua-t-elle, le bras tendu comme un panneau indicateur. Continuez ensuite jusqu'au maréchal-ferrant, puis prenez Swallow Road sur votre gauche. Vous apercevrez le presbytère à une centaine de mètres sur votre droite.

– Merci beaucoup. Dites-moi, que représentent ces cercles blancs peints au pied de la cheminée ? ajouta Sam avec curiosité, comme la femme tournait les talons.

– C'est une protection contre les sorcières.

Comme beaucoup de villages des Fenlands, Little Dorking était un mélange anarchique d'ancien et de moderne. Derrière des trottoirs de pavés inégaux, de charmants cottages blanchis à la chaux aux ouvertures minuscules et aux murs de guingois semblaient anachroniques à côté des maisons récentes arborant d'inélégantes fenêtres en PVC et des quelques rares boutiques. Sam parvint bientôt sur la place du marché. Elle traversa la route goudronnée jusqu'à la zone pavée. Au centre de la place se dressait un grand obélisque de pierre. Elle crut d'abord à un monument aux morts comme les centaines d'autres que comptait la région. Elle ne s'attendait pas à l'inscription qu'elle découvrit en gravissant les quelques marches qui y menaient :

A LA MÉMOIRE DE MABEL STEER,
BRÛLÉE SUR LE BÛCHER ICI MÊME EN 1722.
DERNIÈRE SORCIÈRE EXÉCUTÉE EN ANGLETERRE.

Sam imagina les hurlements de la malheureuse, alors que les flammes embrasaient le bûcher. Elle se souvint de l'illustration que lui avait montrée Simon Clarke et espéra que le bourreau avait mis fin à son supplice avant que les flammes ne l'atteignent. Quel terrible péché avait donc pu commettre la pauvre femme ? Rien de plus sans doute que la pratique fort rudimentaire de médecine...

Après un dernier regard à ce monument insolite, Sam prit la direction que lui avait indiquée la réceptionniste de l'hôtel, de l'autre côté du village. Elle trouva sans peine son chemin et s'engagea bientôt sur l'allée de gravillons qui menait à un grand presbytère victorien en briques rouges. Ce n'était pas la première bâtisse de ce genre qu'elle voyait, mais la plupart avaient été reconverties en maisons de retraite ou bâtiments administratifs. Bien qu'un peu délabrée et négligée, celle-ci avait conservé son charme originel. Pendant des années, posséder une demeure similaire avait été le rêve de Sam. Mais la raison avait fini par l'emporter. Si encore elle avait eu des enfants... Et puis une maison aussi vaste et ancienne nécessitait beaucoup de rénovations et d'entretien. Elle gravit le perron et frappa à la grande porte blanche. Personne ne vint ouvrir. Elle se retourna en entendant des crissements sur le gravier. Une vieille femelle labrador beige s'approcha d'elle en trottinant et en agitant la queue.

Sam s'agenouilla et caressa la tête de l'animal.

– Tu saurais me dire où est ton maître ?

Comme si elle avait compris la question, la chienne fit demi-tour et longea la façade. Sam la suivit. A l'angle du pignon, elle fut subjuguée par la beauté du jardin qui s'offrait à sa vue. Derrière un foisonnement en apparence chaotique, elle devina l'œuvre d'un jardinier méthodique et avisé.

A genoux dans le potager, un homme vêtu d'un épais Shetland s'affairait entre les plates-bandes. Le labrador trottina jusqu'à lui et s'allongea à ses pieds. Sam s'avança dans l'allée, admirant au passage l'habile association de plantes sauvages et cultivées.

– Vous devez être le docteur Ryan ? demanda l'homme sans se retourner lorsqu'elle arriva à sa hauteur.

– En effet, répondit Sam, mais...

– Simple déduction de ma part, expliqua-t-il devant sa surprise. Simon Clarke m'avait prévenu de votre visite. Comme personne ne passe jamais me voir à l'heure de midi, j'en ai conclu que c'était vous. Alors comme ça, vous vous intéressez au meurtre du vieux Charlie Ironsmith ?

– Oui.

– Laissez-moi juste capturer ces deux derniers... Voilà qui est fait.

Il lâcha deux gros escargots dans un grand seau d'eau salée.

– C'est le seul moyen efficace pour s'en débarrasser. J'ai renoncé aux pesticides : ils éliminent certes les gastéropodes, mais aussi la plupart des créatures utiles au jardin. Le soir est le moment le plus propice pour les ramasser. Hier soir, j'étais absent, mais le temps est si humide qu'ils sortent aussi le jour, alors j'en profite. Ils grouillent littéralement dans le jardin. L'autre soir, j'en ai capturé une bonne centaine, incroyable, non ?

Sam jeta un coup d'œil un peu dégoûté dans le seau. Quand elle releva la tête, elle vit que le révérend Shaw l'observait.

– Simon m'avait fait de vous un portrait très ressemblant.

Cette remarque prit Sam au dépourvu. Elle ne s'attendait pas à rencontrer un homme d'église aussi jeune. Il devait avoir dans les quarante ans. Grand et mince, il possédait des traits fins et d'épaisses boucles brunes qui lui conféraient un charme indéniable. Sam se surprit à éprouver de l'attirance pour cet homme séduisant, attirance aussitôt tempérée par un sursaut de culpabilité. Sam, voyons, un pasteur... Il remarqua sa gêne et lui sourit.

– Cela fait plusieurs années que je n'ai pas fait rougir une femme.

– Il n'y a pas de madame Shaw ?

– Ma femme est décédée.

Sam se sentait de plus en plus embarrassée.

– Je suis navrée.

– Sa mort remonte à plusieurs années. Elle a été renversée par un chauffard en état d'ivresse. Je ne m'en suis toujours pas remis.

Un instant, son visage refléta une immense tristesse, puis ses traits s'apaisèrent. Il sourit à Sam.

– Une tasse de thé, ça vous dirait ?

– Pourquoi pas ?

Ils se dirigèrent vers l'entrée de la cuisine sur l'arrière du presbytère, discutant des finesses du jardinage et suivis de près par le labrador.

*

* *

Dans King Street, Tom Adams se retrouva coincé dans un embouteillage provoqué par un bus de touristes japonais occupés à mitrailler King's College. Son attention fut attirée par un groupe de jeunes qui descendaient la rue dans sa direction en titubant. Il crut d'abord à des étudiants, mais il changea d'avis quand ils se rapprochèrent : à leur aspect et à leur attitude, il s'agissait d'adolescents du coin passablement éméchés. Soudain, l'un d'eux se hissa sur le capot d'une voiture garée le long du trottoir et défonça la carrosserie à coups de talons. Adams bondit de sa voiture, mais avant qu'il n'ait eu le temps d'intervenir, deux policiers en uniforme accoururent du bout de la rue. Les jeunes qui encourageaient leur copain sur le trottoir les aperçurent à temps et, subitement dégrisés, détalèrent sans demander leur reste. L'énergumène sur le capot n'eut pas autant de chance. Dans sa hâte, il glissa et s'affala sur le bitume. Les policiers lui mirent la main au collet avant qu'il n'ait eu le temps de se relever. Ils le forcèrent à s'allonger à plat ventre sur le trottoir et l'un d'eux lui passa les menottes, tandis que son collègue appelait une voiture. Puis ils le relevèrent sans ménagement. L'adolescent se débattit en les insultant. Ils le plaquèrent contre un mur. C'est alors que Tom Adams le reconnut. C'était Ricky, le neveu de Sam.

⋆

⋆ ⋆

Tandis que Sam traversait la maison jusqu'au salon, elle fut surprise qu'elle soit si lumineuse et moderne. Les moulures et renfoncements de l'époque victorienne avaient été conservés, mais tout le reste, des rideaux au mobilier, était résolument contemporain et coloré. Même les crucifix et autres objets d'art sacré qui ponctuaient le décor étaient modernes et très stylisés. Un élément insolite attira l'attention de Sam : une photographie grand format du maître de maison en uniforme de l'armée, adossé avec quelques compagnons d'armes contre une magnifique Jaguar de collection.

– Voici le thé, dit le révérend Shaw en entrant dans le salon avec un grand plateau portant deux tasses en porcelaine, une vieille théière en terre et une assiette de scones accompagnés d'un assortiment de confitures.

Il posa le plateau sur une table basse. Sam le rejoignit.

– Désolé, je n'ai que de l'English Breakfast. Je suis un peu vieux jeu en ce qui concerne le thé.

Elle s'assit dans un confortable fauteuil en cuir, face à lui.

– Ce sera parfait. Moi non plus, je n'apprécie guère les thés aromatisés. Je m'avance peut-être, mais il me semble déceler une main féminine dans ce décor.

Le pasteur versa l'eau bouillante sur la passoire en argent qui contenait les feuilles de thé.

– C'est exact. Mon épouse adorait le contemporain. Elle dirigeait une petite agence de design et de décoration intérieure. Tous ces objets me donnent un peu l'impression qu'elle est encore là, auprès de moi.

– Vous avez servi dans l'armée ?

– J'étais aumônier dans un bataillon de parachutistes. Que désirez-vous savoir sur ce pauvre Charlie ? demanda-t-il sans transition en tendant une tasse à Sam.

Elle but une gorgée de thé.

– Tout ce que vous pourrez m'apprendre. Je fais sûrement fausse route, mais j'ai été frappée par certaines similitudes entre la mort de Charlie Ironsmith et un meurtre dont je m'occupe à Cambridge.

– L'assassinat de ce jeune homme, Mark James ?

– En effet.

– J'ai suivi l'affaire dans les journaux. Un drame affreux. L'cnquête a-t-elle progressé ?

– La police pense avoir un suspect, mais sa culpabilité est loin d'être prouvée.

– Y a-t-il des indices ?

– Quelques fibres, c'est tout.

Le révérend Shaw se cala dans son fauteuil.

– Quel genre de fibres ? s'enquit-il avec intérêt.

– De la laine et du crin de cheval.

– Du crin de cheval ? Comme c'est étrange.

La curiosité du pasteur mit Sam mal à l'aise. Elle en avait sans doute trop dit.

– Aucune de ces fibres n'a été retenue comme pièce à conviction. Vous semblez vous intéresser beaucoup à cette affaire ?

– Le crime me fascine. Je suis un grand fan d'Agatha Christie. Je n'ai pas souvent l'occasion d'aborder ce genre de sujet dans un endroit aussi reculé que les Fens.

L'affaire Ironsmith a été le seul événement passionnant à se produire au village en trois siècles.

– D'après Simon Clarke, vous êtes incollable sur la question.

– Je m'y connais un peu, c'est vrai. Dans une petite paroisse comme la nôtre, on parle beaucoup. Mais l'inspecteur Romer aurait pu vous en raconter plus que moi. C'était lui qui était chargé de l'enquête. Malheureusement, il est décédé voici quelques années.

– Que lui est-il arrivé ? demanda Sam, intriguée.

– Son décès n'avait rien de criminel, rassurez-vous. Il a été emporté par le cancer. C'est moi qui ai célébré ses funérailles. Mes premières armes, peu après mon arrivée. Ce meurtre était devenu chez lui une véritable obsession au point que, dans son testament, il avait exprimé la volonté d'être enterré au cimetière du village. Pour que l'assassin se souvienne à jamais qu'il était toujours sur ses traces, avait-il coutume de dire.

– Que pouvez-vous m'apprendre sur Charlie Ironsmith ?

– Son frère et lui ont dû être les premiers hommes de couleur de toute la région. Aujourd'hui, ils ne sont toujours pas très nombreux. Quoi qu'il en soit, même encore dans les années soixante, beaucoup de gens d'ici redoutaient le vieux Charlie.

– A cause de la couleur de sa peau ?

– Sans doute. En fait, ils le considéraient surtout comme un sorcier. Il est vrai aussi que plusieurs événements étranges se sont produits. Des rumeurs ont circulé.

– Quels événements ? demanda Sam avec curiosité.

– Le plus étonnant est relaté dans ce livre, répondit le révérend Shaw qui prit un épais ouvrage relié de cuir sur la table basse près de son fauteuil. « Folklores, coutumes et superstitions des Fenlands. » Il a été écrit par le révérend Clive Moulton, un de mes prédécesseurs. Il a été le premier à coucher sur le papier la célèbre légende du Chien Noir. Simon ne vous en a pas parlé ?

Sam fit signe que non et but une gorgée de thé.

– L'hôtel du village porte son nom, poursuivit Shaw. En 1910, alors qu'il travaillait dans un champ, non loin du village, un jeune laboureur a aperçu un chien noir géant. Il l'a vu en huit occasions successives, toujours à la nuit tombante. Le garçon, qui était seul à chaque fois, en a parlé aux autres ouvriers de la ferme qui, bien sûr, se sont moqués de lui. Le lendemain soir, le garçon vit à nouveau la bête, mais cette fois, au lieu de disparaître, le chien se métamorphosa en femme sans tête. L'apparition qui flottait dans les airs traversa le corps du jeune homme qui s'évanouit de terreur. Le même soir, le frère du garçon trouva la mort sous les roues d'une charrette. Depuis ce jour, l'apparition de ce chien noir est considérée comme le signe d'une mort violente imminente.

*

* *

Marcia avait décidé de sauter la pause déjeuner. C'était le seul moment où elle pouvait espérer travailler en toute tranquillité sur le lierre découvert dans la tombe à St Mary et éviter les questions gênantes. Elle l'examina à l'aide d'une loupe puissante, s'intéressant tout particulièrement au nœud bizarre au milieu de la guirlande. Elle en dessina la forme sur un morceau de papier, puis se rendit au bureau de George Bishop. Il était l'un des experts en armes à feu de l'institut, mais aussi un passionné de navigation qui avait écrit de nombreux ouvrages sur la voile, dont un sur les nœuds que Marcia considérait comme la référence en la matière.

Elle avait de la chance : George n'était pas sorti déjeuner. Un sandwich à la main, il était plongé dans la lecture de *Yachting Monthly*. Les doigts dans la bouche, il s'affairait à extraire un morceau de viande coincé entre ses dents. Marcia fit une grimace de dégoût et frappa à la porte. George Bishop sursauta et essuya ses doigts sur le sachet en papier de son sandwich.

– Alors, vous vous êtes enfin décidée à m'accompagner en mer ?

Marcia se força à sourire. George l'avait invitée plusieurs fois sur son bateau, mais elle avait toujours décliné l'offre poliment. Elle n'était pas dupe. A chaque fois qu'ils parlaient ensemble, le regard déshabilleur de son collègue ne décollait pas de l'échancrure de sa blouse. Mais elle préférait s'en amuser. La quarantaine bien sonnée, un début d'embonpoint, George n'était pas du tout son type. Et puis il était marié et avait trois enfants.

– Peut-être une autre fois. Si vous pouvez m'aider avec ça, répondit Marcia en lui tendant sa feuille, il n'est pas impossible que je change d'avis.

Plein d'espoir, George s'essuya les mains à la hâte sur sa blouse et prit le dessin qu'il examina d'un œil expert.

– Ce nœud vous dit quelque chose ?

Bishop hocha la tête.

– C'est bien dessiné. Vous êtes habile de vos mains, on dirait.

Marcia haussa les sourcils d'un air suggestif.

– Il s'agit d'un nœud de chirurgien. Créé à la fin de la Première Guerre mondiale par un médecin militaire du nom de William Speakman. On passe le bout droit au-dessus du gauche, puis au-dessous. On passe le gauche au-dessus du droit, puis au-dessous. On serre et...

– Comme le nœud plat, intervint la jeune femme. J'ai été Jeannette, ajouta-t-elle devant l'air étonné de Bishop.

– Je vous imagine très bien avec l'uniforme.

Marcia se força à rire.

– C'est presque un nœud plat, continua Bishop, à une différence près. Le nœud de chirurgien comporte une boucle supplémentaire : on passe une nouvelle fois le bout droit sur le gauche.

– Est-il encore utilisé en chirurgie ?

– Parfois. Il existe d'autres nœuds, mais celui-ci est toujours en usage.

Marcia reprit son dessin.

– Pourquoi ce nœud vous intéresse-t-il tant ? demanda l'expert.

Elle préféra éluder la question.

– Si je viens faire de la voile avec vous, je me suis dit que ce serait une bonne idée d'apprendre d'abord quelques nœuds, répliqua-t-elle, tendant les bras vers lui, poignets croisés.

Devant le regard émoustillé de son collègue, Marcia se dit qu'elle avait peut-être poussé le bouchon trop loin. Elle s'empressa de battre en retraite dans son bureau pour téléphoner à Sam.

*

* *

Sam sortit de son sac un petit bocal en verre contenant un échantillon du lierre découvert à St Mary. Elle le tendit à John Shaw.

– J'ai ramassé ceci dans la tombe où le corps de Mark James a été retrouvé.

Le pasteur l'examina, les yeux plissés.

– Simon m'a dit que vous étiez également un spécialiste du lierre.

– Spécialiste est un bien grand mot. Mais je m'y connais un peu, c'est vrai.

– Avez-vous quelque chose à m'apprendre sur celui-ci ? L'échantillon est un peu petit, je le crains.

John Shaw se cala dans son fauteuil.

– Les bords sont déjà brunis, mais je pense pouvoir vous aider. Il a été découvert dans le cimetière, vous dites ?

Sam hocha la tête.

– Oui. J'ai dans l'idée qu'il était noué autour du poignet gauche de Mark James.

– C'est une théorie qui se tient si l'on considère, ce qui est à l'évidence votre cas, que le meurtre de ce garçon comporte un élément rituel. La plupart de ces rituels se pratiquent en terre consacrée.

– Je croyais que Charlie Ironsmith avait trouvé la mort au sommet d'une colline ?

– En effet, mais Primrose Hill a pendant des siècles été un lieu voué à la sorcellerie et au culte du diable. Quand le meurtre a-t-il été commis ?

– Nous n'avons pas de certitude. Il a disparu le 20 septembre.

Shaw hocha la tête avec gravité.

– Le 21 septembre est le jour de l'Equinoxe d'Automne, un des huit grands sabbats. Ces dates bien connues des occultistes correspondent à de grandes périodes de stress psychique et d'apparitions. L'Equinoxe d'Automne clôt le mois de la vigne et inaugure celui du lierre.

– Quand le prochain sabbat doit-il avoir lieu ?

– Le 21 octobre. C'est Samain, Halloween pour vous et moi. Il marque le début de l'hiver celte et, selon certaines croyances, le grand déchaînement des forces des ténèbres.

Sam se redressa soudain.

– C'est aujourd'hui !

★
★ ★

Graham Dawes regardait ses deux jeunes golden retriever s'ébattre dans leur enclos au fond du jardin. Ils n'avaient que six mois, mais étaient déjà imposants et impossibles à contrôler. Les cours de dressage s'étaient révélés un lamentable échec. Il n'avait pas suffisamment d'autorité sur eux. Quoi qu'il en soit, il se retrouvait devant un triple choix : les faire euthanasier, les vendre ou les placer à la SPA. Il allait commencer par essayer de les vendre et si ça ne donnait rien, eh bien... Il haussa les épaules. Les deux chiens bondissaient avec fougue contre la clôture, agitant furieusement la queue. Il allait devoir bientôt les sortir. Une petite bière vite fait au pub du coin et il les emmènerait courir une demi-heure au parc. Ça devrait suffire à les calmer.

★
★ ★

La serre du révérend Shaw impressionna Sam, tant par sa taille que par les trésors qu'elle renfermait, en particulier une collection d'orchidées d'une richesse rare.

– J'en cultive des quatre coins du monde, expliqua le pasteur avec une évidente fierté.

Quand elle entra dans la serre, un arôme puissant monta aux narines de Sam. Puissant, il devait l'être, car le formol avait déjà commencé à amoindrir son odorat, comme chez nombre de ses collègues pathologistes. Il provenait d'un *stephanotis* niché au milieu des orchidées flamboyantes. Elle approcha son nez d'une des fleurs en trompette et inspira avec délices l'enivrant parfum.

Au fond de la serre, l'atmosphère changeait du tout au tout. Emboîtant le pas au pasteur, Sam découvrit la plus impressionnante collection de lierres qu'elle ait jamais vue. Une infinité de variétés était représentée. Le pasteur vida le contenu du petit bocal sur un banc devant lui, puis se tourna vers Sam.

– Quand avez-vous perdu la foi ?

La question prit Sam au dépourvu. Déconcertée, elle fut incapable de répondre. Shaw s'en chargea.

– A la suite du décès d'un proche, n'est-ce pas ?

Sans voix, Sam ne put que hocher la tête.

– C'est un cas fréquent, poursuivit le pasteur.

– Comment l'avez-vous deviné ?

– Je vous ai vue observer quelques-uns de mes crucifix. Je les collectionne. Vous montriez de l'intérêt, mais aucun signe de dévotion. J'ai même cru percevoir un certain ressentiment. Désolé de vous avoir embarrassée. L'âme humaine est une de mes grandes passions.

– Mon père a été assassiné sous mes yeux quand j'étais enfant.

Pourquoi lui racontait-elle ça ? Elle n'en parlait jamais à personne. Le pasteur lui sourit en signe de compréhension, puis reporta son intérêt sur le morceau de lierre, laissant Sam très mal à l'aise.

– Il existe dix grandes espèces de lierre et vous avez déniché une des plus rares.

Sam s'approcha du banc.

– Vraiment ?

– C'est le *Hedera Hibernica*. Ce n'est pas l'espèce que j'attendais, mais elle n'en est pas moins rare. Il n'existe qu'une espèce associée à l'occulte, le *Helix Poetica*, ou lierre des poètes. C'est ce dernier que l'on a retrouvé autour du poignet de Charlie Ironsmith.

– En êtes-vous sûr ?

– Sûr et certain. Vos sorciers ne semblent pas très bien informés, on dirait.

Sam haussa les sourcils avec étonnement.

– Laissez-moi vous montrer.

Il descendit d'une étagère un grand plateau contenant plusieurs pots et le posa sur le banc.

– Voici des spécimens de *Helix Poetica*. Si vous le comparez avec celui que vous m'avez apporté, vous constaterez plusieurs différences notables.

Il sortit de sa poche une loupe qu'il avait prise dans son bureau et la tendit à Sam.

– Tout d'abord, les nervures du *Hibernica* sont plus prononcées et plus blanches. De plus, ses feuilles sont légèrement plus grandes. Mais la différence fondamentale se remarque plus tard dans l'année, quand le *Poetica* se couvre de jolies baies orange.

– Et le *Hibernica* ?

– On le trouve à l'état sauvage dans une seule région du pays, en Cornouailles, sur les rives de la Helford River. Mais je crois savoir que Kew en possède quelques beaux spécimens.

– Peut-on le multiplier ?

– Bien sûr, par bouturage. Un jeu d'enfant.

Sam lui rendit la loupe.

– Il y a quelques années, un jeune homme est venu me rendre visite ici, poursuivit Shaw. Il était fasciné par l'affaire Ironsmith. Il a même pris quelques boutures de *Poetica*. Il avait l'intention d'écrire un livre. Comment s'appelait-il déjà ?

– Sebastian Bird ? tenta Sam.

– Oui, c'est ça. Bird.

*

* *

Malcolm Purvis arriva chez lui tôt dans la matinée. Encombré comme il l'était, il avait renoncé à prendre le train la veille au soir et préféré louer une voiture. Mais le brouillard annoncé par la météo l'avait dissuadé de prendre la route avant le matin. Il sortit sa mallette et l'imposant landau du coffre, puis monta les marches aussi vite que le lui permettait son chargement.

Son inquiétude au sujet de Frances n'avait cessé de croître. Il avait laissé plusieurs messages sur le répondeur, mais elle n'avait pas rappelé. Il ouvrit la porte d'entrée et fit passer le landau devant lui. Les rideaux étaient encore tirés. Il remarqua aussitôt l'odeur de fleurs fraîchement coupées. La maison n'avait plus embaumé ainsi depuis le décès de sa femme. Brave enfant, songea-t-il avec affection. Il alluma la lumière et parcourut la maison en appelant sa fille. Pas de réponse. Il se rendit au jardin. Personne. En descendant au garage, il remarqua que sa voiture n'était pas là. Revenu au salon, il fit défiler les messages du répondeur. Il n'y avait que ceux qu'il avait laissés et, à l'évidence, Frances ne les avait pas écoutés. A la fin du dernier message, une sourde appréhension s'empara de lui. Il décrocha le téléphone et composa le numéro de police-secours.

*

* *

Graham Dawes avait apprécié sa bière. Trois, en fait. Ses chiens avaient attendu plus d'une heure dans la voiture et, pour se faire pardonner, il les avait emmenés se défouler au parc de Ruilex Abbey, à quelques kilomètres de là. D'ordinaire, l'abbaye était illuminée par une douzaine de projecteurs puissants braqués sur les ruines.

Mais elle était fermée depuis quelques semaines pour travaux et il avait dû passer à travers champs et se faufiler par un trou dans la haie qui bordait le parc. Il alluma une cigarette et regarda les chiens s'ébattre et se pourchasser en cercles sur la pelouse. En cette saison, le soir tombait tôt et l'endroit était sinistre. Soudain, les chiens partirent à fond de train vers l'abbaye.

– Pip, Max, aux pieds ! Revenez ici !

Ses appels restèrent vains. Les deux golden retriever franchirent d'un bond un muret de pierre et disparurent à l'intérieur des ruines.

Graham Dawes jura entre ses dents à l'idée de devoir traverser tout le parc pour les attraper. Il détestait leur courir après. Quand il les avait achetés, c'était au départ dans le but de se forcer à faire un peu d'exercice. Mais il préférait le pub au jogging et les promenades n'avaient pas tardé à devenir une corvée.

Tandis qu'il se mettait en marche à contrecœur, les chiens se mirent à aboyer furieusement. Ce n'étaient pas leurs aboiements habituels. Ils paraissaient affolés. Graham Dawes s'arrêta un instant, peu rassuré. Mais la curiosité prit le pas sur la peur et il se mit à courir en direction des ruines. Il s'arrêta en haut d'une volée de marches. Les aboiements provenaient d'en bas. Il appela ses chiens en vain. Il demeura un moment en haut de l'escalier, indécis. Puis, prenant son courage à deux mains, il sortit une petite torche de sa poche et descendit les marches avec circonspection. Il éclaira une grande porte en chêne entrebâillée. La serrure de métal était arrachée de son cadre. Apparemment, on l'avait forcée. Sur ses gardes, il fit passer son ventre bedonnant dans l'entrebâillement et se retrouva dans une sorte de chapelle privée en mauvais état. Tout au fond, ses chiens aboyaient et grognaient comme des fous furieux en direction d'une forme prostrée au pied de l'autel.

Graham Dawes tira les laisses de la poche de son anorak et s'approcha d'eux. Contrairement à ce qu'il attendait, sa présence ne les calma pas. Il regarda la cause de leur agitation.

– Oh, mon Dieu ! hurla-t-il en reculant d'un pas chancelant.

Il agrippa ses chiens par leurs colliers et fixa leurs laisses. Sans quitter des yeux le spectacle atroce qui s'offrait à ses yeux, il les tira en arrière, puis fit demi-tour en courant et remonta les marches en catastrophe.

# 6

UNE toile d'araignée couvrait le visage de la jeune femme, comme pour en masquer la beauté. Mais pas l'horreur de son agonie. Sa bouche grande ouverte figée en un hurlement muet et ses traits grimaçants témoignaient de la souffrance qui avait précédé ses derniers instants. Sous les yeux de Tom Adams, l'occupante de la toile, une grosse araignée brun et crème, se dirigea vers une mouche qui s'était pris les pattes en tentant de pénétrer dans la bouche pour y pondre ses œufs. Bientôt, l'insecte cessa de se débattre et l'araignée entreprit de tisser sa gangue autour de sa proie paralysée. L'inspecteur savait qu'en aucun cas, une victime ne devait être touchée, mais c'en était plus qu'il pouvait supporter. Il se saisit délicatement de l'araignée, arrachant une partie de la toile. Celle-ci était attachée à un long pendant d'oreille en argent ciselé qui, une fois libéré, se balança doucement. Adams alla la poser sur un mur et la regarda disparaître dans une petite faille.

Harriet Farmer était d'une humeur massacrante. Au moment de l'appel, elle enquêtait à l'autre bout du comté et l'abruti qui lui servait de chauffeur n'avait pas jugé bon de la prévenir avant son retour à la voiture. Elle se consola avec l'idée qu'avant la fin du mois, il arpenterait les trottoirs glaciaux de Cambridge. Elle y veillerait.

Elle se présenta au policier de faction à la grille et suivit les bandes jaunes et noires qui menaient aux ruines de l'abbaye. A mi-chemin, elle aperçut Adams qui venait à sa rencontre.

– Qui l'a trouvée ? demanda-t-elle sans s'arrêter.

– Un type qui promenait ses chiens.

– Décidément, il va falloir ouvrir une section spéciale « types qui promènent leurs chiens ». Ils ont plus de chance que nous pour découvrir les crimes. A-t-elle été identifiée ?

– C'est Frances Purvis.

– La petite amie de Bird ?

Adams hocha la tête avec gravité.

– L'ordure... Qu'est-ce que je vous avais dit ? Débrouillez-vous comme vous voulez, mais je le veux dans mon bureau dès cette nuit. Cette fois, je le tiens.

– On s'en occupe. Avec un peu de chance, ils l'ont déjà coincé.

L'inspecteur principal Farmer descendit les marches sans un mot et entra dans la chapelle. Dans sa carrière, elle avait vu son lot de cadavres, mais celui-ci la choqua plus que les autres. Peut-être parce qu'elle avait rencontré la victime peu de temps auparavant. Elle se souvenait du jour où elle était venue témoigner avec son père sur l'affaire James. Tout le monde, y compris elle-même, avait été frappé par sa beauté et sa joie de vivre. Certes, elle s'était momentanément écartée du droit chemin et avait fréquenté une clique peu recommandable, mais lors de sa déposition, elle lui avait donné l'impression d'une jeune fille intelligente et sérieuse, décidée à prendre un nouveau départ. Elle s'approcha de Richard Owen qui prenait des notes.

– A combien de temps remonte le décès, docteur Owen ?

– Un ou deux jours, je dirais. Mort par strangulation. Pour plus de précision, vous devrez attendre les conclusions du médecin légiste. Je ne tiens pas à me mettre à nouveau dans une position délicate.

– Où se trouve Ryan ? demanda-t-elle à son adjoint.

– Elle est en route.

– Comme d'habitude, ironisa Harriet Farmer avec une joie mauvaise.

Elle se tourna à nouveau vers Richard Owen.

– Ruilex Abbey est un lieu public. Pourquoi a-t-il fallu aussi longtemps pour trouver le corps ?

– L'abbaye est fermée depuis une quinzaine de jours pour réparations. Certains pans de murs menacent de s'écrouler. L'homme qui a découvert la victime est entré ici pour rattraper ses chiens qui lui avaient échappé, expliqua le docteur Owen qui referma son bloc et rassembla ses affaires. Vous aurez mon rapport demain matin.

*

* *

Sam avait reçu l'appel alors qu'elle rentrait de Little Dorking. A une époque, elle s'était juré de ne jamais posséder de portable. Avec le temps, elle en avait toutefois accepté l'utilité et admettait aujourd'hui ne plus pouvoir s'en passer. Elle connaissait le lieu de l'intervention pour y avoir pique-niqué en compagnie de sa mère l'été précédent. Ruilex Abbey... Un des derniers souvenirs qu'elle conservait d'elle avant l'aggravation de sa maladie. Après le repas, elle avait laissé sa mère somnoler tranquillement à l'ombre d'un grand chêne et était partie explorer les ruines. L'abbaye était encore majestueuse, mais le spectacle de cette grandeur passée vouée à la destruction l'avait attristée. Debout sur un pan de mur encore intact, une main en pare-soleil, Sam se souvenait avoir regardé en direction de sa mère qui s'était assoupie, oubliant pour un temps le mal qui la rongeait. Avec une infinie tristesse, elle s'était fait la remarque que sa mère était en harmonie avec ce lieu. La lente déchéance, la fuite irréversible du temps... Les vers de Shelley lui étaient revenus en mémoire : « Mon nom est Ozymandias, roi parmi les rois : contemple mon œuvre, ô Tout-puissant, et désespère ! »

Alors qu'elle arrivait en vue des ruines, elle aperçut Richard Owen qui en sortait. Au moins, il a retenu la leçon, se dit-elle en le voyant vêtu d'une combinaison blanche, protège-chaussures aux pieds. Elle décida de ne pas s'arrêter pour faire causette. Elle avait assez de retard comme ça et, de toute façon, ce qu'il pourrait lui raconter ne lui apprendrait rien de plus que ses propres constatations. Owen lui fit signe et s'arrêta à sa hauteur.

– Désolée, Richard, lui lança-t-elle en poursuivant son chemin, je suis en retard. Communiquez-moi votre rapport dès que possible.

Elle lui fit un vague signe de la main et disparut à l'intérieur de l'abbaye sous le regard interdit du médecin.

Dès l'instant où elle vit le corps, Sam comprit qu'elle avait affaire à l'assassin de Mark James. La croix ensanglantée sur le torse et l'abdomen de la victime en témoignait. A l'extrémité du cordonnet qui mordait profondément dans la chair du cou, pendait le même genre de tube en laiton. Elle examina le bras gauche crispé sur le flanc. Autour du poignet, presque dissimulé par le sac en plastique qui protégeait la main, était nouée une guirlande de lierre vert foncé. Sam s'agenouilla et la dégagea avec précaution du plastique. Sa conviction fut vite faite. Une chose au moins était sûre : cette mort n'avait rien à voir avec un crime occulte. Elle reposa le bras avec précaution, ouvrit sa sacoche et commença son examen préliminaire.

*
* *

L'agent Carver maudissait son manque d'expérience qui le privait des événements les plus palpitants. A l'annonce du nouveau crime, le poste s'était littéralement vidé. Tous ses collègues avaient été dépêchés sur les lieux. Il avait voulu suivre le mouvement. Dans le coin, un meurtre était un fait assez rare pour ne pas être manqué. Mais à peine était-il dans la cour que son chef l'avait rappelé et chargé de couvrir le secteur avec la voiture de patrouille.

Toujours mieux que rien, se dit le jeune policier de vingt et un ans en montant dans la Panda noir et blanc. C'était la première fois qu'on le laissait patrouiller seul. Ce serait peut-être sa grande chance. Pendant que les autres étaient à l'abbaye, il allait peut-être faire une découverte qui permettrait de résoudre l'affaire. Il conduisait à faible allure sur la route principale. Il était sans doute le seul représentant de la loi disponible à des kilomètres à la ronde. La population comptait sur lui pour maintenir l'ordre, songea-t-il avec importance.

Perdu dans ses pensées, il accrocha du regard une ombre qui traversait juste devant ses roues. Il y eut un choc mat, suivi d'un piaillement aigu. Il freina brusquement et scruta la route par le pare-brise. Rien. Il ouvrit la portière juste à temps pour voir un renard disparaître dans l'entrée d'un champ en piaillant et en traînant la patte. Il y avait une petite mare rouge à l'endroit de l'impact et une abondante traînée de sang maculait la chaussée. La pauvre bête n'irait pas loin dans cet état. Décidé à l'achever, il tira sa matraque de sa poche latérale et suivit la piste à l'aide de sa lampe-torche. Le champ était immense et sombre. Il n'entendait pas un bruit. Impossible de trouver le renard. Il s'était sans doute tapi dans un trou ou un buisson pour attendre la mort.

L'agent Carver rangea sa matraque et allait rebrousser chemin, quand il aperçut la voiture. Elle était garée juste derrière une haie. Il s'en approcha et en éclaira la longueur avec sa torche. Il pensa d'abord y trouver un couple affairé. Mais non. Elle était inoccupée. Il alla à l'arrière et braqua sa torche sur la plaque minéralogique. Puis il prit son émetteur-radio.

– 1623 à contrôle, 1623 à contrôle...

– Contrôle à 1623, parlez.

– Demande identification véhicule. A vous.

– Vu la situation, y a-t-il vraiment urgence ? A vous, répondit la voix au standard sans aucun enthousiasme.

– Affirmatif. A vous.

– J'écoute, fit la voix, cette fois franchement agacée.

– Austin Mini bleue. Immatriculation : Lima, sept, huit, quatre, Fox-trot, Yankee, Oscar. Terminé.

Pendant qu'il attendait, l'agent Carver décida d'examiner la voiture de plus près. A l'impact sur le pare-chocs arrière, elle avait été impliquée dans un accident récent. Il fronça les sourcils. Elle avait sans doute été garée là jusqu'à l'arrivée d'une dépanneuse. Il allait se faire bien voir en rentrant au poste.

Sa radio grésilla.

– 1623, à vous.

– Contrôle à 1623. Aucune déclaration de perte ou de vol. Immatriculation au nom de Malcolm Purvis, lieu-dit The Gables à Fereham. Terminé.

– Merci, contrôle. Terminé.

Carver décida d'aller rendre une petite visite à ce monsieur Purvis pour voir de quoi il retournait. Il remonta dans sa voiture, mit le contact et poussa le chauffage à fond. Il se réchauffa les mains et le visage au puissant jet d'air chaud. Il allait démarrer quand sa radio grésilla à nouveau. Cette fois, ce n'était pas le standard, mais son supérieur.

– 1623, êtes-vous toujours près du véhicule ? A vous.

– Affirmatif, répondit-il, intrigué. A vous.

– Restez sur place. Des renforts sont en route. Il y a de fortes chances pour qu'il soit impliqué dans le meurtre de l'abbaye.

Le pouls de l'agent Carver s'accéléra. Il n'en croyait pas sa veine. Nouvel appel-radio. C'était encore son supérieur.

– Bien joué, 1623.

Carver se rengorgea presque. Il réajusta sa casquette, enfila ses gants de cuir noir et retourna monter la garde auprès de sa trouvaille.

*

* *

Une fois l'examen préliminaire achevé, Sam rangea son magnétophone et ôta ses gants. Elle consulta sa montre.

– Autopsie demain matin neuf heures. Si cela convient à tout le monde...

Farmer hocha la tête. Considérant l'affaire entendue,

Sam prit sa sacoche et tourna les talons. L'inspecteur principal la rattrapa dans l'escalier.

– Qu'avez-vous à nous apprendre pour l'instant, docteur Ryan ?

– Je ne peux encore avoir de certitudes, répondit-elle sans s'arrêter de marcher. J'en saurai davantage après l'autopsie. Mais il semble d'ores et déjà très vraisemblable que l'assassin de cette jeune fille et celui de Mark James ne font qu'un.

– Vous ne m'apprenez rien, lâcha Farmer, ironique. J'aurai Bird dans mon bureau dès cette nuit.

– Vous êtes toujours convaincue que c'est lui, n'est-ce pas ?

– Plus que jamais. J'en suis persuadée depuis le début. Et si vous aviez su m'apporter la preuve que je vous demandais, cette malheureuse serait toujours en vie. J'espère que sa mort ne pèsera pas trop sur votre conscience.

Sam s'arrêta net et se retourna vers Farmer, furieuse.

– Si la moindre preuve avait existé, je l'aurais trouvée. Je vous le répète, il n'y avait rien. Je n'allais pas en inventer une pour vous faire plaisir !

– Même pas pour sauver une vie innocente ?

Sam vit rouge. Cette fois, Farmer dépassait les bornes.

– Ne me mettez pas vos cafouillages sur le dos, inspecteur Farmer. Vous avez arrêté Bird sans le moindre commencement de preuve en espérant quc jc réglerais le problème à votre place ! Eh bien, sachez que je ne marche pas dans vos combines ! Essayez donc pour une fois de faire votre boulot correctement et vous aurez moins de vies innocentes à déplorer !

Elle pivota sur les talons, mais au bout de quelques mètres, elle revint à la charge.

– Et puisque nous en sommes aux confidences, je peux vous dire que vous faites fausse route ! Ce n'est pas Bird le coupable !

Sidérée, Farmer regarda le médecin légiste s'éloigner d'un pas rageur. Elle songea un instant à la rattraper, puis se ravisa. Les explications attendraient l'autopsie, quand les esprits se seraient un peu calmés. Elle fit demi-tour et retourna à la chapelle. Elle était sûre et certaine de la culpabilité de Bird, mais l'éclat du docteur Ryan avait semé un vague doute dans son esprit. Un doute qu'elle n'était pas prête à laisser s'installer.

Il ne fallut à Sam qu'une quarantaine de minutes pour rentrer chez elle. Elle regarda sa montre et soupira. Le jour allait bientôt se lever. Quand elle entra dans le vestibule, seul le bip du répondeur troublait le silence. Elle écouta le message. C'était Marcia.

– J'ai fait une découverte intéressante au sujet du nœud dans le lierre. Rappelle-moi dès que tu peux. Oh... et encore merci pour l'invitation. J'ai passé une excellente soirée.

Le répondeur s'éteignit. Sam tendit la main vers le téléphone, puis s'abstint en se souvenant de l'heure. Elle rappellerait Marcia dans la matinée. Elle jugea inutile d'aller se coucher. De toute façon, elle ne fermerait pas l'œil. L'esprit en ébullition, elle ne cesserait d'échafauder mille et une théories. Elle se changea rapidement, enfila ses bottes en caoutchouc et se rendit à l'appentis. Le moment semblait idéal pour finir de planter ses arbres. Elle alluma le projecteur de sécurité, prit sa bêche et entreprit de creuser un grand trou dans la bordure tout au fond du jardin. Peu à peu, elle se détendit. Son jardin était le seul endroit où elle se sentait en accord avec elle-même, où elle pouvait faire sereinement le tri dans ses idées. Elle bêcha avec vigueur la terre pourtant compacte, tout en réfléchissant aux circonstances des deux meurtres. Elle avait conscience que sa colère ne se dirigeait pas seulement contre Harriet

Farmer. C'étaient aussi ses propres capacités qu'elle mettait en doute. Et si Sebastian Bird était réellement l'assassin ? Peut-être Farmer avait-elle raison, malgré une accusation plutôt mince. Qu'en savait-elle après tout ? Elle était médecin légiste, pas policier. Son rapport d'autopsie défila sous ses yeux. Un détail lui avait-il échappé ? Si elle avait davantage su tirer parti des indices, peut-être le meurtrier, Bird ou un autre, aurait pu être identifié et la petite Purvis serait encore en vie... De frustration et de colère, elle enfonça sa bêche dans le sol avec hargne, cassa la motte de terre avec le tranchant de la lame et la jeta sur le tas près du trou. Quand celui-ci fut assez grand, elle alla chercher l'arbrisseau auquel il était destiné et le traîna tant bien que mal.

– Besoin d'un coup de main ? fit soudain une voix d'homme derrière elle.

Sam se retourna d'un bloc. Tom Adams se tenait à l'angle du jardin. Il la regardait en souriant. Elle était fatiguée et certainement pas d'humeur à voir un policier, Tom Adams ou un autre. Elle ne fit aucun effort pour cacher son mécontentement.

– Non content de m'importuner chez moi le week-end, vous venez aussi la nuit. Je rêve ! Farmer et vous, vous travaillez en duo, c'est ça ? Vu que j'ai déjà eu affaire à l'auguste, j'imagine que vous êtes le faire-valoir.

Adams parut s'amuser de cet accueil. Comme noms d'oiseau, il avait déjà certainement entendu pire. Il la rejoignit et lui prêta main forte pour traîner l'arbre.

– Arrêtez-moi si vous l'avez déjà entendue, mais connaissez-vous l'histoire d'un inspecteur principal qui se retrouve avec deux meurtres en un mois sur les bras et dont le suspect numéro un se balade tranquillement dans la nature ?

– C'est le problème de l'inspecteur principal, pas le mien.

Ils atteignirent le trou et placèrent les racines de l'arbre au fond.

– Il pourrait un jour vous concerner, vous aussi.

Sam entreprit d'arroser sa nouvelle plantation au jet.

– Ah oui ?

– Harriet Farmer est la première femme inspecteur principal dans ce comté et beaucoup ne seraient pas mécontents de la voir tomber. Certains considèrent déjà cette affaire comme l'occasion rêvée de lui faire un discret croc-en-jambe. C'est sûr, elle a un abord froid et autoritaire, mais au fond, elle a surtout peur de l'échec.

Sam alla fermer le robinet.

– Comme tout un chacun, il me semble.

Elle se surprit soudain à apprécier la présence de Tom Adams. Elle leva les yeux vers lui. Ferait-il preuve de la même loyauté envers elle qu'envers sa supérieure ? Un pincement de jalousie la prit au dépourvu. Comprenant alors qu'elle le dévisageait avec une insistance déplacée, elle lui tourna brutalement le dos pour cacher son embarras et entreprit de reboucher le trou sans un mot.

Tom Adams la regarda avec perplexité. L'espace d'un instant, il avait cru détecter une certaine chaleur, mais à l'évidence, il se trompait. L'attitude de Sam lui signifiait clairement de partir. Il hésitait pourtant à s'en aller, peu désireux de clore cette nouvelle rencontre sur une mauvaise note.

– Avez-vous encore besoin d'aide ?

– Non, merci. J'ai presque fini, répondit-elle, plus durement qu'elle ne l'aurait voulu.

Sam soupira et se retourna vers lui. Au ton de sa voix, elle avait ressenti son désarroi et s'en voulait. Au fond d'elle-même, elle fut forcée de s'avouer qu'elle ne tenait pas vraiment à ce qu'il parte aussi vite.

– Si vous avez vraiment envie de m'aider, ajouta-t-elle d'un ton radouci, vous pourriez préparer du café.

– Pour deux ?

Sam hocha la tête et Tom Adams disparut dans la cuisine.

*

* *

Malcolm Purvis avait cherché partout. Dans les endroits qu'elle fréquentait, chez ses amis, à *L'Oiseau de Nuit*, au domicile de Bird... Pas de trace de Frances. Pas plus que de Bird, d'ailleurs. Ce n'était pas qu'il doutait de l'efficacité des policiers, mais ils ne connaissaient pas sa fille comme lui. Il s'était même mis en rapport avec la responsable de la préparation à l'accouchement. Elle lui avait confirmé que Frances avait assisté au cours et était partie de bonne humeur en promettant d'y traîner son père coûte que coûte la semaine suivante. Il gara sa voiture au garage, ferma les portières à clé et remonta dans la maison. Il s'approcha du landau et le berça doucement. L'émotion lui noua la gorge.

La sonnerie de l'entrée fut un soulagement. Il courut à la porte et l'ouvrit en grand, s'attendant à voir le visage contrit de sa fille et à entendre de piètres excuses. Mais il ne lui en voudrait pas. A la maison, elle était en sécurité. C'était tout ce qui comptait.

Les policiers ont cette façon de vous faire comprendre la vérité sans ouvrir la bouche. Au tribunal, il avait beaucoup appris sur leurs expressions. Malgré la décontraction ou le désintérêt qu'ils s'efforçaient souvent d'afficher, il parvenait toujours à lire dans leurs pensées. Il devina donc aussitôt la raison de leur présence et dut résister à l'envie brutale de leur claquer la porte au nez. Si les mots n'étaient pas prononcés, ce ne pourrait être vrai.

– Monsieur Purvis ?
– Oui.
– Pourrions-nous entrer un moment, s'il vous plaît ?
Il demeura figé sur le seuil.
– Elle est morte, n'est-ce pas ?
L'inspecteur et la jeune femme policier qui l'accompagnait paraissaient très mal à l'aise.
– Il vaudrait mieux que nous entrions, monsieur.
Malcolm Purvis rejeta la tête en arrière. Ses yeux baignés de larmes imploraient le ciel sombre. Il poussa un cri de désespoir qui semblait surgir du tréfonds de son âme. Impressionnée, la jeune femme inexpérimentée recula d'un pas. Plus aguerri, l'inspecteur entoura de ses bras le père éploré et le serra sans un mot contre lui.

*
* *

Sam était assise sur le petit banc de bois au fond du jardin d'où le regard embrassait la campagne environnante pendant la journée. A ses côtés, Tom Adams sirotait son café fumant. Sam leva sa tasse vers lui.
– Délicieux, votre café.
– Des années de pratique. Dans la police, on apprend un truc ou deux, vous savez.
– Heureuse de vous l'entendre dire, répondit Sam avec un sourire amusé.
Tom lui rendit son sourire, puis son visage s'assombrit.
– Il faut que je vous parle de Ricky.
– Vous n'allez pas l'arrêter pour cette histoire de distributeur, n'est-ce pas ?
– Non. Nous avons trouvé un arrangement sur ce coup-là. Mais il a été arrêté.

– Arrêté ? s'exclama Sam, choquée. Pour quelle raison ?

– Pour voie de fait. Il avait bu un verre de trop et il a confondu le capot d'une voiture avec un trampoline. Les dégâts sont importants.

Sam était abasourdie.

– Vous êtes sûr que c'était lui ?

– Je l'ai vu de mes yeux, répondit l'inspecteur, très embarrassé. Désolé.

Sam fixait un point par-delà les champs sombres.

– Pourquoi seriez-vous désolé s'il est coupable ? Quel petit imbécile.

– Il est jeune et tenait une belle cuite.

– Ça n'excuse rien. Que va dire Wyn quand elle va apprendre cette nouvelle frasque ? Elle a déjà assez de soucis comme ça. Il ne va pas aller en prison au moins ?

– Je ne crois pas. J'ai parlé à l'officier qui s'est chargé de l'interpellation. C'est un copain. Je pense pouvoir arranger ça. Reste à savoir si le propriétaire du véhicule va porter plainte ou non. Le remboursement des frais de réparation devrait régler le problème.

– Là, vous êtes peut-être un peu optimiste. Ricky est au chômage et Wyn a déjà du mal à joindre les deux bouts. A combien se montent ces frais ?

Tom Adams sortit un devis de sa poche et le lui tendit.

– Tant que ça ! C'est quoi comme voiture, une Rolls Royce ?

Elle lut le devis en détail, les sourcils froncés.

– Ce n'est pas un méchant garçon, vous savez. Il traverse juste une mauvaise passe. Si je paie la facture, cela lui évitera-t-il le tribunal ?

– Impossible de vous le promettre... mais je vais voir ce que je peux faire.

– Merci, Tom. C'est très gentil à vous, répondit-elle, touchée qu'il prenne ainsi fait et cause pour sa famille.

Leurs regards se croisèrent. Il lui sourit. Cette fois, Sam ne détourna pas les yeux. Ni l'un, ni l'autre n'osait parler. Le silence chargé d'émotion se prolongea... jusqu'au moment où le charme fut rompu par le grésillement d'un émetteur-radio.

– Contrôle à inspecteur Adams. Répondez.

Tom Adams prit son émetteur sans quitter Sam des yeux.

– Inspecteur Adams à contrôle. J'écoute.

– Message de la part de l'inspecteur principal Farmer, inspecteur. Elle vous demande de la rejoindre sur la B784 à environ trois kilomètres après Fereham. La voiture de la petite Purvis a été retrouvée.

– Dans vingt minutes. Terminé.

Il glissa sa radio dans sa poche.

– Je dois y aller.

Déçue, Sam hocha la tête avec compréhension.

– Au fait, ajouta-t-il, êtes-vous sûre de vos affirmations ?

Sam lui lança un regard perplexe.

– Au sujet de l'innocence de Bird.

– Quand j'ai dit ça, j'étais furieuse. Je n'ai pas de preuve à proprement parler. Mais il y a quelques détails qui clochent.

– Par exemple ?

– Le lierre retrouvé autour du poignet de Frances. C'est la mauvaise espèce. Elle n'a rien à voir avec l'occulte.

– Il y avait un pot de lierre dans le bureau de Bird.

– Pourriez-vous m'en procurer un échantillon ? Cela pourrait élucider quelques zones d'ombre.

– D'accord, mais que ceci reste entre nous. Je ne tiens pas à me retrouver à faire la circulation.

Tom Adams arriva sur les lieux plus tôt qu'il ne l'avait prévu. Les routes encore désertes lui avaient facilité la tâche. Une demi-douzaine de projecteurs illuminaient une dépanneuse à l'arrière de laquelle deux officiers de police s'apprêtaient à hisser une vieille Austin Mini. Harriet Farmer regardait un technicien du labo effectuer des prélèvements à l'arrière de la voiture. Quand Adams s'approcha, elle lui lança un regard de travers.

– Merci d'être venu.

Il préféra ne pas relever. Farmer reporta son attention sur le technicien. Il examinait avec soin le résultat de ses recherches qu'il venait d'enfermer dans un sachet en plastique.

– Etes-vous sûr qu'il s'agit de la bonne voiture, Bert ?

L'homme leva son visage rond et joufflu vers elle.

– L'immatriculation est au nom de Malcolm Purvis qui, je suppose, est le père de la victime. Pauvre homme. Et nous avons trouvé ceci.

Il lui tendit un long pendant d'oreille en argent ciselé, identique à celui qu'elle avait remarqué à l'oreille de la jeune fille dans la chapelle.

– Autre chose ?

– Quelques éclats de peinture. Mais moins que ce à quoi on pourrait s'attendre. L'assassin a pris la peine de faire le ménage derrière lui.

– Adieu les pièces à conviction, soupira l'inspecteur Adams.

– Je n'en suis pas si sûr, répondit Bert avec un sourire suffisant. Il n'est pas aussi futé qu'il veut le faire croire. Il a oublié l'endroit de l'impact. J'ai réussi à prélever quelques échantillons intéressants sur le bitume et le bas-côté. Ça devrait suffire pour une comparaison.

Adams alla jusqu'à la voiture et l'examina avec attention.

– On n'a pas essayé d'y mettre le feu ?

– Non, répondit Bert. Je ne serais pas là sinon. Pourquoi ?

– Si c'est le même assassin, je me demande pourquoi il n'a pas brûlé la voiture comme la première fois. Jusqu'à présent, il s'est montré d'une extrême prudence.

– Ils finissent toujours par être négligents. C'est comme ça qu'on les coince.

Adams hocha la tête et rejoignit ses deux collègues près de la dépanneuse.

– Quand pourrez-vous nous communiquer vos résultats ? demanda Harriet Farmer au technicien qui sortait du champ.

– Appelez le labo demain après-midi.

– Pourquoi c'est toujours demain avec vous ? ronchonna-t-elle.

– Vous me le demanderez... demain, répliqua Bert qui s'éloigna vers sa voiture.

Farmer se retourna vers son équipe avec un regard noir qui étouffa dans l'œuf tout signe d'hilarité.

*
* *

Sam était arrivée de bonne heure à la morgue. Elle voulait revoir en détail le dossier de Mark James avant de procéder à l'autopsie de Frances Purvis. Nul doute dans son esprit qu'il s'agissait du même meurtrier. Elle voulait s'assurer de n'omettre aucun détail.

Elle suspendit son manteau à la patère derrière la porte et traversa son bureau. Une petite enveloppe en papier kraft l'attendait sur son sous-main. Son nom y était inscrit au feutre bleu. Elle l'ouvrit et en sortit un morceau de lierre enveloppé dans une feuille de papier pliée en deux. Elle lut le message :

– J'ai plutôt l'habitude d'offrir des fleurs à une dame, mais j'ai pensé que ceci pourrait vous intéresser. *Tom.*

Sam sourit. Il n'avait pas traîné. Elle posa le lierre sur son sous-main et l'étudia à la loupe. Comme elle s'y attendait, il s'agissait de *Poetica*. Sebastian Bird n'était donc pour rien dans ces deux meurtres. Jamais il n'aurait commis une erreur aussi grossière. Mais comment convaincre Farmer ? Il lui fallait davantage de preuves.

⋆

⋆ ⋆

Malcolm Purvis fut conduit avec ménagement à la morgue. Son visage défait était blême. Il paraissait avoir vieilli de dix ans. Secrètement, il s'accrochait encore au vain espoir qu'il puisse s'agir d'une horrible méprise. Pour la première fois depuis le décès de sa femme, il priait. Il priait de toute son âme pour que ce soit une autre fille, n'importe laquelle. Il avait conscience de son égoïsme, mais n'en avait cure. Quand il pénétra dans la chambre froide, Fred se tenait près d'un chariot en inox, le visage grave. Un grand drap blanc recouvrait la forme humaine allongée sur le plateau. Après un temps d'hésitation, Malcolm s'avança jusqu'au chariot, ivre de douleur.

– Etes-vous prêt, monsieur ? lui demanda l'inspecteur avec douceur.

Fred ne bougea pas. Il attendait le signal du policier. Malcolm Purvis était comme pétrifié, tentant de reculer l'instant qui ferait basculer sa vie.

– Etes-vous prêt ? lui redemanda l'inspecteur.

Il acquiesça. Le policier leva les yeux vers Fred qui souleva le drap et découvrit le visage de la jeune victime. Malcolm Purvis n'osa pas regarder. Ses yeux embués de larmes fixaient obstinément le mur gris. L'inspecteur l'encouragea d'une main sur l'épaule. Il baissa les yeux.

Ce qu'il vit n'était pas Frances, mais une caricature boursouflée et noircie de sa fille. Derrière l'hideuse difformité de ses traits, il retrouva pourtant le visage délicat de sa fille adorée. Les larmes roulèrent sur ses joues.

– Je t'en supplie, ne me laisse pas tout seul. Pas maintenant. Pas maintenant...

– Est-ce bien votre fille, monsieur ? lui demanda l'inspecteur à voix basse.

Malcolm Purvis hocha faiblement la tête.

– Oui, c'est elle.

L'inspecteur fit signe à Fred qui voulut recouvrir le corps. Mais Malcolm Purvis lui agrippa le bras et tourna vers lui un visage ravagé par la peine.

– Vous allez être gentils avec elle, n'est-ce pas ? Elle a déjà suffisamment souffert.

– N'ayez crainte, nous prendrons soin d'elle, monsieur, lui assura l'assistant avec émotion.

Après un dernier regard à sa fille, Malcolm Purvis l'autorisa d'un signe de tête à replacer le drap. Au moment où il se tournait vers la sortie, Sam entra dans la chambre froide. Elle avait déjà revêtu sa combinaison verte et son tablier de plastique. Malcolm Purvis comprit aussitôt. L'horreur de ce qu'elle s'apprêtait à faire le fit chanceler. L'inspecteur le rattrapa de justesse par la taille avant qu'il ne s'effondre et le conduisit lentement vers la porte. Quand il arriva à la hauteur de Sam, leurs regards se croisèrent. Elle avait mal choisi son moment, elle en avait conscience. Bien sûr, elle ne faisait que son métier. Un métier dont elle était fière. Mais pour la première fois dans sa vie professionnelle, elle ressentit comme de la honte. Elle baissa les yeux, incapable de soutenir le regard de cet homme brisé.

Sam pénétra dans la salle d'autopsie, hantée par le visage ravagé de Malcolm Purvis. Elle s'efforça de chasser cette vision. Une tâche capitale l'attendait. Elle se dirigea avec détermination vers la table en inox sur laquelle le corps avait été allongé. Elle leva les yeux vers la galerie des visiteurs. Tom s'y trouvait en compagnie du lot habituel de policiers. Elle savait qu'il n'appréciait guère les autopsies, non pas tant à cause de la vue que de l'odeur. Sentir, c'était le propre du corps humain et elle ne pouvait rien y changer. Elle s'étonna de remarquer Richard Owen en grande conversation avec Harriet Farmer. Il était inhabituel que le médecin expert assiste à une autopsie et elle se dit que c'était plus probablement à cause d'elle que du cadavre sur la table d'examen. Un instant, elle souhaita être une petite souris pour écouter ce qu'ils se racontaient, mais elle changea vite d'avis. Personne n'aimait entendre casser du sucre sur son dos. Elle laissa le photographe terminer ses clichés, puis se tourna vers son assistant.

– Tout est prêt ?

Fred hocha la tête et fit le tour de la table.

– Il y a un truc qu'il faut que vous sachiez, lui dit-il d'un ton confidentiel. J'ai dans l'idée que le corps a été nettoyé.

– Vous êtes sûr ? Qui a osé ? lui souffla-t-elle, furieuse.

– Personne dans cette pièce, patron. A mon avis, c'est l'assassin. Sans doute pour faire disparaître des indices compromettants.

Quel genre d'indices compromettants le meurtrier avait-il bien pu laisser ? Et surtout comment s'en était-il rendu compte après coup ? Avait-il des connaissances spécifiques en médecine légale ? Les questions se bousculaient dans la tête de Sam. Très intriguée, elle s'approcha du cadavre.

– 22 octobre 1995, 9 heures. Le corps examiné est celui de Frances Purvis, vingt-quatre ans, annonça-t-elle en consultant sa fiche. Il a été découvert hier soir,

21 octobre, à Ruilex Abbey, aux environs de 23 heures 30. Le décès a été constaté à 0 heures 42 par le docteur Richard Owen, médecin expert de la police.

Elle reposa le bloc et débuta l'autopsie. Le monde cessa d'exister autour d'elle.

– Il s'agit d'une jeune femme de race blanche mesurant 1 mètre 70 et pesant 51 kilos. La constitution est normale et ne présente aucun signe de sous-alimentation.

Sam commença par couper le cordonnet de nylon en veillant à n'endommager aucun nœud. Elle fit de même avec le lierre autour du poignet gauche. Les deux pièces à conviction furent soigneusement emballées et scellées. Elle gratta le dessous des ongles et fit des prélèvements des muqueuses buccales, nasales et vaginales. Elle examina ensuite la conjonctive à la recherche des hématomes caractéristiques dans les cas d'asphyxie par strangulation. Puis Fred fit pivoter le corps sur le flanc.

– Aucune blessure apparente sur le dos, annonça Sam après examen. Le crâne semble lui aussi indemne, ajouta-t-elle, passant les mains dans les cheveux de la jeune victime. Tiens...

Une petite marque rouge venait d'attirer son attention sur la nuque de Frances Purvis. Elle étira doucement la peau. C'était une trace de piqûre.

Elle fut agacée de ne pas l'avoir remarquée lors de son examen préliminaire.

– Il y a une petite piqûre sur la nuque, vraisemblablement une marque d'aiguille.

Elle se tourna vers le photographe.

– Pourriez-vous prendre quelques clichés, s'il vous plaît ?

Il s'exécuta, puis Fred rallongea le corps sur le dos. Sam pratiqua une incision en V à partir du sternum. Elle la décala quelque peu afin de ne pas interférer avec les entailles en croix. Puis elle disséqua les muscles du cou et préleva le larynx. Elle passa ensuite à l'examen des poumons et des organes de la digestion. Après le prélèvement des intestins, elle s'étonna de trouver l'utérus anormalement gonflé. Une incision suffit à confirmer ce qu'elle supposait déjà.

– L'utérus renferme un fœtus bien développé d'environ dix-huit à vingt semaines.

Avec douceur, Sam prit l'enfant à sa mère et le tendit à Fred. La gorge serrée, elle se demanda si le révérend Shaw serait aussi certain de sa foi devant cette terrible injustice que Dieu avait permise. Elle respira à fond et reprit l'autopsie.

# 7

MARCIA Evans traversa le garage du laboratoire. Au milieu, sur le dallage de béton taché de graisse et d'huile de vidange, se trouvait la Mini de Frances Purvis, recouverte d'une tente de polyéthylène transparent. Autour du véhicule, plusieurs techniciens en combinaison blanche, harnachés de masques, de capuches jetables et de gants, attendaient qu'un collègue procède à l'évacuation de la fumée grisâtre qui emplissait l'habitacle. Alex Wood, le responsable d'atelier, un barbu ventripotent et au front dégarni, rejoignit Marcia qui, un peu en retrait, assistait à l'opération.

– Alors, mademoiselle Evans, on délaisse ses fibres ?

– Eh oui, j'ai eu envie de venir faire un tour parmi les vivants. Que font vos hommes ?

– Ils attendent que la super-glu se dissipe. Avec un peu de chance, cela permettra de découvrir des empreintes non détectées.

La fumée grise s'évacuait lentement par les bouches d'aération au plafond. Les techniciens commencèrent à s'affairer autour du véhicule. L'un d'entre eux monta à l'intérieur.

– Le faisceau laser n'a pas permis de relever d'empreintes ?

– Bien sûr que si, répondit Alex que la présence de la jeune femme dans son atelier mettait mal à l'aise. Mais elles ont toutes été identifiées et écartées.

– Espérons juste que l'assassin n'ait pas eu l'intelligence de porter des gants, répondit Marcia avec un sourire.

Alex Wood resta de marbre. Il avait horreur qu'on plaisante sur son travail. Marcia se pencha et regarda par la vitre arrière. Les moindres recoins de l'habitacle étaient d'un blanc brillant, comme recouvert d'une fine couche de givre. Le technicien arrêta son faisceau sur une petite zone sous la colonne de direction et l'observa à la loupe.

– Tu tiens quelque chose, Bert ? demanda Alex.

– Deux beaux spécimens. Viens jeter un coup d'œil.

Le chef d'atelier prit la loupe.

– Magnifique. Je préviens le photographe.

Il sortit de la voiture avec un sourire suffisant et tendit la loupe à Marcia.

– On dirait que vous avez surestimé notre assassin. Vous voulez voir ?

Marcia se pencha à son tour sous la colonne de direction. Les deux empreintes étaient clairement visibles, l'une à côté de l'autre. Leurs volutes blanches étaient d'une netteté parfaite. Elle se redressa et rendit la loupe à Alex Wood.

– C'est un endroit très inhabituel pour des empreintes, non ?

– J'en ai trouvées dans des endroits plus inhabituels que ça, répondit-il sèchement, sur la défensive. Parfois, on a de la chance. D'autres, non...

– Et cette fois, vous en avez eu ? le coupa Marcia.

Le scepticisme permanent de la jeune laborantine commençait à agacer sérieusement Alex Wood.

– On peut le dire, en effet. A moins bien sûr qu'elles ne soient identifiées et écartées.

Elle hocha la tête sans conviction et sortit du garage, laissant le chef d'atelier bouillonnant d'irritation.

*

* *

– Avons-nous affaire au même assassin ? demanda Harriet Farmer sans perdre de temps en préambule.

A l'issue de l'autopsie, elle avait suivi Sam dans le bureau attenant à la salle d'examen. L'inspecteur Adams et le docteur Owen l'accompagnaient.

Le médecin légiste avait à peine eu le temps d'ôter sa blouse verte et de jeter ses gants à la poubelle. Eprouvante psychologiquement, l'autopsie de Frances Purvis l'avait vidée de toute son énergie. Elle s'appuya contre son bureau avec lassitude.

– On peut affirmer avec une quasi certitude que...

– Soyez brève, docteur Ryan. Et si vous pouviez nous éviter votre jargon médical...

Sam mourait d'envie de l'envoyer sur les roses.

– Je vais m'efforcer de faire simple, rien que pour vous, inspecteur principal Farmer, rétorqua-t-elle en grinçant des dents. Je ne vous apprends pas que les blessures constatées sur l'abdomen de Mark James et de Frances Purvis sont similaires. La croix renversée est inhabituelle et laisse supposer un crime rituel. Au fait, notre assassin est gaucher.

– Comme Jack l'Eventreur, fit remarquer Harriet Farmer.

– Dans cette affaire non plus, la police n'avait pas brillé par ses résultats, ne put s'empêcher de lui lancer Sam.

Le regard de Farmer se durcit.

– Peut-il s'agir d'une coïncidence ? intervint Adams, soucieux de calmer le jeu.

Sam secoua la tête.

– Vu les similitudes des entailles, j'en doute fort. Mais il y a autre chose. Les deux victimes ont été garrottées, ce qui en soit est révélateur.

– La mort par strangulation n'a rien d'exceptionnel, docteur, objecta Farmer. Des centaines de victimes y succombent chaque année.

– Le fait que l'assassin ait pris le temps et la peine d'utiliser un garrot nous apprend à mon avis un détail capital. Laissez-moi vous montrer.

Elle ouvrit un tiroir de son bureau et en sortit une longueur de ficelle attachée aux deux extrémités d'un crayon.

– Voici un garrot rudimentaire que j'ai fabriqué pour les besoins de ma démonstration. Voudriez-vous me donner votre poignet un instant, inspecteur Farmer ?

Celle-ci s'exécuta à contrecœur. Sam glissa la boucle autour du poignet qu'elle lui tendait et fit tourner le crayon sur lui-même.

– Une fois le fil autour du cou, il ne faut pas beaucoup de force pour serrer. Un enfant pourrait le faire. Il suffit de faire tourner le crayon comme ça...

Sous la boucle de plus en plus serrée, la peau de Farmer commençait à blanchir.

– Vous voyez, le fil se tend de lui-même.

Harriet Farmer esquissa une grimace. Sam relâcha la pression.

– Saviez-vous que le garrot a été la principale forme d'exécution en Espagne pendant des centaines d'années ? ajouta-t-elle en récupérant le crayon.

– Faites-moi penser à annuler mes vacances sur la Costa Brava, bougonna Farmer en se massant le poignet.

– J'attends encore la toxico de Frances Purvis, mais je pense en outre que les deux victimes ont été droguées.

– Je ne me souviens pas qu'il en ait été fait état dans votre rapport sur Mark James, s'étonna le docteur Owen.

– Les analyses n'avaient en effet révélé aucune substance suspecte. Mais j'ai dans l'idée que nous en trouverons dans l'organisme de Frances Purvis.

– Qu'est-ce qui vous fait croire ça ?

– Dans ce genre de décès, on constate en général des blessures de défense : hématomes, égratignures... Ou bien alors des traces de lien, par exemple des brûlures de frottement aux poignets. Rien de tel ici. Le corps de Mark James a été retrouvé si tardivement que toute trace de drogue a pu se dissiper. Et du fait de la décomposition avancée, impossible de remarquer une éventuelle piqûre. Celle découverte sur la nuque de Frances Purvis tend cependant à confirmer cette hypothèse. Cela expliquerait pourquoi l'assassin s'est donné tant de mal pour dissimuler le corps de Mark James. Il devait être retrouvé le plus tard possible.

– Dans ce cas, pourquoi n'a-t-il pas fait plus d'efforts pour sa deuxième victime ? demanda l'inspecteur Farmer, sceptique.

– Il a essayé, intervint Tom Adams. L'abbaye est fermée pour réparations. Il ne s'attendait pas à ce que quelqu'un vienne mettre son nez du côté de la vieille chapelle avant au moins une quinzaine de jours. Nous avons eu de la chance avec cette histoire de chiens.

– Sebastian Bird est diabétique, n'est-ce pas ? demanda Farmer au docteur Owen.

Celui-ci confirma d'un hochement de tête.

– Il peut donc facilement se procurer des seringues.

– Oui, comme des milliers d'autres malades. Cela n'en fait pas nécessairement un meurtrier, la tempéra le médecin.

– Il y a autre chose que vous devez savoir, reprit Sam. Quand Bird étudiait à l'université, il a rédigé un mémoire sur un meurtre survenu dans les Fens au milieu des années 60. Les circonstances étaient similaires aux cas James et Purvis. La victime, un vieil homme du nom d'Ironsmith, avait été garrottée en terre consacrée et une croix renversée entaillait sa chair.

Farmer s'empourpra de colère.

– Depuis quand savez-vous ça ?

– Je l'ai appris très récemment. Jusqu'à aujourd'hui, je n'étais pas sûre que ce soit important pour l'enquête et...

– C'est moi qui décide de ce qui est important ou non pour l'enquête. Pas vous, docteur Ryan, la coupa l'inspecteur principal. Quelle preuve nous dissimulez-vous encore ?

– Comment pouvez-vous m'accuser de dissimulation de preuves ? s'indigna Sam. Je ne cherche bien évidemment qu'à faire avancer l'enquête. Vous serez peut-être intéressée d'apprendre que j'ai découvert une guirlande de lierre semblable à celle nouée au poignet de Frances Purvis dans la tombe où Mark James a été retrouvé. Ce qui semble confirmer le lien avec le meurtre des Fens...

Sam s'attendait à ce que Farmer éclate, mais l'inspecteur garda son calme et afficha même un sourire satisfait.

– Vous avez quand même fini par trouver la preuve qui nous manquait. Bien joué, docteur Ryan.

– Laissez-moi terminer, inspecteur. Je pense toujours ce que je vous ai dit hier, à l'abbaye. A mon avis, le coupable n'est pas Sebastian Bird.

– Expliquez-vous, répondit sèchement Harriet Farmer.

– Ce n'était pas la bonne espèce de lierre.

– Pardon ? Vous me donnez assez de preuves pour faire inculper mon suspect, puis vous me racontez qu'il serait innocent pour une histoire de plante ?

– Jamais Sebastian Bird n'aurait commis une erreur aussi grossière. Il aurait su quelle espèce utiliser pour que l'on croie à un meurtre lié à l'occulte. Il en avait un pot dans son bureau !

Farmer la dévisagea d'un air soupçonneux.

– Comment se fait-il que vous soyez au courant de ce détail ?

Sam jeta un regard embarrassé à Tom Adams, comprenant qu'elle venait de l'impliquer involontairement. Il n'en fallut pas davantage à Farmer. Elle se cala dans son fauteuil et les regarda tour à tour.

– Une conspiration ? Bravo. Continuez à nuire à l'enquête en complotant dans mon dos et j'aurai votre tête à tous les deux, compris ?

Indignée, Sam allait lui sortir ses quatre vérités, quand Fred Dale entra dans le bureau.

– Désolé de vous interrompre, mais il y a un message urgent pour l'inspecteur Farmer. On vous demande de prendre contact le plus rapidement possible avec l'identité judiciaire. Apparemment, les empreintes retrouvées dans la voiture seraient celles de Sebastian Bird.

Le triomphe se peignit sur le visage de Farmer. Elle fit pivoter son fauteuil vers Sam.

– Désolée de vous quitter, docteur. J'ai un assassin à inculper.

Elle se leva d'un bond et prit sa veste posée sur le dossier.

– Je peux vous donner un conseil, docteur Ryan : Gardez donc vos talents de détective pour vos cadavres et laissez travailler les professionnels. Vous charcutez et moi, j'enquête, d'accord ?

Elle pivota avec dignité sur ses talons et sortit du bureau

en ignorant Adams. Celui-ci lui emboîta le pas, le visage fermé, sans un regard pour Sam. Celle-ci se tourna vers le docteur Owen qui haussa les épaules, l'air déconcerté.

L'ascenseur déposa Sam au parking souterrain après une journée harassante qui s'était éternisée. Décidément, cet endroit lui donnait la chair de poule. Tandis qu'elle regagnait sa place réservée, l'écho de ses pas qui résonnaient contre les murs de béton lui donnait l'impression que des inconnus mal intentionnés suivaient le moindre de ses mouvements, progressant à la faveur des nombreux recoins sombres. Elle atteignit enfin sa voiture. Alors qu'elle cherchait ses clés dans le fouillis de son sac, un bruit de pas attira son attention. Elle se raidit et tendit l'oreille. Une peur irrationnelle l'envahit : quelqu'un venait dans sa direction. Elle tenta de se raisonner. Il y avait d'autres voitures dans ce parking et elle n'était pas la seule au Park Hospital à faire des heures supplémentaires. Il lui arrivait même parfois d'avoir le plaisir de rencontrer des collègues qu'elle voyait rarement durant ses heures de travail. Mais la logique ne parvint pas à chasser sa peur. Le souvenir des corps suppliciés de Mark James et de Frances Purvis était encore trop présent dans son esprit. Elle alla à l'arrière de la voiture et jeta un coup d'œil de part et d'autre dans l'allée. Aussitôt, les pas cessèrent. Un silence oppressant s'abattit sur le parking sombre. Elle retint son souffle, espérant entendre un claquement de portière et un vrombissement de moteur. Mais rien de tel ne se produisit. Pire encore : dès qu'elle revint vers sa voiture, les bruits de pas recommencèrent, plus rapides et plus proches. Affolée, Sam se remit à fouiller dans son sac, avec frénésie cette fois. Où était passé ce maudit trousseau de clés ? Elle finit par le dénicher dans une pochette, sous une pile de reçus de carte bancaire. Elle cafouilla en pestant avant de trouver la bonne clé qu'elle fourra dans la serrure d'une main tremblante. Avec soulagement, elle se jeta sur son siège et claqua la portière qu'elle s'empressa de condamner. Puis elle mit le contact, alluma les phares, passa la marche arrière et manœuvra sans regarder derrière elle, s'attendant confusément à une collision. Rien ne se produisit. Elle passa la première en hâte et accéléra dans l'allée. Ce ne fut qu'une image fugitive, mais tandis qu'elle fonçait vers la rampe de sortie, elle crut entrevoir dans la lumière des phares une silhouette indistincte derrière l'un des piliers. Elle regarda dans son rétroviseur, mais la pénombre avait tout englouti.

Sam respira quand elle émergea du parking. Sur le site bien éclairé de l'hôpital, elle n'avait plus rien à craindre. Sa peur retomba et elle se sentit soudain un peu bête d'avoir ainsi perdu son sang-froid. Son imagination lui avait sans doute joué un tour, mais cet incident apportait en tout cas de l'eau à son moulin. Elle ne se priverait pas d'aviser pour la énième fois l'administration des dangers de ce maudit parking. Dès demain matin, elle dicterait un rapport à Jenny dans lequel elle exigerait au minimum un éclairage décent.

Alors qu'elle quittait l'hôpital, des phares derrière elle attirèrent son attention. Elle regarda dans le rétroviseur. La voiture qui la suivait la collait non seulement un peu trop à son goût, mais en plus le conducteur était en pleins phares. Elle mit une main sur le rétroviseur dans l'espoir qu'il passe en codes. Pas de réaction. Elle abaissa rageusement le rétroviseur. Durant toute la traversée de Cambridge, la voiture ne la quitta pas, ignorant les appels de phares agacés des conducteurs qui venaient en sens inverse. L'angoisse qu'elle avait ressentie dans le parking l'étreignit à nouveau.

Quand Sam s'engagea sur la route de campagne en direction de son cottage, sa peur se mua en panique. La voiture était toujours là. Elle appuya sur l'accélérateur, l'œil rivé sur le compteur de vitesse. L'aiguille atteignit vite la limite du raisonnable. Sur cette route sinueuse, impossible de foncer sans risquer de verser dans le fossé. Elle tenterait de le semer à la prochaine ligne droite. Mais dès la sortie des virages, son poursuivant déboîta dans l'intention manifeste de la doubler. Si elle le laissait passer, Dieu seul savait ce qui pouvait arriver. Elle accéléra de plus belle. En vain. La voiture gagnait du terrain. Elle parvint bientôt à sa hauteur. Sam tenta d'apercevoir le conducteur, mais ne distingua qu'une silhouette sombre au volant. A cette vitesse et dans sa panique, elle était incapable d'identifier la marque de la voiture. Elle remarqua seulement qu'elle était massive et ancienne, comme certaines voitures de collection qu'elle voyait parfois parader dans les rues de Cambridge.

A l'instant où le véhicule la dépassait dans un vrombissement et commençait à freiner, Sam aperçut une petite route sur sa gauche. Elle écrasa la pédale de frein et braqua le volant à fond. Puis elle accéléra à nouveau. Parvenue à un croisement, elle s'arrêta et regarda derrière elle. Son poursuivant avait fait demi-tour et la suivait à tombeau ouvert. Avec un sanglot de panique, elle tourna à gauche en direction de Cambridge. Elle tremblait de tout son corps, les mains moites crispées sur le volant. Elle fonça droit devant elle. Avec un immense soulagement, elle atteignit les faubourgs de Cambridge. Elle quitta la route principale et roula quelques minutes au hasard dans les petites rues avant de gagner le centre. Impossible de rentrer chez elle maintenant. Mieux valait passer la nuit dans un hôtel tranquille. Elle aviserait demain matin. Sam s'arrêta au feu rouge et fut soulagée de constater qu'il n'y avait plus personne derrière elle. Elle posa un instant la tête sur le volant, tentant de retrouver son sang-froid.

Un coup frappé sur la vitre lui fit relever la tête dans un hurlement. Le laveur à la sauvette qui avait commencé à nettoyer le pare-brise fit un bond en arrière. Il avait l'habitude de toutes sortes de réactions, mais c'était la première fois qu'il terrorisait une conductrice. Elle le fixait avec stupeur, comme si elle était morte de peur. Sans doute une folle. A la seconde où le feu passa au vert, Sam démarra en trombe. Le chiffon que l'homme avait abandonné sur le capot vola au milieu de la chaussée. Alors qu'il s'avançait pour le récupérer, une autre voiture s'arrêta au feu. Il fit signe au conducteur avec son chiffon. Sans succès. Dommage, songea-t-il, dépité. Il aimait bien les bagnoles de collection. En général, leurs propriétaires étaient beaucoup plus généreux que la moyenne.

*

* *

Dès son arrivée à Scrivingdon, Sam passa voir Marcia au labo. Elle était seule, ça tombait bien. Bien qu'encore très ébranlée par l'incident de la veille, elle décida de ne rien lui dire pour le moment. Telle qu'elle connaissait Marcia, elle serait horrifiée. Inutile de l'inquiéter.

Plongée dans son travail, la jeune femme ne l'entendit pas arriver.

– Alors comment ça s'est passé avec ton grand blond aux yeux bleus l'autre soir ?

Marcia sursauta, puis sourit à Sam.

– Génial. J'ai réussi à l'attirer chez moi en lui promettant de lui montrer ma splendide collection de fibres rares. Il n'a rien trouvé de mieux à faire que de vomir sur mon nouveau tapis et de s'endormir sur le canapé. C'est là que finit notre romantique histoire.

– Un de perdu, dix de retrouvés, plaisanta Sam en se retenant de rire.

– Un seul me suffirait, bougonna Marcia. Qu'est-ce qui t'amène de si bon matin, à part une irrésistible envie de te moquer de moi ?

– Devine, la toxico de Frances Purvis, bien sûr. Et merci pour ton information sur les nœuds.

– Tu n'as pas idée du sacrifice que j'aurais pu être amenée à faire pour l'obtenir.

Sam préféra s'abstenir d'approfondir la question.

– Pendant un moment, j'ai pensé que nous tenions quelque chose, soupira-t-elle.

– J'en conclus que tu es au courant pour les empreintes.

Sam hocha la tête.

– Oui. Farmer jubile. J'étais pourtant sûre de ce que j'avançais.

– Ça arrive.

– Mais pourquoi utiliser un nœud de chirurgien ? Pourquoi pas un nœud tout bête, genre nœud plat ?

Marcia haussa les épaules. Elle alla prendre un dossier sur une étagère.

– Si j'étais toi, je n'abandonnerais pas si vite tout espoir. J'ai peut-être une bonne nouvelle. Elle a bel et bien été droguée.

– J'en étais sûre, exulta Sam.

– L'analyse des tissus du foie a révélé la présence d'une concentration de curare.

– Du curare ? Plutôt exotique comme poison.

– Pas si exotique que ça, la preuve. Du coup, les analyses ont été approfondies sur les prélèvements de James. Figure-toi qu'elles ont révélé la présence du même poison à l'état de traces dans les tissus en décomposition.

Sam se réjouissait de voir son hypothèse confirmée, mais cela suscitait davantage de questions que de réponses.

– Pourquoi le curare ? Et d'abord pourquoi un poison ? Les deux victimes ont été étranglées, pas empoisonnées. Mais le curare n'est pas forcément mortel, n'est-ce pas ? ajouta-t-elle, réfléchissant à voix haute. Peut-il provoquer une paralysie s'il est administré à un dosage correct ?

– Oui, mais il faut s'y connaître. La frontière est mince entre la paralysie et le décès.

– Il est donc possible que l'assassin ait juste voulu paralyser ses victimes pour pouvoir les garrotter tranquillement. Tu imagines le cauchemar : les malheureux étaient conscients, mais incapables de bouger. Où crois-tu qu'il ait pu en obtenir ?

– Il s'agit d'un alcaloïde extrait du strychnos, une plante tropicale d'Amérique du Sud, mais la plupart des hôpitaux en possèdent pour les anesthésies, par exemple la tubarine. Il ne doit pas être si difficile de s'en procurer.

Sam repensa à la serre du révérend Shaw.

– Tu crois que cette plante pourrait pousser dans un environnement artificiel ? Dans une serre par exemple ?

– Sans doute. Pourquoi ? Tu connais quelqu'un qui en fait pousser dans son jardin ? plaisanta Marcia.

– Peut-être, je n'en sais rien.

*

* *

Farmer et Adams ne quittaient pas des yeux Sebastian Bird, tassé sur sa chaise devant le bureau. Débraillé et ébouriffé, il avait perdu toute arrogance. A côté de lui se tenait son avoué, Colin Lane, tiré à quatre épingles comme à son habitude. Harriet Farmer lança les hostilités.

– Quand avez-vous vu Frances Purvis pour la dernière fois ?

Bird garda le silence, un peu hébété. Il avait passé plusieurs heures avant son arrestation les yeux rivés sur une photographie de Frances. Jusqu'à présent, il n'en avait pas vraiment eu conscience, mais il l'aimait. Il réalisait maintenant qu'il avait toujours eu peur de la perdre. Sa brusquerie l'avait poussée à s'enfuir et maintenant, il l'avait perdue à jamais.

– Je ne me souviens pas, finit-il par répondre.

– Avant-hier soir, non ?

– Non, je ne crois pas.

Ça faisait sûrement plus longtemps, se dit-il.

– Vous avez été vu par plusieurs de ses voisins en train de vous disputer avec elle.

– Peut-être bien, je ne me rappelle pas, continua-t-il de mentir, conscient qu'il s'enfonçait.

– En violation de votre liberté conditionnelle.

Bird haussa les épaules.

– Je voulais lui parler, lui dire que je n'étais pour rien dans la mort de Mark. Elle n'a pas voulu m'écouter et s'est mise à hurler. Je ne voulais pas en arriver là, alors je suis parti. Jamais je ne lui aurais fait de mal. Je l'aimais.

– Et la fois où vous l'avez frappée, le soir de la disparition de Mark James ?

– Ça a été la seule fois et je me le reprocherai jusqu'à la fin de mes jours. C'est pas facile d'aimer. Parfois, on a des réactions stupides.

– Connaissez-vous sa voiture ?

– Il n'y en avait qu'une dans l'allée. Une petite Austin, il me semble. J'imagine que c'était la sienne.

– Etes-vous déjà monté dans cette voiture ? intervint Tom Adams.

– Non, jamais. C'était la première fois ce soir-là que je voyais Frances avec.

– Vous êtes sûr de n'y avoir jamais mis les pieds ?

– Sûr et certain.

– Alors comment se fait-il que nous ayons retrouvé vos empreintes sous le tableau de bord ? s'exclama Harriet Farmer.

Bird la regarda sans comprendre.

– Puisque je vous dis que je n'ai jamais été dans cette voiture...

– Et pourtant ce sont bien les vôtres. L'identité judiciaire est formelle. Comment expliquez-vous ça ?

– Je n'en sais rien. C'est sans doute un coup monté. Vous, les flics, vous y connaissez un rayon, non ?

– C'est ça ! On vous aurait emmené de nuit en pleine campagne pour coller vos doigts sur la voiture avant de retourner vous border dans votre lit. Pas un juge ne croira une histoire aussi rocambolesque.

Bird dévisagea l'inspecteur principal sans un mot.

– Qu'avez-vous fait après avoir quitté le jardin des Purvis ?

– J'ai roulé un moment au hasard et je suis rentré à la boîte.

– A quelle heure ? demanda Adams.

– Vers une heure, une heure et demie... Je ne sais plus. Demandez à Gerry, le videur. Il sera peut-être plus précis.

– Nous n'y manquerons pas. Etiez-vous seul durant tout ce temps ?

– Oui. J'avais besoin de calme pour réfléchir.

– Est-ce la raison pour laquelle vous avez filé entre les doigts de mes hommes chargés de vous surveiller ?

– Ils ne m'auraient jamais laissé approcher Frances. Je voulais juste lui faire comprendre que je n'étais pas un meurtrier.

– N'est-il pas plus vraisemblable que vous vouliez la voir pour l'empêcher de témoigner contre vous ? objecta Farmer.

– Non, je voulais qu'elle sache la vérité, c'est tout.

– Avec sa mort, c'est aussi votre principal témoin à charge qui disparaît. Ça vous arrange plutôt, non ?

– J'aurais préférer faire perpétuité que de la tuer. Je l'aimais.

– Lors de votre précédent interrogatoire, vous avez déclaré qu'elle était libre de faire ce qu'elle voulait.

– C'est vrai... mais ça ne veut pas dire que je ne tenais pas à elle...

– Au point de l'assassiner ?

– Jamais de la vie !

– Lors du précédent interrogatoire, vous avez déclaré que le carillon accroché à l'entrée de votre discothèque servait à éloigner les mauvais esprits.

Bird haussa les épaules.

– A ce que je sais, vous êtes un spécialiste en sciences occultes. Vous avez même écrit sur la question.

– Je m'y connais un peu, mais de là à me prétendre spécialiste...

– Ne soyez pas aussi modeste. Et votre mémoire intitulé « Le meurtre des Fenlands – l'énigme de l'occulte », ça vous rappelle quelque chose ?

– C'était il y a longtemps.

– Très intéressant en tout cas... Charlie Ironsmith a été tué en terre consacrée, Frances et Mark aussi. Ironsmith est mort durant une prétendue nuit de sabbat, Frances et Mark aussi. Ironsmith a été garrotté et une croix à l'envers a été taillée sur son corps. Et devinez quoi, Frances et Mark ont subi le même sort. Vous allez peut-être me trouver soupçonneuse, mais ça fait quand même beaucoup de coïncidences, non ?

– C'est une histoire connue. N'importe qui pouvait être au courant de ces détails.

– En tout cas, vous seul aviez un mobile, intervint Adams. Vous vous demandiez comment vous débarrasser de Mark et Frances. Cette vieille affaire était le scénario idéal. Vous n'allez quand même pas me faire croire que c'est l'assassin du vieil Ironsmith qui fait à nouveau parler de lui !

– Quel intérêt aurais-je eu à imiter ce crime ? Ça aurait juste attiré l'attention sur moi, la preuve !

– Pas si vous imaginiez que nous ne ferions pas le rapprochement avec vous, reprit Harriet Farmer.

– Vous vous sous-estimez, inspecteur, rétorqua Bird.

La réplique prit Farmer au dépourvu. Elle revint à la charge avec d'autant plus de pugnacité.

– Avez-vous tué Frances Purvis parce qu'elle portait l'enfant d'un autre ?

Il la regarda sans comprendre.

– Quel enfant ?

– Frances Purvis était enceinte. Est-ce la seule méthode que vous avez trouvée pour vous débarrasser de l'enfant ?

– Cet acharnement est intolérable, intervint Colin Lane devant le choc de son client.

– Je ne savais pas... elle ne m'avait rien dit, tenta de se défendre Bird, très ébranlé. Etait-il... de moi ?

– C'est ce qu'elle a dit à son père, et elle refusait que vous soyez mis au courant.

Bird se tassa sur son siège, les yeux dans le vague.

– Je... n'en savais rien...

Farmer se leva brusquement et se pencha vers son suspect, les poings sur le bureau, bien décidée à le faire avouer.

– Vous ne l'auriez pas tuée si vous l'aviez su ?

Bird se prit la tête entre les mains.

– Mon client n'est pas en état de poursuivre cet interrogatoire, intervint l'avoué. Je demande qu'il y soit mis fin immédiatement.

– Interrogatoire terminé à 16 heures 22, répondit Farmer d'un ton sec.

Elle éteignit le magnétophone.

– Cette fois, pas de liberté conditionnelle, Bird. Tout le monde va vous tourner le dos.

*
* *

Au fond du laboratoire, Sam examinait la lame que Marcia venait de placer sous le microscope.

– De quoi s'agit-il exactement ?

– De fragments de peinture prélevés à l'arrière de la voiture de Frances Purvis.

– Ça a donné quelque chose ?

– Ils proviennent d'une Jaguar, un coupé Mark II, sans doute le modèle 3.8, série 1963 à 66.

– Tout ça avec quelques écailles de peinture ? Tu m'impressionnes. Continue, Sherlock.

– Simple question d'observation. Tout est dans la superposition des différentes couches. La couche supérieure est bordeaux métallisé, mais regarde cette préparation en coupe...

Elle changea la lame et Sam se pencha à nouveau sur le microscope.

– Tu remarques que dessous il y a quatre couches : une couche de base marron foncé, une rouge, une crème, puis une verte sur laquelle est pulvérisée la couleur définitive. Cette combinaison n'a été utilisée que pour les véhicules métallisés et uniquement entre 1963 et 66. Le constructeur est revenu ensuite à trois couches. Sauf pour la fameuse « Knicker Ripper », l'ancien modèle E, jusqu'à 1968.

Sam leva le nez du microscope.

– Pourquoi ne s'agirait-il pas d'un modèle E ?

– Elémentaire, ma chère Ryan. Parce qu'il n'existait pas en bordeaux métallisé.

– Bravo. Il s'agit donc d'un modèle rare.

– Il n'en existe plus que quelques dizaines d'exemplaires, pour la plupart chez des collectionneurs. La police s'efforce d'identifier les propriétaires, mais c'est une tâche de longue haleine.

Sam hocha la tête.

– Il faut que j'y aille. Un après-midi chargé m'attend.

Elle lui tapota le dos avec affection et se dirigea vers la porte.

– Au fait, la rappela Marcia, alors qu'elle était sur le seuil, ton accrochage avec Owen a fait le tour de l'institut. A ce qu'il paraît, tu lui aurais passé un savon.

Sam lui sourit.

– Depuis quand accordes-tu de l'importance aux rumeurs ?

– De toute façon, il le méritait. Ce qui m'échappe, c'est pourquoi Colin Flannery ne lui dit rien. Je me demande vraiment comment il arrive à supporter ce vieux schnock. Une fois, ça passe, mais deux...

– Bonne question, répondit Sam sur le seuil, perdue dans ses réflexions.

Elle referma doucement la porte derrière elle, tandis que Marcia retournait à son microscope.

*

* *

Tom Adams faisait face à sa supérieure, assise derrière son vieux bureau usé. L'administration avait essayé à plusieurs reprises de la convaincre d'en changer, mais elle avait toujours insisté pour conserver cette relique, son porte-bonheur comme elle l'appelait. Les murs d'un beige douteux agrémentés ici et là de photos en noir et blanc d'Harriet Farmer à certains événements marquants de sa carrière ne contribuaient en rien à alléger l'atmosphère. Mais l'objet le plus insolite était un grand portrait accroché derrière elle. Il représentait un homme imposant au regard dur et à l'allure distinguée dans son uniforme d'apparat. C'était la première fois qu'Adams le voyait et il avait du mal à en détacher les yeux.

– Mon père.

Il regarda Farmer.

– Ce portrait est celui de mon père, expliqua-t-elle. Vous n'imaginiez pas que j'en avais un, n'est-ce pas ?

Adams ressentit un léger embarras.

– Il était commissaire divisionnaire. On le lui a offert à son départ en retraite. Depuis sa mort, il y a quelques années, ce tableau était dans mon garage. Il commençait à moisir. J'ai eu l'idée de l'accrocher là. Ça égaye un peu la pièce.

Tu parles, songea Adams.

– Après sa retraite, il n'a plus été le même. Son travail était tout pour lui. Il comptait même plus que sa famille. C'était sa table de travail, expliqua-t-elle en tapotant le plateau avec le poing, et il occupait ce même bureau. Je crois que ma mère a été soulagée quand il nous a quittés. Crise cardiaque pendant les vacances à Yarmouth. Dans ma famille, ils sont tous dans la police. Les oncles, les cousins. Mon père a toujours refusé que je m'engage. Il disait que ce n'était pas la place d'une femme. Il ne m'a jamais pardonnée de ne pas m'être mariée et de ne pas lui avoir donné de petits-enfants. Ma promotion au grade d'inspecteur l'a carrément horripilé. Pas une once de fierté, non, seulement de l'agacement...

Elle se tourna vers le tableau.

– Je me demande ce qu'il penserait de moi maintenant.

Pour la première fois depuis qu'il la connaissait, Tom Adams éprouva de la compassion pour sa supérieure.

Farmer sentit à son attitude qu'elle s'était trop laissée aller à des confidences. Elle se reprit aussitôt.

– Dès que la paperasse est expédiée, on l'inculpe, fit-elle sèchement.

– Son chagrin au sujet du bébé avait l'air sincère.

– Peut-être... Il se peut qu'il n'ait pas été au courant, mais si ça se trouve, c'est un acteur de première. Même s'il avait su, cela ne l'aurait pas empêché de la tuer. A quoi bon être père et tirer perpétuité. Il y aurait eu d'autres femmes, d'autres enfants...

Adams secoua la tête, sceptique.

– Un meurtre pareil pour un type qui n'avait pas d'antécédents, ça ne colle pas...

– Qui vous dit qu'il n'en avait pas ? Il ne s'est jamais fait prendre, voilà tout. Je vous sens dubitatif, Adams.

– Un peu.

– Vous m'en direz tant...

Adams s'efforça de prendre un air innocent, mais il savait exactement où elle voulait en venir.

– Pardon ?

– N'essayez pas de jouer au plus fin avec moi. Vous en pincez pour Sam Ryan, la pathologiste. C'est elle qui vous a mis ces idées en tête.

– Je ne vois vraiment pas ce que...

– Ecoutez, Adams, vous êtes flic. Si vous voulez vous taper la légiste, c'est votre affaire. J'espère que vous prendrez votre pied. Mais ne laissez pas vos affaires de cœur obscurcir votre jugement.

– Le docteur Ryan n'influence en rien mon opinion. J'aurais éprouvé les mêmes doutes si...

– Foutaises ! Ecoutez, Adams, ce genre d'histoire a causé la perte de meilleurs flics que vous. Les preuves que nous détenons contre Bird sont accablantes. Cette affaire va nous valoir les félicitations du grand patron, alors tenez-vous tranquille, acceptez les compliments et ne gâchez pas tout avec une stupide histoire de plante ! Une chose encore..., ajouta-t-elle devant le silence prudent de son adjoint, si vous me refaites une seule fois le coup du lierre, non seulement je vous décharge de l'enquête, mais je vous fais virer de la police !

– Compris, patron.

– Ryan est une auxiliaire de justice, rien de plus. Elle est là pour nous renseigner et nous faciliter la tâche, point final. Si vous arrivez à vous mettre ça dans la tête, et elle aussi d'ailleurs, nous serons en mesure de nous entendre. Sinon... eh bien, ne venez pas vous plaindre que je ne vous avais pas prévenu.

Avant qu'Adams ait eu le temps de s'expliquer, on frappa à la porte. Un agent en uniforme entra dans le bureau.

– Le brigadier vous attend quand vous voulez, inspecteur Farmer.

Harriet Farmer hocha la tête et le policier ressortit. Elle se leva.

– Allons-y.

Adams la suivit dans le couloir jusqu'au bureau des inculpations, à l'étage inférieur. Sebastian Bird y était, debout à côté de son avoué. Adams ne put s'empêcher de le trouver pathétique, avec ses vêtements froissés, ses yeux rougis et gonflés. Auparavant plein de morgue et d'assurance, il n'était plus que l'ombre de lui-même. L'officier de police tendit le procès-verbal à l'inspecteur principal. Harriet Farmer regarda Sebastian Bird droit dans les yeux.

– Sebastian Bird, vous êtes mis en examen pour le meurtre de Mark James, commis entre le 20 septembre et le 5 octobre 1995 sur le territoire du comté de Cambridge.

Bird fixait le mur derrière la tête de Farmer. Elle embraya sur la deuxième charge.

– Sebastian Bird, vous êtes également mis en examen pour le meurtre de Frances Purvis, commis le 20 ou 21 octobre 1995 sur le territoire du comté de Cambridge.

Bird se mit à trembler. Son regard s'arracha du mur et se posa sur Harriet Farmer. Soudain, il se jeta sur elle avec un cri étranglé et l'agrippa par le revers de sa veste.

– Vous vous trompez de coupable ! lui hurla-t-il à la figure. Je vous jure ! Vous vous trompez de coupable !

Adams et l'officier de police s'interposèrent. Harriet Farmer tomba à la renverse. Ils poussèrent Bird derrière un bureau et lui plaquèrent les mains derrière le dos. Adams savait que Bird était de taille à se défendre, même contre deux adversaires. Sa réputation de bagarreur l'avait précédé. Pourtant, comme il lui passait les menottes, l'inspecteur ne sentit aucune agressivité dirigée contre lui. Seulement une rage contenue, comme si Bird luttait contre lui-même dans le vain espoir d'effacer ce qui était arrivé.

*

* *

Sam n'en était encore qu'à la moitié de sa liste de tâches, quand Trevor Stuart entra dans la salle d'autopsie où plusieurs cadavres attendaient, à des stades divers de préparation.

– Tu as une minute ?

Sam leva le nez et salua son collègue en agitant son scalpel.

Elle se tourna vers Fred, occupé à recoudre la dépouille de l'autopsie précédente.

– Fred, vous voudrez bien tout remettre en place et recoudre ?

Fred acquiesça d'un signe de tête et Sam se dirigea vers la porte.

– J'espère que ça ne prendra pas longtemps, Trevor. J'en ai encore dix avant ce soir.

Ils se rendirent dans le petit bureau de la morgue et s'assirent.

– Farmer est sur le sentier de la guerre. Elle menace d'aller voir le patron. Une histoire de recel d'information ou je ne sais quoi...

– Des informations qu'elle n'a pas été assez futée pour découvrir elle-même. Qui t'a raconté ça ?

– Peu importe, je crois que tu devrais mettre un peu la pédale douce.

– Que peut-elle contre moi ?

– Certainement te pourrir gentiment la vie. Ça dépend jusqu'où elle est prête à aller.

– Tu crois qu'elle peut me causer des ennuis ?

– Pas sérieusement. Elle ne va sûrement pas crier sur les toits que c'est une de tes découvertes qui lui a permis d'inculper Bird. Mais à ta place, je me méfierais des coups bas.

Même si elle était loin de l'étonner, la nouvelle n'enchanta guère Sam.

– Merci de me prévenir.

– Pas de quoi, répondit-il avec un sourire. C'est compris dans le service.

Alors que Sam se levait pour retourner en salle d'autopsie, Jenny entra dans le bureau.

– Excusez-moi, docteur Ryan, juste deux mots. Vous n'avez pas oublié que vous déposez demain dans l'affaire Nash, n'est-ce pas ?

Cette audience tombait très mal. Mais Sam ne voulut pas admettre qu'elle lui était complètement sortie de la tête.

– Non, non... j'y serai.

Sa secrétaire ne fut pas dupe.

– Je vous en avais pourtant parlé, dit-elle devant sa mine contrariée.

– Je sais, je sais. Désolée, Jenny. J'ai beaucoup de choses en tête en ce moment.

A cet instant, Fred se planta sur le seuil dans sa blouse maculée de sang, brandissant une aiguille d'où pendait une longueur de fil à suture ensanglanté.

– Saloperie de fil, ronchonna-t-il. Ils ont tous les boyaux à l'air. Mes sutures n'arrêtent pas de sauter.

Sam vit sa secrétaire blêmir. Elle passa un bras compatissant autour de ses épaules.

*

* *

Assis en tailleur devant le téléviseur, serrant la télécommande entre ses doigts, Malcolm Purvis regardait une vidéo de Frances. Le film avait été tourné quand elle était enfant dans un parc de la ville. Il venait juste de la faire convertir en VHS. Sur l'écran, Frances étreignait sa mère avec tendresse. La caméra fit un gros plan de leurs visages souriants. Je t'aime, papa, lança la fillette à la caméra, encouragée par Anne. Elle plaqua un baiser sur la paume de sa main et le souffla vers son père. Malcolm se repassait cette scène en boucle. Parfois, il arrêtait l'image sur le petit visage de sa fille qu'il contemplait encore et encore.

Tom Adams arriva seul. Le professionnalisme un peu aride de sa supérieure n'était sans doute pas recommandé dans une situation telle que celle-ci. Il frappa à la grande porte en chêne massif et attendit. Quelques instants plus tard, Malcolm Purvis vint ouvrir.

– Désolé de vous déranger dans un moment pareil,

monsieur Purvis, s'excusa-t-il avec sollicitude, mais j'aurais quelques questions à vous poser.

Malcolm Purvis le dévisagea d'un regard vide, puis s'effaça pour le laisser entrer. L'inspecteur Adams le suivit dans le salon. La vidéo tournait toujours. Il s'assit sur le canapé en face de l'écran. C'était l'été. Sous les yeux attendris d'une jeune femme, deux enfants, une fillette et un garçon de son âge, s'ébattaient dans l'herbe, faisaient des galipettes et des équilibres.

– C'est Frances ? demanda l'inspecteur.

– Oui. Ce film remonte à onze ou douze ans.

– Elle était déjà très belle.

Malcolm s'assit à côté de Tom Adams et contempla les images qui défilaient sur l'écran.

– Elle tenait beaucoup de sa mère.

– Est-ce votre femme avec elle ?

– Oui, c'est Anne. Elle est morte d'un cancer environ un an plus tard.

Le policier regarda Malcolm Purvis. Depuis leur dernière rencontre, il semblait avoir vieilli de dix ans. Ses rides étaient plus marquées et ses cheveux grisonnants avaient perdu toute distinction.

– Je suis navré.

– Frances a eu beaucoup de mal à s'en remettre. Et moi, j'étais trop déprimé pour faire face. Je me suis lancé à corps perdu dans mon travail. Je n'ai pas su la soutenir au moment où elle avait le plus besoin de moi. Tout ça, c'est de ma faute.

– Ne vous accablez pas, monsieur Purvis. Votre fille vous était revenue, elle vous aimait. Vous ne pouvez pas être aussi coupable que vous le prétendez.

Malcolm esquissa un pâle sourire de reconnaissance.

– Qui est le garçon qui joue avec elle ? demanda l'inspecteur.

– Mark James. Triste ironie du sort, n'est-ce pas ? Ils

étaient amis d'enfance. Il y a trois ans, je l'ai tiré du pétrin dans une histoire d'inculpation pour trafic de drogue. En principe, j'aurais refusé l'affaire, mais Frances a réussi à me convaincre. Et puis Mark avait certes mal tourné, mais il avait bon fond et semblait décidé à s'amender.

– Une bien tragique histoire...

– Oui. Je ne comprends pas pourquoi le sort s'acharne ainsi sur nous. Tout ce que je sais, c'est que cela fait trop de morts en si peu de temps pour une seule famille.

– Nous avons inculpé Sebastian Bird des meurtres de Mark et de votre fille. Je tenais simplement à vous en informer.

– Merci, inspecteur. Mais c'est un peu tard maintenant, vous ne pensez pas ?

Malcolm Purvis se retourna vers l'écran et oublia la réalité dans les rires joyeux de sa fille.

*

* *

Comme d'habitude, c'était le chaos dans la cuisine de Sam. Et comme d'habitude, elle était en retard. Alors qu'elle se dépêchait de manger un toast carbonisé et d'avaler son café brûlant tout en gardant un œil sur la pendule, elle s'aperçut que ses clés de voiture n'étaient pas à leur place, pendues à un petit crochet marqué « clés de voiture » près de la porte. Elle lâcha son toast dans la poubelle qui débordait. Le pain rebondit sur une boîte de conserve et atterrit par terre. Sam souleva les piles de publicités et factures qui traînaient sur la table et le buffet, regarda sous les coussins et même dans le panier du chat. Toujours pas de clés. Voyant que l'heure tournait, elle se précipita sur le tiroir qui contenait le trousseau de secours et se souvint au même instant qu'elle s'en servait déjà. Elle referma rageusement le tiroir. Alors qu'elle s'efforçait de se remémorer ses faits et gestes depuis qu'elle avait utilisé sa voiture pour la dernière fois, la sonnerie de l'entrée retentit.

Ricky se tenait sur le seuil, l'air penaud. Contrairement à son habitude, il avait soigné son apparence et paraissait presque élégant avec sa veste et sa cravate. Pour une fois, il avait peigné sa tignasse avec soin. Sam faillit ne pas le reconnaître.

– Désolé, tante Sam.

Elle le dévisagea un instant, se demandant pourquoi il s'excusait. Puis la facture exorbitante lui revint en mémoire.

– J'espère bien !

– Ça n'arrivera plus, je te promets.

– Il ne manquerait plus que ça. Alors ?

– Ton ami, l'inspecteur...

– Tom Adams ?

– Oui. Il s'est porté garant pour moi. Voilà pourquoi je me trimballe en costard de chez Marks & Spencer. Mais en cas de récidive, il ne pourra plus rien pour moi.

– Tu t'en tires à bon compte, tu sais.

– Ouais. C'est un type bien. T'en fais pas, je te rembourserai dès que j'aurai un boulot.

Sam lui sourit et le serra dans ses bras avec affection.

– Justement, j'ai réfléchi à l'argent...

– Tu n'es pas obligée de passer l'éponge, tu sais. Je te rembourserai.

– Je n'avais pas l'intention de passer l'éponge. Viens avec moi.

Sam entraîna son neveu intrigué à travers la cuisine jusqu'au jardin. Elle disparut dans le cabanon et en ressortit avec une paire de bottes et une bêche. Puis elle le conduisit derrière le verger sur un terrain en friche d'une vingtaine de mètres sur trente. Une jungle envahie par les herbes folles qui autrefois avait été un potager.

– Voilà, à toi de jouer. Tu mets les mauvaises herbes en tas par là. On les brûlera après. Tu trouveras des sacs de compost dans l'appentis, mais bêche d'abord en profondeur avant de le mélanger à la terre. Veille ensuite à bien niveler le sol.

Effaré, Ricky resta bouche bée devant l'ampleur de la tâche. Il avait horreur du jardinage et il fallait le traîner dehors manu militari pour qu'il consente à tondre le gazon. Mais là, ça dépassait tout. Il ne jouait pas dans la même division.

– Tu rigoles, tante Sam. C'est pire que les travaux forcés chez toi !

– Ta mère est au courant de ton histoire de capot défoncé ?

– Non.

– Tu veux qu'elle le soit ?

– Non.

– Alors au travail. Je rentre vers six heures. Je te reconduirai chez ta mère ensuite.

Elle repartit vers la maison.

– Désolée, mais je dois filer. J'aurais bien aimé te regarder à l'œuvre un moment, mais il faut que j'aille appeler un taxi. Quelqu'un m'a planqué mes clés de voiture. Allez, courage, ça ne te prendra que quelques jours. Après, ta dette sera effacée. Si tu veux mon avis, tu fais une bonne affaire.

Abattu, Ricky se laissa tomber sur le banc et commença à dénouer les lacets de ses baskets. En levant un pied, il remarqua un trousseau de clés près de lui sur l'assise. Il le ramassa.

– Hé, tante Sam ! C'est pas ça que tu cherches par hasard ?

Sam se retourna. Mince, elle se souvenait maintenant

quand elle avait oublié ces maudites clés. Elle rejoignit son neveu, vaguement embarrassée.

– Tu rêves sur ton banc au point d'en oublier tes clés, tante Sam ? plaisanta-t-il en agitant le trousseau au bout de l'index.

Sam le récupéra d'un geste sec.

– Merci, marmonna-t-elle, mal à l'aise.

*

* *

Tom Adams traversa le bar bondé et regagna la petite table où Sam l'attendait. Il posa son jus de tomate devant elle et après avoir bu une gorgée de sa bière, s'assit dans le fauteuil auprès d'elle. Elle leva son verre.

– Santé !

Le policier trinqua avec elle, puis porta à nouveau sa chope à ses lèvres. Sam s'en voulait de l'avoir mis dans de sales draps avec cette histoire de lierre. Elle était bien décidée à faire amende honorable.

– Je n'étais pas sûre que vous accepteriez mon invitation.

– Moi non plus. Je dois m'attendrir.

– Alors pourquoi êtes-vous venu ?

– Parce que je persiste à croire que vous êtes notre meilleur atout pour nous aider à coincer le meurtrier.

– Vous n'êtes donc pas d'accord avec Farmer ?

– C'est elle le patron et je dois la suivre dans ses décisions. Mais j'ai vu quelques coupables dans ma carrière de flic et je ne suis pas convaincu que Bird fasse partie du lot.

Sam sirota son jus de tomate en silence, histoire de trouver le courage de s'excuser. Même si c'était justifié, les mots avaient du mal à sortir.

– Je suis navrée, finit-elle par dire. J'étais en colère et ça m'a échappé. C'était stupide de ma part de vous avoir ainsi trahi.

– Je ne vous le fais pas dire. La prochaine fois, vous repasserez.

Si Sam s'était imaginé que ce serait facile, elle se trompait lourdement. Tom Adams ne semblait pas du tout prêt à lui pardonner.

– Je me suis laissé emporter, tenta-t-elle de se justifier.

Le policier claqua sa chope sur la table. Le liquide blond déborda et trempa le sous-bock.

– Dans ce petit jeu, docteur Ryan, tout est question de confiance. Sans confiance, vous êtes foutu. Non seulement vous m'avez laissé tomber, mais j'ai eu droit en prime à un savon de Farmer dont je me serais bien passé. Ma carrière est en jeu parce que j'ai eu la mauvaise idée de vouloir vous faire une faveur.

Sam n'avait jamais vu Tom en colère. Cela lui déplut d'autant plus qu'elle en était la cible. A juste titre, d'ailleurs.

– Je pourrais peut-être lui parler...

– Non, merci. Vu comme vous êtes douée, je finirais sûrement au trou.

– Que vous a-t-elle dit ? insista-t-elle.

– Pour résumer, que si j'avais envie de vous draguer, je devais le faire en dehors de mes horaires de travail et à mes frais, pas aux siens. Elle avait raison.

Sam piqua du nez dans son verre, aussi écarlate que son jus de tomate. Elle but une nouvelle gorgée avec nervosité.

– Est-ce pour cela que vous m'avez aidée ? osa-t-elle enfin demander.

Tom Adams n'était pas du genre à tourner autour du pot.

– En partie.

Sa réponse énerva Sam et la flatta tout à la fois.

– Mais ce n'était pas la principale raison, ajouta le policier d'un ton radouci, comme s'il sentait qu'il avait été trop loin.

Elle leva les yeux vers lui.

– Dans votre profession, vous êtes une non-conformiste, vous savez. Un cas à part. Vous êtes le premier, et j'espère le dernier, médecin légiste à considérer que son travail ne s'arrête pas derrière les murs de sa morgue. Vous avez du cran et du discernement. Pour être franc, si vous n'aviez pas l'efficacité qu'on vous connaît, un tel comportement ne serait pas toléré.

– Et Farmer ? Elle ne me trouve pas efficace ?

– Si. C'est là tout le problème. Elle vous voit comme une menace. Dans l'affaire James et Purvis, elle n'a pas du tout l'intention de partager les lauriers.

– Je vois.

Adams se pencha vers elle et la regarda droit dans les yeux.

– Sam...

A la bonne heure... Il l'appelait à nouveau par son prénom.

– Ne vous impliquez pas davantage dans cette enquête. Ça pourrait devenir dangereux. Vous froissez bien trop d'egos. Vous connaissez Farmer. Si vous poussez le bouchon trop loin, elle va péter les plombs. Et nous serons tous les deux dans le pétrin.

Sam hocha la tête.

– D'accord.

Adams lui sourit, soulagé d'avoir au moins réussi à lui faire entendre raison.

– Un autre verre ? demanda-t-il, plus détendu.

Sam jeta un coup d'œil à sa montre. Si elle ne partait pas maintenant, il ferait noir quand elle arriverait à Little Dorking.

– Désolée, Tom, je dois retourner à l'hôpital. Un après-midi très chargé m'attend.

Elle se leva et prit son sac.

– A bientôt.

Elle se fraya un passage vers la sortie du bar, laissant un Tom Adams désappointé terminer seul sa chope de bière.

# 8

IL arpentait son bureau de long en large, fou de rage. Comment avait-il pu commettre une erreur aussi grossière ? Comment avait-il pu dévier de son plan sanctifié ? Ces choses prenaient du temps. Il en était conscient et, jusqu'à présent, n'avait jamais agi à la va-vite. Avec Ryan, il avait bâclé le travail. Résultat : échec sur toute la ligne. Désormais, elle serait sur ses gardes. Cela compliquait la situation et risquait même de mettre en péril l'œuvre accomplie. Il lui faudrait se montrer patient. La frustration irradiait dans ses veines comme un feu dévorant et ce n'est qu'au prix d'un suprême effort de volonté qu'il parvenait à demeurer rationnel. Il agrippa le bord de son bureau et se força à se calmer. Samantha Ryan allait mourir, mais dans l'intervalle, il devait revenir à son plan initial.

Le subterfuge des crimes rituels avait servi ses desseins à merveille. Déjà deux en moins. Et un troisième n'était pas près de voir la prison de l'extérieur avant très, très longtemps. La libération de Bird l'avait mis hors de lui. Mais cet imprévu lui avait donné l'occasion de l'enfoncer davantage encore. Cet imbécile l'avait même aidé au-delà de ses espérances. Sa mission se réalisait avec une extraordinaire simplicité. Dieu y pourvoyait. Maintenant que Bird était hors course, il allait devoir appliquer un nouveau modus operandi pour les prochaines victimes. Il ouvrit le dossier de Malcolm Purvis.

*

* *

C'était un déchirement, mais à quoi bon garder toutes ces affaires ? Cette fois, sa fille n'était pas seulement partie en voyage ou chez ses amis. Non, elle était morte. Disparue à jamais. Il ne lui restait plus que ses souvenirs, ses vidéos et photographies qu'il chérissait comme des trésors. Il avait passé la soirée à emballer ses vêtements, ses vieux jouets et son bric-à-brac dans des cartons. Elle aurait voulu qu'il agisse ainsi. Il les chargea dans le coffre de sa voiture. Il irait les déposer en ville, à la boutique du centre de lutte contre le cancer. Cinq cartons et deux sacs : voilà à quoi se résumait désormais une jeune existence pleine de promesses. Il avait conservé quelques objets auxquels elle tenait et dont il ne pouvait se résoudre à se séparer : son ours Barney, le premier cadeau qu'il lui avait offert à sa naissance, et la robe noire qu'elle portait à l'enterrement de sa mère. Il secoua la tête, accablé de désespoir et de chagrin. Il avait eu tant de visites depuis la mort de Frances. Des gens dont il avait oublié l'existence. Des amis d'enfance de sa fille, des copains d'école qu'il n'avait pas vus depuis des années et même de futurs parents qui assistaient au cours de préparation à l'accouchement. Il les avait tous reçus et écouté avec patience leurs platitudes sur la mort, la volonté divine et le paradis. Il leur était reconnaissant de leurs tentatives parfois maladroites pour le réconforter, mais il n'avait jamais été croyant. Et même aujourd'hui, dans ce moment d'infinie détresse, il ne trouvait dans la religion aucune consolation. Son paradis à lui, c'était le bonheur qu'il avait connu avec sa femme et sa fille, l'amour qu'il leur avait porté. Et maintenant, il n'avait plus rien.

Il referma le coffre de sa voiture et leva les yeux vers le panneau A VENDRE accroché sur la façade. Il avait décidé d'aller s'installer dans son appartement londonien. Il n'avait plus rien à attendre ici. Et ces murs renfermaient trop de souvenirs.

Le panneau A VENDRE l'avait contraint à réviser son plan. Il avait vu Malcolm Purvis charger des cartons et des sacs de vêtements à l'arrière de sa voiture. A son tour, songea-t-il avec une joie perverse. Ses propres souvenirs l'assaillirent comme si c'était hier. Lui aussi avait passé toute la nuit dans sa chambre à emballer ses affaires et à pleurer sur chaque objet jusqu'à en chanceler au bord du gouffre de la folie. Il espérait de toute son âme que sa douleur serait aussi effroyable que la sienne. Ironie du sort, Frances finirait sans doute dans le même cimetière que sa fille. Unies à jamais dans la mort, songea-t-il avec un petit rire désabusé. Il attendit que la voiture quitte l'allée et s'éloigne en direction de Cambridge. Puis il s'approcha de la maison.

La vieille dame derrière le comptoir accepta son don avec une reconnaissance chaleureuse. Elle commença aussitôt à déballer les sacs.

– Nous avons toujours grand besoin de vêtements d'enfant. Vous remercierez votre fille pour sa générosité, monsieur.

– Je n'y manquerai pas, promit Malcolm Purvis.

En ressortant du magasin, il s'arrêta sur le trottoir et regarda par la vitrine. Les vêtements étaient déjà sur des cintres. Une jeune bénévole les accrochait sur les longs rails de part et d'autre de l'allée centrale. Deux adolescentes s'approchèrent du présentoir. L'une d'elles choisit une robe de sa fille. Ils l'avaient achetée ensemble un été, lors d'un voyage à Londres. Elle était coûteuse, mais lui allait si bien qu'il n'avait pas eu le cœur de la lui refuser. L'adolescente la tint devant elle et se regarda dans un miroir. Elle ne lui va pas aussi bien qu'à Frances, se dit-il. A cet instant, la fille le remarqua. Elle se pencha vers son amie. Elles se retournèrent vers lui et le foudroyèrent du regard. Il comprit soudain qu'elles devaient le considérer comme un affreux voyeur. Mal à l'aise, il détourna les yeux et regagna sa voiture.

*

* *

Sam arriva à Little Dorking en fin d'après-midi. Devant le presbytère, elle hésitait encore sur la technique d'approche à adopter. Elle improviserait. Elle gara sa Land Rover, remonta l'allée de gravillons et frappa à la porte. Les coups résonnèrent dans la grande bâtisse, mais pas de réponse. Sam regarda alentour, s'attendant à voir apparaître le labrador qui la guiderait à nouveau vers son maître. Aucun signe de Peggy non plus. Sam contourna la maison jusqu'au jardin de derrière. Au passage, elle jeta un coup d'œil par plusieurs fenêtres. Personne. Elle se sentit secrètement soulagée. Peut-être pourrait-elle accomplir sa tâche et s'éclipser sans que le révérend Shaw remarque sa présence. Elle alla jusqu'au garage et scruta l'intérieur sombre par un jour entre les deux battants de la porte. Des taches d'huile récentes luisaient sur le sol de béton, mais il n'y avait pas de voiture.

Objectif suivant : la serre. Elle suivit le sentier humide et moussu jusqu'au fond du jardin. Malgré le caractère clandestin de sa mission, elle ne put s'empêcher de humer au passage le délicat parfum des fleurs des massifs. Un jour, mon amour des plantes finira par me jouer un sale tour, se dit-elle en faisant coulisser sans bruit la porte en verre. Elle se faufila à l'intérieur et referma avec soin la porte derrière elle. Elle ne savait pas exactement quoi chercher. Une plante étiquetée curare lui aurait facilité la tâche. Ou bien du matériel de distillation. Mais il ne fallait quand même pas rêver... Avant de partir, elle avait pris la peine de consulter une encyclopédie botanique. L'illustration de la plante ne lui serait guère utile : elle ne présentait aucune particularité distinctive et se fondrait aisément dans le foisonnement de plantes et fleurs que renfermait la serre. Autant chercher une aiguille dans une meule de foin. Elle commença à farfouiller à droite et à gauche. Seigneur, il lui faudrait au moins une semaine pour les passer toutes en revue. Soudain, une voix à l'extérieur la fit sursauter.

– Docteur Ryan ?

Le révérend Shaw ! Dans son affolement, elle chercha une cachette des yeux, puis comprit que c'était ridicule : sa voiture était garée devant le presbytère et c'était son nom que le pasteur appelait. Qu'allait-elle bien pouvoir trouver comme excuse ? Elle sortit à pas lents de la serre. John Shaw remontait l'allée, précédé de Peggy qui agita la queue avec frénésie en apercevant Sam. Il la salua amicalement.

– Bonsoir, que me vaut l'honneur de votre visite ?

Très mal à l'aise, elle lui rendit son salut et s'accroupit pour caresser le labrador qui avait couru à sa rencontre.

Elle avait vraiment le chic pour se mettre dans de sales draps.

– Bonsoir, révérend, je me suis permis... euh... de jeter un nouveau coup d'œil à votre collection de lierres. Je me disais que ça m'aiderait peut-être. J'ai frappé, mais il n'y avait personne, alors...

– Et ça vous a aidée ? s'enquit-il avec intérêt.

– Non, pas vraiment... Mais c'était passionnant, s'empressa-t-elle d'ajouter devant son expression déçue.

Ils retournèrent vers la maison en discutant jardinage avec animation. Sam avait repéré quelques espèces inédites qu'elle avait décidé d'intégrer dans son propre jardin. Comme toujours, le sujet apaisa ses nerfs à vif. Alors qu'ils atteignaient l'allée devant le presbytère, elle remarqua une voiture garée à côté de la sienne. Une vieille Ford Escort qui avait connu des jours meilleurs.

– Un vrai tas de ferraille, commenta le pasteur devant son intérêt. Mais elle roule et ne me coûte pas trop cher en entretien.

– Bicolore, c'est original.

Il regarda sa voiture avec étonnement. La carrosserie était bleu foncé.

– Bleu et rouille, expliqua Sam en souriant.

Le révérend Shaw éclata de rire.

– C'est bizarre, je ne vous imaginais pas avec ce genre de voiture, continua-t-elle. Je vous voyais davantage avec une voiture plus ancienne, genre automobile de collection.

– J'en ai possédé une, c'est vrai. Mais j'ai dû me résoudre à m'en séparer. Elle me coûtait les yeux de la tête.

– S'agit-il de celle près de laquelle vous posez, sur la photographie accrochée dans votre salon ?

– Sur la photographie... ? Oui, en effet.

– C'est sûrement une grande marque, je ne m'y connais guère en voitures, insista Sam. En tout cas, la couleur était magnifique.

– Jaguar Mark II, bordeaux métallisé.

Sam sentit sa gorge s'assécher. L'adrénaline pulsa dans ses veines.

– Je l'avais achetée à un fermier du coin, continua le pasteur. La carrosserie était impeccable, mais le moteur était fichu. J'ai passé plus d'un an à la remettre en état. Un travail de titan, mais le résultat en valait la peine, ajouta-t-il avec fierté.

Sam s'efforça de modérer son excitation. Après tout, il ne s'agissait peut-être pas de la même voiture. D'après Marcia, il y en avait des dizaines encore en circulation dans cette teinte. Mais la coïncidence était incroyable.

– A qui l'avez-vous vendue ?

– A quelqu'un de la région, il y a environ six mois.

– Vous vous souvenez de son nom ?

– Non, désolé. C'est un homme d'une cinquantaine d'années, aux cheveux gris. Il connaissait la voiture sur le bout des doigts. Je me suis dit qu'il saurait la bichonner.

– Vous disiez qu'il était de la région ? insista Sam avec une désinvolture qu'elle était loin d'éprouver.

– De Cambridge, il me semble... Attendez, si ça vous intéresse, j'ai encore le reçu. Je suis du genre à ne jamais rien jeter.

Sam le suivit dans la maison. Dans le salon, il fouilla dans un tiroir d'un vieux buffet et finit par en exhumer un papier d'un air triomphant.

– Le voilà ! Je savais bien que je l'avais rangé par là. C'est Simon Clarke qui m'a mis en contact avec l'acheteur. Ça m'a évité de passer une annonce.

Le pasteur déplia le reçu avec une lenteur qui la mit au supplice. Pour un peu, elle aurait juré qu'il le faisait exprès.

– Docteur Richard Owen, Owl Coats Farm, Swanham, Cambridge.

*
* *

– Marcia, tu aurais une minute ?

Le ton pressant de Brian Watton au téléphone intrigua la jeune laborantine. Elle interrompit aussitôt son travail. Que lui voulait donc l'expert des empreintes ? Elle sortit dans le couloir et se hâta jusqu'à son laboratoire.

Brian lui faisait penser à un bûcheron canadien. C'était une armoire à glace d'un mètre quatre-vingt-dix avec une grosse barbe broussailleuse et des verres de loupe sur le nez. Pas vraiment son genre d'homme, mais elle l'appréciait beaucoup. Il appartenait à l'espèce en voie d'extinction des hommes mariés heureux en ménage et elle se sentait à l'aise en sa compagnie. Il travaillait aux empreintes depuis pratiquement le début de sa carrière professionnelle avec un enthousiasme inaltérable.

Il la fit asseoir et alluma le projecteur à diapositives au fond de la pièce. Quatre empreintes apparurent sur l'écran devant elle.

– Au début, je n'étais pas sûr, mais plus je les examine, plus j'ai la certitude d'une entourloupe.

Marcia observa les empreintes avec attention sans rien remarquer d'anormal.

– Où est le problème ?

Brian s'approcha de l'écran.

– Ouvre la main et regarde tes doigts. Ils sont de longueurs différentes, d'accord ? Et maintenant, que vois-tu sur cet écran ?

Il marqua une pause théâtrale pour mieux assurer son effet.

– Les empreintes trouvées dans la voiture sont parfaitement alignées.

– Et alors ?

– Cette configuration n'est possible que dans de très rares cas, par exemple quand la personne tient un objet cylindrique tel qu'un verre. Une main appliquée à plat ne peut donner un alignement aussi régulier.

Marcia se pencha en avant avec intérêt.

– De plus, les volutes sont trop marquées et étalées, poursuivit Brian Watton. Cela se produit en cas de pression des doigts sur un objet, par exemple pour le soulever.

– Ce sont pourtant bien les empreintes de Bird ?

Brian hocha la tête.

– Sans aucun doute, mais ce n'est pas lui qui les a laissées dans la voiture. A mon avis, c'est un coup monté.

– Comment ça ? On nage en plein polar.

– Tu ne crois pas si bien dire, répondit l'expert qui alla remplir un vase à bec au robinet et le lui tendit.

– Tiens-moi ça un instant.

Il lui reprit le récipient et le posa sur une paillasse. Puis il appliqua de la poudre d'aluminium à l'aide d'une brosse zéphyr. Quand il eut fini, il montra à Marcia les empreintes révélées par la poudre.

– Si je prends une bande d'adhésif, continua-t-il, joignant le geste à la parole, et que je l'applique sur le récipient en veillant à ne pas... laisser... de bulles d'air... voilà qui est fait... je devrais être en mesure de prélever tes empreintes.

Il ôta avec soin l'adhésif collé sur le verre.

– Et voilà, le tour est joué, dit-il en montrant à Marcia l'adhésif où se dessinaient avec netteté les volutes de ses empreintes. Maintenant, si je prends cet autre récipient et que j'y applique la bande en appuyant bien sur les empreintes...

Il enleva l'adhésif avec un grand geste.

– Et voilà le travail ! Une série d'empreintes transférée

sans aucune difficulté du récipient A au récipient B, prouvant que c'est toi la coupable !

Marcia examina le verre, à la fois impressionnée et soucieuse. Brian poursuivit sa démonstration.

– Tu remarqueras que les extrémités de tes doigts sont parfaitement alignées, comme celles de Bird. Et pour être certain qu'on ne puisse rien soupçonner, il me suffit de veiller à ôter tout résidu d'aluminium à l'aide de ma petite brosse.

– Es-tu sûr de ton fait ? s'enquit Marcia, les sourcils froncés. Enfin... toi, tu es un expert. Un assassin moyen pourrait-il être au courant de ce genre de subtilité ?

Brian haussa les épaules.

– Assassin moyen, c'est vite dit. J'ai dans l'idée que ce monsieur Bird s'est peut-être fait un ennemi très malin.

*

* *

– Excusez-moi, patron, mais il y a un sérieux problème. On vous demande immédiatement au téléphone.

Harriet Farmer se retourna vers l'inspecteur qui venait de la héler dans le couloir et lança un regard interrogateur à Adams qui haussa les épaules. Elle le suivit jusqu'au bureau des inspecteurs. Il lui ouvrit la porte et la fit entrer. Bizarrement, la pièce était plongée dans le noir. Soudain, la lumière s'alluma et une dizaine de détectives de la brigade entonnèrent en chœur « Car c'est un bon camarade ! ». Tous étaient affublés de cotillons et levaient des gobelets de bière ou de vin. Une grande banderole avait été déroulée au plafond : « Bravo patron ! » Interloquée, Farmer se tourna vers Adams. A son sourire, elle comprit qu'il était au courant de ce qui se tramait. Elle fit face à ses hommes, la mine faussement renfrognée.

– Vous ne trouvez pas que vous feriez mieux de coffrer les criminels au lieu d'organiser des petites sauteries ?

– Non ! répondirent-ils en chœur.

Elle sourit.

– Tas de sales paresseux, donnez-moi vite à boire avant que je voie rouge !

Les policiers manifestèrent bruyamment leur approbation. Un de ses hommes lui tendit un gobelet de bière. Adams leva le sien en signe de félicitation. Harriet Farmer lui répondit de même avant de boire une longue gorgée.

*
* *

Sam rentra chez elle plus tôt que prévu. Elle se retrouvait confrontée à un délicat dilemme. Si elle allait voir Farmer maintenant pour lui confier ses soupçons, celle-ci lui tomberait dessus à bras raccourcis pour avoir une fois de plus outrepassé ses attributions. Non, elle devait d'abord trouver des preuves irréfutables. Le cours de ses pensées fut interrompu par la vision de quatre jeunes d'une vingtaine d'années qui marchaient en direction de la route. Ils étaient couverts de terre et avaient l'air harassés. Sans doute des saisonniers qui revenaient de la ferme un peu plus loin de chez elle. Elle gara sa Land Rover dans l'allée et passa par le jardin, histoire de voir comment Ricky s'en sortait. La bêche était appuyée contre le cabanon. Aucune trace de son voyou de neveu. Elle alla au fond du jardin pour s'assurer qu'il ne flemmardait pas dans les buissons, cigarette au bec, au lieu de travailler. Quand elle atteignit le potager, quelle ne fut pas sa surprise de constater que non seulement toute la parcelle était retournée et désherbée, mais qu'en plus il avait déjà mélangé tout le compost à la terre. Il s'était dopé ou quoi ?

– Le repas est prêt ! C'est quand tu veux ! fit soudain la voix de son neveu derrière elle.

Sam se retourna vers la maison. Sur le pas de la porte, Ricky lui fit un salut de la main, le sourire aux lèvres. Elle le salua en retour. Avant de rentrer, elle prit le temps de nettoyer la bêche et de la suspendre au présentoir à outils dans le cabanon. Elle remarqua aussitôt l'odeur de cigarette. Elle désapprouvait qu'il fume, mais à l'évidence, il avait craqué. Mais bon... étant donné les circonstances, elle fermerait les yeux pour cette fois. Son regard fut attiré par un pot en terre cuite qui trônait tout seul sur la plus haute étagère. Elle le descendit. Il était rempli de mégots, une bonne trentaine. A moins que Ricky soit passé du jour au lendemain à deux paquets quotidiens, il avait eu de la compagnie. Elle comprit soudain d'où venaient les quatre jeunes qu'elle avait croisés et sourit. Elle vida les mégots dans la poubelle sur le côté de la maison, ôta ses chaussures boueuses sur le paillasson et entra dans la cuisine.

Une odeur de graillon aux relents de curry lui agressa les narines. Elle s'approcha de son neveu, debout devant le fourneau, occupé à touiller un infâme brouet avec une grande cuiller en bois. Elle l'embrassa sur la joue et prit son courage à deux mains pour humer le plat.

– Du curry, un de mes plats favoris, mentit-elle pour lui faire plaisir. Où as-tu trouvé l'énergie de cuisiner après tout ce jardinage ?

– Une fois qu'on s'y met, c'est dingue ce qu'on abat comme boulot.

Elle hocha la tête d'un air qui voulait dire « cause toujours ».

– Tu continues de fumer, à ce que je vois ?

Ricky lui glissa un regard en coin avec un soudain embarras.

– Juste une petite de temps en temps.

– Je te trouve modeste. Il y avait au moins trente mégots dans le cabanon.

Ricky garda le silence.

– Dis-moi, comment les as-tu convaincus de mettre la main à la pâte ? continua Sam avec un malin plaisir.

Ricky décida de jouer les innocents.

– Qui ça ?

– Tes quatre copains que j'ai croisés sur le sentier en arrivant.

– Ah eux... Ils étaient juste passés voir comment j'allais.

– Quel heureux hasard !

Ricky rit jaune.

– Ouais, c'est dingue.

– Tu as de la chance d'avoir des amis aussi serviables, le taquina-t-elle.

Ricky comprit qu'il était inutile de continuer à mentir.

– Bon d'accord, ils avaient une dette envers moi. On étaient ensemble le jour où j'ai défoncé la bagnole et je les ai pas donnés aux flics. C'était leur façon de me remercier. Désolé, tante Sam.

Elle lui tapota gentiment le dos, touchée malgré tout des efforts qu'il avait faits pour elle.

– Bel esprit d'initiative, tu iras loin, mon garçon.

Ricky lui sourit et remua son curry avec une vigueur retrouvée.

A la surprise de Sam, le repas ne fut pas la catastrophe qu'elle imaginait et elle passa une agréable soirée en compagnie de son neveu qui se montra très bavard. Ils parlèrent de l'avenir devant une bonne bouteille de vin et il lui confia qu'il se demandait encore ce qu'il voulait faire dans la vie.

– Pourquoi pas cuisinier ? lui suggéra Sam.

Ricky n'était pas contre, même s'il dut reconnaître qu'à l'exception du curry et d'une petite expérience dans un fast-food, ses capacités culinaires étaient très limitées. A la fin de la soirée, elle lui appela un taxi. Après le départ de son exubérant neveu, le cottage parut soudain vide et froid.

Sam rangeait les assiettes dans le lave-vaisselle quand le téléphone sonna. Elle hésita à répondre et laissa le répondeur s'enclencher. Elle reconnut aussitôt la voix de Marcia et courut décrocher.

– Les empreintes dans la voiture de Frances Purvis, figure-toi qu'on les a mises là pour faire accuser Bird, annonça la jeune femme tout de go d'une voix surexcitée.

– Quoi ! Tu en es sûre ? Farmer est-elle au courant ? Vont-ils le relâcher ?

– Le service des empreintes procède encore à une contre-expertise avant d'en informer la police, mais crois-moi, l'affaire est entendue.

L'esprit en ébullition, Sam repensa avec angoisse au docteur Owen.

– Cette fibre, tu sais, celle qui selon nous provenait du veston d'Owen, tu y as encore accès ?

– Celle de l'affaire James ou l'autre, de l'affaire Purvis ?

Sam resta perplexe un instant.

– De l'affaire Purvis ?

– J'ai aussi découvert quelques fibres sur le cordonnet qui enserrait le cou de la victime.

– Pourquoi ne m'en as-tu rien dit ?

– J'y ai fait allusion lors de ta dernière visite au labo, mais tu semblais perdue dans tes pensées.

Une fois, ça passe, mais deux... Sam se souvenait en effet de la remarque de Marcia. Sur le coup, ça n'avait pas fait tilt.

– C'est le même type de fibres que celles collectées sur le corps de Mark James, poursuivit Marcia. J'en ai déduit qu'elles provenaient du veston d'Owen. Manifestement, il n'a pas pris la peine de porter une combinaison de protection. Une fois de plus.

Sam l'écoutait d'un air ébahi. Elle revoyait encore le médecin sortant de la chapelle. En combinaison blanche.

– Il en portait une !

Sam arriva tôt au domicile des Owen, espérant trouver le médecin chez lui. Les soupçons qui la tenaillaient lui étaient intolérables. Elle devait absolument en avoir le cœur net. Et pour cela, elle avait besoin d'un échantillon des fibres de sa veste. Il n'y avait aucune voiture dans l'allée. Ni Richard, ni sa femme ne semblaient être là. Elle alla sonner à la porte pour s'en assurer. Elle attendit quelques instants. Pas le moindre bruit.

Sam contourna la maison et scruta l'intérieur par les fenêtres de derrière. Personne. Tant pis pour les fibres. Elle allait au moins jeter un coup d'œil à droite et à gauche. Elle avait conscience du risque, mais l'occasion était trop belle. Le jardin était un des plus ternes et insignifiants qu'elle ait jamais vus. Il consistait en un rectangle de gazon bordé par des arbustes et plantes plaqués sans aucun souci d'esthétique contre une haie monotone de thuyas. Elle le traversa jusqu'à une petite serre tout aussi dénuée d'âme qui renfermait en tout et pour tout quelques pieds de tomates poussant dans leurs conteneurs en plastique. Sam se dirigea ensuite vers le garage et regarda par une des petites fenêtres sur le pignon. Au milieu d'un fouillis indescriptible, elle distingua la forme d'une voiture sous une bâche sombre. Son pouls s'accéléra. Jusqu'à présent, elle était demeurée étonnamment calme, sans doute par incrédulité. Mais là... Se pouvait-il que ses soupçons soient réellement fondés ? Elle se faufila sur l'avant et tenta d'ouvrir la double porte. Celle-ci était solidement fermée. Impossible d'entrer sans forcer la serrure. Les deux petites fenêtres du pignon étaient closes, elles aussi. Restait une porte sur l'arrière. Sans grand espoir, Sam essaya la poignée. Contre toute attente, la porte n'était pas fermée à clé. Le battant résista à cause de l'humidité qui avait fait gonfler le bois. Il céda brusquement sous les efforts de Sam qui perdit l'équilibre. Après un dernier regard dans le jardin des Owen, elle prit son courage à deux mains et se faufila dans le garage. Le véhicule dissimulé par la bâche était d'une longueur inhabituelle. Il touchait presque les deux extrémités du garage. Sam le longea jusqu'à l'avant, s'accroupit et souleva la bâche. Son cœur s'emballa quand elle découvrit la Jaguar rouge bordeaux. Pétrifiée, elle la regarda avec horreur comme s'il s'agissait d'un être doué de vie qui allait lui sauter à la gorge. Ainsi donc, c'était vrai. Elle songea au supplice qu'avaient enduré Mark James et Frances Purvis, essayant en vain de lier le médecin vieux jeu et affable qu'était Richard Owen à la personnalité cruelle et calculatrice de l'assassin. Elle s'efforça de garder la tête froide et examina la voiture. La partie frontale de l'aile avant était cabossée et portait de profondes éraflures. Le pare-chocs avant manquait. Une partie semblait avoir été arrachée. Le reste avait été démonté avec soin. Sam passa la main sur la carrosserie à la recherche d'un endroit où prélever un échantillon de peinture. Une éraflure de plus ou de moins se remarquerait à peine. Elle sortit un canif et un sachet plastique de son sac, puis gratta une quantité de peinture suffisante pour une comparaison. Elle rangea le tout dans son sac et remit la bâche en place. Elle referma la porte avec soin derrière elle et se hâta de traverser le jardin. Elle avait à peine atteint le pignon qu'elle entendit appeler son nom.

– Samantha !

Catastrophe, c'était lui ! Le son de sa voix la pétrifia. Il remontait l'allée dans sa direction. Il lui fallut toute sa volonté, dopée par un puissant instinct de survie, pour lui sourire et lui adresser un petit salut de la main. Elle remarqua qu'il portait le même veston que la nuit où le corps de Mark James avait été découvert. Pas de doute, à la lumière du jour, le tissu était bleu foncé et non noir comme elle l'avait d'abord cru.

– Quelle bonne surprise ! Que me vaut le plaisir de votre visite ?

Sam réprima un tremblement nerveux. Elle savait qu'elle devait se détendre. Si elle voulait se sortir de ce guêpier, il lui fallait à tout prix sauver les apparences. Elle fit de son mieux pour avoir l'air naturel et décontracté.

– J'ai frappé à la porte d'entrée, mais personne n'a ouvert. Je me disais que je vous trouverais peut-être en train de bricoler derrière.

– Eh bien, me voilà. Je suis allé faire une ou deux courses. Comme j'étais à pied, ça m'a pris un peu de temps. Mais ça m'a fait un bien fou. Vous prendrez bien un café ?

Tout ce que Sam voulait prendre à cet instant, c'était ses jambes à son cou en criant à l'assassin. Au lieu de cela, elle s'entendit bêtement répondre :

– Avec plaisir, merci.

Elle le suivit à contrecœur à l'intérieur de la maison. Jamais elle n'avait été autant sur ses gardes de sa vie. Mine de rien, elle lançait des regards de tous côtés à la recherche de l'issue la plus rapide ou d'un objet pouvant faire office d'arme. Son cœur cognait si fort dans sa poitrine qu'elle était persuadée qu'Owen l'entendait. Elle s'adjura de rester calme.

– Je me demandais si je vous trouverais chez vous. Je me disais que vous étiez peut-être à votre cabinet.

– Je n'y suis jamais le mardi. Janet me remplace. Elle aime rester un peu dans le bain. Bon, ce café...

Il ôta sa veste qu'il lâcha négligemment sur un fauteuil et disparut dans la cuisine. C'était l'occasion ou jamais. Sam s'approcha du fauteuil. La voix de Richard Owen la fit sursauter.

– Noir, sans sucre, c'est ça ?

– C'est ça, merci.

Elle arracha rapidement quelques fibres du veston qu'elle s'empressa de faire disparaître dans un mouchoir en papier sorti de son sac. A l'instant où elle refermait délicatement le mouchoir, Richard Owen ressortit de la cuisine avec deux espressos sur un plateau. Sam fit semblant de se moucher.

– Vous êtes enrhumée à ce que je vois, dit-il en lui tendant une tasse. Voulez-vous que je vous donne quelque chose pour calmer ça ?

Sam secoua la tête.

– Non, c'est trois fois rien. Merci.

Il posa le plateau sur une table basse et s'approcha d'une des fenêtres du salon.

– Asseyez-vous, je vous en prie. Excusez-moi un moment, mais je dois réparer ce store vénitien. Le cordon a lâché.

Il lui tourna le dos. Sam en profita pour glisser le mouchoir dans son sac, puis elle s'assit à contrecœur dans un fauteuil.

– J'imagine qu'il ne s'agit pas d'une simple visite de courtoisie, poursuivit-il en s'affairant. Alors, que puis-je faire pour vous ?

Sam avait la gorge nouée.

– Dans les deux homicides dont je m'occupe en ce moment, vous savez, l'affaire James et Purvis, je me heurte à un mur. Je me disais que vous auriez peut-être une idée sur la question.

– La police tient pourtant le coupable, non ? Un patron de discothèque, un certain Bird, si je ne me trompe.

– Il a en effet été inculpé, mais j'ai des doutes sur sa culpabilité.

– Ah bon ? Peut-on vous demander pourquoi ?

Richard Owen se retourna. Il tenait le long cordon blanc du store qu'il ne cessait de lisser entre ses paumes. Sam ne pouvait détacher les yeux de ses mains, comme la proie d'un serpent attendant le coup fatal.

– Il y a plusieurs détails qui clochent.

– Ah oui ? Lesquels ?

Le mouvement compulsif de ses mains sembla s'accélérer.

– Les empreintes découvertes dans la voiture... Elles ont été mises là pour l'incriminer.

– Pour l'incriminer ? Qu'en savez-vous ?

– Le labo a découvert des incohérences significatives.

– Je n'étais pas au courant. Quand l'avez-vous appris ?

– Hier soir.

– J'imagine que ce monsieur Bird va être libéré.

La respiration de Sam commençait à suivre le rythme du cordonnet qui glissait entre les mains d'Owen. Elle but une gorgée de café en priant très fort pour que la tasse et la soucoupe ne s'entrechoquent pas.

– Aucune idée.

– Eh bien, espérons au moins que la police va fermer sa discothèque.

Sam feignit d'approuver d'un hochement de tête. Le médecin interrompit brusquement son geste.

– Il est trop long. Il faut que je le coupe. Excusez-moi un instant.

Il disparut à nouveau dans la cuisine. Sam faillit bondir de son fauteuil et s'enfuir sans demander son reste. Elle était à bout de nerfs. Mais un départ précipité le mettrait sur ses gardes et le temps qu'elle prévienne la police, il risquait de lui glisser entre les doigts. Un grincement de parquet derrière elle l'alerta. Elle tourna la tête. Richard Owen se tenait sur le seuil. Il avait entouré le cordon serré autour d'une main et, dans l'autre, il tenait un scalpel.

– C'est l'objet le plus tranchant que j'aie dans la maison. Ça coupe presque tout en un rien de temps.

Avec un sourire nerveux, Sam se recala dans son fauteuil, feignant une décontraction qu'elle était à mille lieues d'éprouver. A chaque seconde, elle s'attendait à sentir le cordonnet se serrer autour de sa gorge ou la lame acérée du scalpel lui trancher la jugulaire. Elle se força à poursuivre la conversation comme si de rien n'était. Au moins le son de sa voix lui permettrait-il de savoir où il se trouvait dans la pièce.

– J'ignorais que vous vous intéressiez à *L'Oiseau de Nuit* ?

– Cet endroit ne m'intéresse pas, répondit le médecin d'un ton sec. Mais on entend des histoires à droite et à gauche. Ce lieu de perdition a une mauvaise influence sur la jeunesse. S'il fermait, ce ne serait pas un mal.

Sam remarqua la photographie d'une adolescente sur le manteau de la cheminée. Elle saisit l'occasion pour se réfugier à l'autre bout du salon.

– Belle jeune fille. Qui est-ce ?

– C'est Claire, ma fille. Elle avait dix-huit ans quand elle nous a été reprise. Elle venait juste de commencer son droit à Trinity Hall.

– Où se trouve-t-elle maintenant ?

– Elle est morte il y a trois ans.

Sam comprit soudain combien elle connaissait peu Richard Owen. Elle n'appréciait que moyennement ses compétences professionnelles, mais devait reconnaître qu'il avait toujours été très aimable et ouvert à son égard sans pour autant rien lui révéler de sa vie. Un talent pour la dissimulation qui cachait un terrible secret... Qui pouvait-il donc être ? Plongée dans ses réflexions, Sam avait baissé sa garde. Le médecin l'avait rejointe de l'autre côté de la cheminée. Il leva les yeux vers elle avec une froide détermination. Sam sut aussitôt qu'il s'apprêtait à terminer la tâche commencée quelques jours plus tôt.

*

* *

Harriet Farmer était occupée à trier une pile de dépositions avec Adams quand le téléphone sonna.

– Bureau des inspecteurs, répondit l'inspecteur Parker avec son détachement coutumier.

Il écouta un moment, puis se tourna vers sa supérieure.

– Le labo pour vous, patron. Je vous passe l'appel.

Dès que le voyant s'alluma sur son poste, Harriet Farmer décrocha.

– Inspecteur principal Farmer, j'écoute.

Elle reconnut la voix de Brian Watton, le spécialiste des empreintes digitales. Elle le connaissait bien et estimait grandement ses compétences grâce auxquelles elle avait pu résoudre plusieurs de ses enquêtes. Mais ce qu'il avait à lui apprendre aujourd'hui ne lui fit pas plaisir du tout.

– Quoi ? Vous êtes sûr ?

Adams leva le nez et le silence se fit dans le bureau.

– Vous réalisez ce que vous faites, j'espère ? Evidemment, j'en suis sûre !

Elle raccrocha rageusement.

– Merde, merde, merde, merde !

Personne dans la pièce n'osait bouger. Elle se leva et se tourna vers ses hommes, le visage sombre.

– Bon, il y a une bonne et une mauvaise nouvelle, annonça-t-elle avec un soupir. Retour à la case départ. Les empreintes dans la voiture de la petite Purvis ont été mises là exprès et on passe tous pour des branleurs.

– Et la bonne nouvelle ? demanda un des inspecteurs.

– C'était la bonne nouvelle, grogna-t-elle. La mauvaise, c'est que tous les congés ou jours de repos sont annulés jusqu'à ce qu'on coince cette ordure.

Elle leva les yeux vers la banderole qui ornait toujours le plafond.

– Et faites-moi le plaisir de décrocher ce truc avant que j'étrangle, pardon, que je garrotte l'un de vous avec !

★

★ ★

Janet Owen était arrivée à point nommé. Manifestement, elle avait fini ses consultations tôt et était rentrée tout droit à la maison. Son arrivée inopinée avait coupé l'herbe sous le pied de son psychopathe de mari et éteint la flamme de démence qui luisait au fond de ses yeux. Sam aurait volontiers sauté au cou de celle à qui elle devait la vie. Au lieu de cela, elle s'était emparée en hâte de son sac et son manteau, puis marmonnant une vague excuse, s'était enfuie à toutes jambes sous le regard ébahi de la maîtresse de maison.

Sam dévala l'allée jusqu'à sa voiture. Ses mains tremblaient tellement qu'elle eut toutes les peines du monde à glisser la clé dans la serrure de la portière. Le manteau posé sur son avant-bras dans une vaine tentative pour dissimuler sa panique, elle parvint enfin à ouvrir la porte de la voiture, se jeta à l'intérieur et démarra en trombe, tandis que, sur le perron, Janet Owen la saluait avec chaleur. A peine quelques kilomètres plus loin, sa tension nerveuse se relâcha et les larmes ne tardèrent pas à brouiller sa vision, la forçant à s'arrêter sur le bas-côté. Elle sortit son portable de son sac et dut s'y prendre à plusieurs reprises pour composer le bon numéro.

– Marcia Evans, s'il vous plaît, demanda-t-elle d'une voix pressante qu'elle avait bien du mal à maîtriser. Je vous en prie, trouvez-la. Ici, le docteur Ryan, du Park Hospital. C'est très urgent !

Marcia se concentra longuement sur son microscope. Assise sur un plan de travail carrelé au fond du laboratoire, Sam la regardait travailler en silence. Plusieurs heures s'étaient écoulées depuis la rencontre qui avait bien failli lui être fatale avec Richard Owen et elle ne s'en était toujours pas remise. Après avoir changé plusieurs fois de lame, Marcia leva enfin le nez. Sam attendit ses conclusions, le cœur battant.

– Incroyable, l'échantillon est identique au nôtre en tous points, couleur et texture ! Où as-tu donc déniché la voiture ?

– Dans le garage de Richard Owen.

– Non, c'est une blague ?

Sam secoua la tête. A son air sombre, Marcia comprit qu'elle ne plaisantait pas.

– C'est vrai ? Alors j'avais raison depuis le début.

Sam eut un sourire forcé.

– Et les fibres ?

Marcia s'approcha d'une jeune laborantine bien en chair qui travaillait à la paillasse voisine de la sienne.

– Qu'est-ce que ça donne, Allison ?

Sa collègue leva les yeux de son microscope.

– Je dois encore vérifier, mais je suis presque sûre qu'elles ne correspondent pas.

Sam ne parvint même pas à être surprise.

– En quoi diffèrent-elles ?

La laborantine plaça l'échantillon prélevé par Sam sur le veston de Richard Owen sous un faisceau d'ultraviolets.

– Celles-ci sont bleu-vert.

Marcia et Sam se penchèrent tour à tour sur l'objectif du microscope. Puis Allison changea la lame.

– Les fibres recueillies sur les deux cadavres sont d'un bleu franc beaucoup plus intense. Elles ne peuvent provenir du même vêtement, c'est indiscutable.

– Es-tu certaine qu'il s'agissait du même veston ? demanda Marcia à Sam.

– Oui. Enfin, je croyais... En tout cas, il était bleu foncé.

– Quand tu as revu Owen à l'abbaye, il faisait sombre. Tu as pu te tromper sur la couleur. Il possède forcément plus d'un veston et ils sont forcément tous sombres. Difficile d'imaginer le respectable docteur Owen en rouge vermillon.

– C'est sûr, répondit Sam, très déçue.

– Et puis il ne va quand même pas nous livrer les preuves de sa culpabilité sur un plateau, non ?

– Tu as raison.

– De toute façon, l'échantillon de peinture nous suffit amplement.

– Je l'espère, je détesterais qu'il m'échappe aussi près du but.

Sam se tourna vers Allison.

– J'imagine qu'il n'y avait rien d'autre d'intéressant dans ce que j'ai recueilli sur sa veste.

– Non. Une petite quantité de duvet végétal, rien de plus.

Sam reprit soudain espoir.

– Du duvet ? Quel genre ?

La jeune femme secoua la tête.

– Je ne sais pas encore. Jetez un coup d'œil.

Sam se pencha sur le microscope et examina la lame avec attention. Puis elle se redressa, la mine triomphante.

– *Hedera Hibernica.* Les poils de la tige se détachent par centaines au moindre contact. Et il est très difficile de s'en débarrasser.

Marcia s'approcha de Sam et passa un bras sur ses épaules.

– Je crois qu'il est temps de prévenir ton amie Farmer. Cette affaire est un trop gros morceau pour nous.

# 9

C'ÉTAIT la fin. Il l'avait su au moment où il l'avait vue sortir du garage, alors qu'il remontait l'allée. La crispation involontaire de ses doigts sur son sac à main l'avait trahie. Elle avait compris. Elle était venue chercher une preuve et avait découvert la voiture. Il avait la certitude qu'elle cachait des fragments de peinture dans son sac. Des fragments qui correspondraient aux échantillons prélevés sur la voiture de Frances Purvis. Elle avait pris sur elle pour dissimuler son agitation, mais il la connaissait suffisamment pour ne pas être dupe de son manège. Il l'avait même observée de la cuisine, au moment où elle cachait des fibres de son veston dans un mouchoir et faisait semblant d'être enrhumée. Et quand elle avait fui la maison, ses mains tremblaient tant qu'elle n'arrivait pas à glisser la clé dans la serrure de la portière. Pitoyable... Janet était arrivée au mauvais moment. Mais qu'aurait-il gagné à se débarrasser de Samantha Ryan ? Elle avait sans doute confié à quelqu'un où elle se rendait. La partie aurait été finie de toute façon. Ce qui importait désormais, c'était de gagner du temps et de couvrir ses traces pour que la mission puisse continuer. Il se sentait étonnamment calme pour un homme qui s'apprêtait à passer au moins quinze ans derrière les barreaux. Perpétuité... Pour un homme de son âge, le mot prenait tout son sens.

Il alla au fond du jardin, sortit une grande boîte d'allumettes de sa poche et alluma un feu. Il regarda les flammes dévorer les brindilles et les feuilles sèches. Les volutes de fumée blanche dérivèrent lentement au-dessus des jardins voisins. Il attendit que le feu ait bien pris avant de l'alimenter encore. Puis il saisit une bêche et alla déterrer le lierre caché au milieu d'un massif d'arbustes à feuillage persistant. Il arracha les vrilles entortillées autour des mailles du grillage et jeta la plante au feu. Elle eut du mal à prendre. Il veilla à déterrer les racines et à niveler la terre, puis il rentra dans la maison.

*

* *

Malcolm Purvis regardait les déménageurs faire la navette entre la maison et l'arrière du camion garé dans son allée. Il avait prévu de remiser son mobilier dans un garde-meubles. Son appartement de Londres étant entièrement meublé, il n'en avait pas un besoin immédiat. Choisis avec soin par sa femme et lui après de longues discussions animées, la plupart des meubles possédaient cependant à ses yeux une valeur sentimentale inestimable. Les déménageurs sortirent le piano à queue. Il les regarda descendre péniblement les marches du perron, puis rentra dans la maison et monta à l'étage, dans la chambre de Frances. Il n'y restait plus que le sommier du lit. Dépouillée des jouets et des affaires de sa fille, la pièce dégageait une tristesse infinie. Il demeura un moment sur le seuil, submergé de souvenirs : les Noël, les anniversaires, les joies et les peines... Il se demanda si ces souvenirs et son chagrin se graveraient dans l'âme de la maison et reviendraient sous forme de spectres hanter les générations futures de propriétaires. Il essaya de faire le vide en lui un moment pour voir s'il pouvait percevoir la présence de Frances, mais elle n'était plus là. Même son odeur s'était dissipée. Une phrase de sa fille lui revint en mémoire : « Partout où tu seras, je serai, papa. » Ces mots lui réchauffèrent le cœur. Cette chambre n'était plus qu'une coquille vide. Il décida que ce serait la dernière fois qu'il y entrerait. Il alla à la fenêtre et tira les rideaux. Puis il ressortit sur le palier et referma doucement la porte derrière lui.

*
* *

Le liquide s'écoula dans la seringue. Quand le flacon fut presque vide, une pression sur le piston fit jaillir un petit jet qui retomba sur la moquette. Le dosage était parfait. La seringue regagna les profondeurs de la sacoche noire. La sonnerie du téléphone retentit à deux reprises avant qu'on décroche. Après un bref échange, la sacoche fermée à clé fut glissée sous le bureau.

*
* *

Le feu brûlait bien quand Richard Owen retourna au fond du jardin, les bras chargés de notes et photos. Même le lierre avait fini par prendre. Il déversa son chargement sur les flammes et attisa les braises avec un long bâton. Il ramassa un dossier qui avait glissé hors d'atteinte des flammes et le feuilleta rapidement. Il se souvenait de celui-ci comme des autres : Michael Kemp, 64 Denning Lane, Cambridge, 43 ans, entrepreneur. Vit avec sa femme et un de ses deux fils. L'autre est étudiant à l'université de Nottingham. Possède deux véhicules : un vieux fourgon Ford bleu, numéro d'immatriculation LLD 453E et une BMW noire série trois, numéro d'immatriculation M256 PDR. Il y jeta un dernier coup d'œil avant de le jeter sur le feu. Les documents s'enroulèrent sur eux-mêmes en noircissant et s'embrasèrent aussitôt. Au fil du temps, ces dossiers étaient devenus comme de vieux amis, familiers et rassurants. Mais il n'en avait plus besoin.

*

* *

Après un dernier coup d'œil dans le miroir, Harriet Farmer rectifia sa coiffure, ajusta la veste de son tailleur et sortit d'un pas décidé des toilettes pour dames. Direction le bureau du grand patron. Consciente que ça allait chauffer pour son matricule, elle prit une profonde inspiration et frappa à la porte dont le tiers supérieur était occupé par une imposante plaque noire portant l'inscription :

MARK WORDS

COMMISSAIRE DIVISIONNAIRE

Comme s'il risquait d'oublier qui il est, ironisa-t-elle. La voix de son supérieur résonna aussitôt de l'intérieur du bureau, impérieuse :

– Un instant !

Comportement typiquement macho, songea-t-elle en rongeant son frein avec agacement devant la porte close. Elle aurait mis sa main au feu que son chef était seul dans son bureau et n'attendait qu'elle, mais comme les autres, il ne pouvait s'empêcher de lui imposer ces petits jeux de pouvoir dérisoires.

– Entrez ! résonna à nouveau la voix autoritaire.

Harriet Farmer soupira et poussa la porte. Un qualificatif résumait à lui seul le bureau dans lequel elle entra : luxueux. Le bureau classique des hauts fonctionnaires de la police judiciaire. Moquette épaisse, bureau en chêne, télévision et magnétoscope, deux confortables fauteuils en cuir pour les conversations informelles, rayonnages et murs couverts de souvenirs et de trophées des forces de police du monde entier. Histoire de fixer d'emblée le ton de la rencontre, le commissaire divisionnaire Words la dévisagea d'un regard dur qui ne laissait rien présager de bon.

– Asseyez-vous, dit-il sèchement en désignant les deux sièges plus austères placés stratégiquement devant son bureau. Vous nous avez mis dans un beau pétrin, inspecteur principal Farmer.

Harriet Farmer soutint son regard sans répliquer.

– Grâce à vous, nous passons tous pour des incapables, et je reste poli. Il ne nous reste plus qu'à espérer que ce monsieur Bird ne va pas nous coller un procès sur le dos et nous saigner à blanc. Dieu sait ce que votre père aurait dit s'il vivait encore. Il n'avait pas le cœur aussi tendre que moi...

Harriet Farmer savait ce qui allait suivre. Elle connaissait par cœur le laïus de son chef.

– J'étais sous ses ordres quand je suis entré à la brigade criminelle, poursuivit-il. Le meilleur patron que j'aie jamais eu. Un homme dur, vous comprenez, mais juste. Avec lui, on savait où on en était.

En réalité, son père considérait Mark Words comme le plus grand imbécile de toute la police anglaise. Un jour, elle lui balancerait ses quatre vérités à la figure. De préférence le jour de la petite sauterie organisée pour son départ en retraite, quand elle aurait pris son fauteuil et qu'il pourrait aller se faire voir. Mais pour l'instant, elle décida d'adopter un ton rassurant.

– Nous le tenons encore pour non-respect des conditions de son contrôle judiciaire.

– Un peu mince, vous ne trouvez pas ?

Farmer en avait conscience, mais que dire d'autre ?

– Et à condition que là non plus, vous n'ayez pas salopé le boulot, ajouta son chef d'un ton ironique qui la hérissa.

L'envie lui prit de se pencher par-dessus le bureau et de lui flanquer son poing dans la figure. Mark Words se leva et se mit à arpenter la pièce, les mains dans le dos, arborant son air « jouons cartes sur table ».

– Quand je vous ai nommée à ce poste, j'ai pris un risque, Harriet. C'était un geste en mémoire de votre père, en remerciement de tout ce qu'il avait fait pour moi...

Comme quand il a essayé de te faire virer ? ne put-elle s'empêcher de répliquer intérieurement.

Il se planta devant la fenêtre.

– J'ai vraiment cru en vous. J'avais la certitude que, mieux que quiconque, vous sauriez gérer les responsabilités que je vous confiais.

Il marqua une pause et se tourna vers elle.

– A l'évidence, je me trompais.

Harriet Farmer ne se souvenait pas avoir autant détesté quelqu'un de sa vie. Pour qui se prenait ce sale type moralisateur ? Pour Dieu le Père ? Elle préférait ne plus écouter les énormités qu'il débitait, sinon elle risquait de commettre un meurtre.

– Vous m'avez laissé tomber, Harriet, continua de pontifier Words dans un écho distant. Vous avez laissé tomber la brigade et surtout vous-même. Je n'ai vraiment pas d'autre choix que...

Un coup pressant frappé à la porte le coupa au milieu de sa phrase.

– Attendez ! Je suis occupé !

Trop tard. Tom Adams était déjà dans le bureau.

– Excusez-moi, commissaire, mais il y a du nouveau.

Il se tourna vers Harriet Farmer.

– Ces fragments de peinture que vous aviez découverts, patron, on vient de tirer le gros lot avec ! Vous aviez raison depuis le début, c'est Richard Owen !

Elle fut aussi ébahie que son supérieur.

– Owen ? Le médecin expert ? s'exclama le commissaire Words, incrédule.

– En personne, commissaire, confirma Tom Adams avec gravité.

– Nom de Dieu, j'ai dîné avec sa femme et lui pas plus tard que samedi dernier. Vous êtes sûr ?

– Le labo est formel.

Mark Words fut obligé de s'asseoir.

– Il semblerait que vous ayez l'occasion de vous racheter, inspecteur Farmer. Dépêchez-vous d'aller m'éclaircir tout ça et tenez-moi informé. J'attends votre rapport. Si je n'ai pas un infarctus avant...

Harriet Farmer prit congé d'un signe de tête et sortit du bureau. Adams lui tint la porte et lui emboîta le pas dans le couloir. Elle n'était pas très douée pour les remerciements, mais là, elle revenait de loin. Grâce à l'intervention inespérée de son adjoint.

– Je vous dois une fière chandelle, Adams. Merci.

– Pas de quoi, patron.

Ils échangèrent un sourire un peu contraint et s'engouffrèrent dans la cage d'escalier qui menait au parking.

*
* *

Sam et Marcia rongeaient leur frein sur le trottoir en face de la maison, quand Farmer et Adams arrivèrent sur les lieux, accompagnés d'une bonne douzaine d'inspecteurs et de policiers en uniforme. Depuis presque cinq minutes, elles entendaient enfler les sirènes hurlantes des voitures de police qui fonçaient dans la circulation dense en cette heure de pointe. Owen aussi d'ailleurs, car la fumée blanche qu'elles voyaient s'élever de son jardin avait gagné en intensité. Sam aurait voulu se précipiter à l'intérieur de la propriété pour empêcher Richard Owen de détruire davantage de preuves, mais elle ne tenait pas à se retrouver nez à nez avec le médecin. Cette fois, elle n'aurait peut-être pas autant de chance. Deux policiers bloquèrent l'accès à la maison d'Owen. Un petit groupe se déploya dans les jardins voisins, tandis qu'un autre se ruait vers la porte d'entrée et défonçait le battant à l'aide d'un bélier hydraulique. Farmer et Adams bondirent de leur voiture et foncèrent sur l'arrière jusqu'au petit portail qui menait au jardin. Sam et Marcia coururent à leur suite. Le portail était fermé à clé. Il ne résista pas longtemps à Adams qui le fit sortir de ses gonds de deux coups de pied bien ajustés.

Au moment où ils faisaient irruption dans le jardin, Richard Owen se dépêchait d'envoyer les derniers dossiers dans les flammes. Adams se jeta sur lui et le plaqua au sol. Il lui tira les bras en arrière sans ménagement et lui passa les menottes. Le médecin éclata d'un rire hystérique.

– Vous arrivez trop tard ! Beaucoup trop tard !

– Eteignez-moi ce maudit feu ! ordonna Farmer.

Deux policiers en uniforme se précipitèrent vers un robinet auquel était fixé un tuyau d'arrosage. Se protégeant le visage avec leurs mains contre la fournaise, Sam et Marcia s'efforcèrent de sauver ce qui pouvait encore l'être. Un des policiers entreprit d'étouffer les flammes au jet d'eau. Adams força Owen à se relever et le poussa jusqu'à Farmer.

– Docteur Richard Owen, commença celle-ci, le regard glacial, je vous arrête pour le meurtre de Mark James et Frances Purvis. Tout ce que vous pourrez dire sera...

– Prouvez-le ! lui lança le médecin avec défi.

Imperturbable, les yeux luisants de mépris, Harriet Farmer continua de lui réciter ses droits. Puis deux policiers entraînèrent Owen vers les voitures.

Une équipe d'enquêteurs se déploya dans la maison pour passer les lieux au peigne fin. A peine le feu éteint, Sam et Marcia trièrent avec soin les débris calcinés à la recherche d'indices. Marcia trouva quelques feuilles de lierre encore intactes. Avant de les ranger précieusement dans une petite enveloppe en papier kraft, elle les montra à Sam qui identifia aussitôt l'espèce. De son côté, celle-ci découvrit plusieurs boutons métalliques qui semblaient avoir appartenu à un gilet, ainsi qu'un morceau d'étoffe noire. Des rares dossiers qu'elles avaient réussi à sauver du feu, seuls deux restaient en grande partie utilisables. Sam et Adams en feuilletèrent rapidement le contenu. Des fragments de papier noirci s'échappèrent des chemises.

– Regardez ça. Sûrement ses prochaines victimes.

Sam fixait les documents d'un regard incrédule.

– Leurs lieux de travail, les trajets habituellement empruntés, les magasins où ils font leurs courses, dit Adams, sidéré. Rien ne manque. Il y a même les bars où ils ont leurs habitudes. Des rapports dignes des services secrets.

– Je me demande combien nous ont échappé, s'inquiéta Sam en examinant la photo racornie.

– Cela n'a plus d'importance. Ils sont en sécurité maintenant. Owen est en prison jusqu'à la fin de ses jours.

– Je n'y comprends rien... Comment un homme tel que Richard Owen s'est-il soudain mué en assassin psychopathe ?

– A l'évidence, ses crimes étaient prémédités de longue date. J'ai rarement vu des plans d'assassinat aussi minutieusement préparés.

Harriet Farmer les rejoignit. Elle prit le dossier que Sam tenait entre ses mains et le tendit à son collègue.

– Bien joué, Adams.

– C'est le docteur Ryan qu'il faut remercier, patron. C'est elle qui a découvert les fragments de peinture, pas moi.

Farmer regarda Sam.

– Laissez-nous une minute, Tom, voulez-vous ?

Adams rejoignit Marcia qui fouillait encore les débris fumants. Dès qu'elles furent hors de portée de voix, Farmer passa à l'offensive.

– Il me semblait vous avoir demandé de ne plus vous mêler de cette enquête, docteur Ryan.

– Je n'ai pas eu le choix, inspecteur Farmer. J'ai communiqué aussitôt toutes les informations à la police. Maintenant, si vous voulez porter plainte contre moi officiellement, libre à vous.

– Pour que tout le monde sache que c'est vous qui avez résolu cette enquête et que je passe pour une imbécile, sûrement pas ! Owen va finir ses jours bien à l'abri derrière les murs d'un hôpital psychiatrique et ce sera notre petit secret. Nous y trouvons toutes les deux notre compte, n'est-ce pas ?

– Comme vous voulez.

– Ecoutez, je ne suis pas très douée pour les compliments, et au fond de moi, je reste persuadée que vous avez commis une grave erreur en vous mêlant de ce qui ne regardait que moi, mais quoi qu'il en soit, c'est bien joué. Merci.

Sam savait combien ces remerciements coûtaient à Harriet Farmer et elle les en apprécia d'autant plus.

– Pour être honnête, poursuivit l'inspecteur, sans vous, non seulement j'aurais été dessaisie de l'enquête, mais je risquais aussi ma place.

– Je sais, je suis un peu fouineuse, répondit Sam, conciliante. Déformation professionnelle, sans doute.

– Eh bien, on peut dire que cette fois elle aura été providentielle.

– Que va-t-il advenir de Sebastian Bird ?

– Nous le détenons toujours pour non-respect des conditions de son contrôle judiciaire. J'imagine que nous abandonnerons la charge s'il décide de ne pas nous poursuivre en justice. En général, ça marche comme ça.

Au même instant, des cris retentirent devant la maison. Les deux femmes se précipitèrent. Au pied du perron, Janet Owen se débattait entre deux policiers, écumante de colère et le visage baigné de larmes, tandis que les enquêteurs en combinaison blanche emportaient ses vêtements et autres effets personnels.

– Mes vêtements ! Que vont-ils faire de mes vêtements ?

Sam regarda Harriet Farmer.

– Je la connais un peu. Je vais aller lui parler.

– Elle va devoir nous accompagner pour être interrogée.

– Je comprends, mais sans elle, je serais sans doute morte à l'heure qu'il est. Laissez-moi d'abord la calmer et je la conduirai moi-même à la brigade, d'accord ?

Farmer hocha la tête.

– D'accord. De toute façon, nous devons d'abord questionner son mari.

Sam franchit le cordon de police. Janet Owen la reconnut aussitôt.

– Que se passe-t-il, Samantha ? Je n'y comprends rien !

– C'est à cause de Richard... La police est venue l'arrêter.

– Mais pourquoi ?

– Allons à ma voiture, je vais vous expliquer.

– Non ! Si vous savez quelque chose, dites-le-moi maintenant !

– Je suis navrée, Janet... Richard va être inculpé des meurtres de Mark James et de Frances Purvis.

A ces mots, Janet Owen blêmit et ses yeux devinrent vitreux. Sam la rattrapa de justesse par la taille alors qu'elle s'effondrait, sans connaissance. Avec l'aide d'un policier, elle l'allongea sur le trottoir. Elle ôta sa veste et la glissa sous sa tête en guise d'oreiller. Tandis que le policier allait appeler une ambulance, elle prit la main de Janet Owen, toujours inanimée, et la caressa nerveusement en attendant les secours.

*

* *

Sous le regard attentif de Tom Adams, Richard Owen signa les formulaires et décharges rituels dans le bureau du brigadier. L'inspecteur le conduisit ensuite en salle d'interrogatoire en compagnie de son avocat. Harriet Farmer s'y trouvait déjà. Les deux caméras vidéo étaient en fonctionnement. L'une montrait un plan général de la pièce, l'autre, un gros plan du visage du suspect. Un circuit de télévision intérieur permettait au reste de la brigade de suivre l'interrogatoire.

– Nous enquêtons au sujet des meurtres de Mark James et Frances Purvis, commença Harriet Farmer. Je crois que vous avez des choses à nous apprendre sur ces meurtres.

Richard Owen scruta en silence le visage des deux policiers.

– Si vous sous-entendez que c'est moi qui les ai tués et charcutés, alors oui, finit-il par répondre. (Il sourit à la caméra près du bureau.) Et je ne regrette rien.

Son avocat, maître Robertson, se pencha vers lui.

– Comprenez-vous toutes les implications de vos déclarations ? lui souffla-t-il à l'oreille, affolé.

Owen tourna les yeux vers lui.

– Evidemment. Je crois que le moment est venu d'avouer la vérité, ne croyez-vous pas ?

*

* *

Trevor Stuart rejoignit Sam devant les urgences du Park Hospital où avait été admise Janet Owen. De soulagement, elle se surprit à se jeter à son cou. Ils s'assirent et elle lui résuma la situation. Trevor l'écouta avec une gravité qu'elle ne lui connaissait pas.

– Je crois comprendre au moins son mobile, annonça-t-il, quand elle eut fini.

– Pourquoi n'en as-tu jamais parlé ? s'étonna Sam.

– Comment aurais-je pu imaginer qu'il était mêlé à ces meurtres ?

Sam était suspendue à ses lèvres.

– A mon avis, c'est en rapport avec sa fille, Claire.

– Je croyais qu'elle était morte dans un accident.

– En quelque sorte. Elle a succombé à une overdose lors d'une fête.

– Quand cela s'est-il produit ?

– Il y a trois ans. Claire n'était pas l'ange que décrivait son père. En fait, elle avait plutôt mal tourné. Elle avait de mauvaises fréquentations, s'était mise à se droguer et à voler pour se procurer ses doses, y compris ses propres parents. J'ignore comment ils ont encaissé le coup. Il me semble que Janet avait conscience de ce qui se passait, mais Richard n'avait jamais voulu entendre la moindre critique à l'égard de sa fille. Sa mort l'a bouleversé. Janet a tenu bon. Dans leur couple, c'est elle qui a le plus de force de caractère. Quant à Owen, il lui a fallu plus d'un an avant de pouvoir recommencer à exercer. Et à mon avis, il ne s'en est jamais complètement remis. C'est aussi à cette époque qu'il a découvert la foi. Il est devenu un mystique fervent.

– Ils n'ont pas d'autres enfants ?

– Non. Claire était fille unique.

– Où cette fête a-t-elle eu lieu ?

– Si je me souviens bien, dans une discothèque de Cambridge.

– A *L'Oiseau de Nuit* ?

– Oui, il me semble que c'était ce nom-là, *L'Oiseau de Nuit*.

Trevor était reparti, quand Janet Owen sortit du box où elle était soignée. Devant son état, le médecin avait voulu la garder pour la nuit, mais elle avait réussi à le convaincre que son mari avait davantage besoin d'attention qu'elle et l'avait assuré qu'en cas de nouvel évanouissement, elle n'hésiterait pas à revenir le consulter. Elle alla signer la décharge et rejoignit son amie.

Sam avait garé sa Land Rover sur le parking réservé au personnel des urgences. Elle aida Janet à s'asseoir sur le siège du passager, puis elles prirent la direction du commissariat. Sam ne savait que dire pour réconforter la pauvre femme. Ce fut Janet qui rompit le silence pesant.

– Je savais qu'il n'allait pas bien. Ça ne date pas d'hier. Il n'a jamais surmonté le décès de notre fille il y a trois ans. Elle est morte d'une overdose. Mais jamais je n'aurais imaginé qu'il serait capable de... tuer quelqu'un. Je n'arrive toujours pas à y croire. Un homme si gentil... Vous le connaissez, Sam, vous savez qu'il n'a pas pu faire une chose pareille.

– Les présomptions contre lui sont malheureusement très fortes. Vous n'avez jamais rien remarqué ?

– Non. Il s'enfermait souvent dans son bureau. C'était son coin à lui. Il m'en interdisait l'accès. Je n'avais même pas le droit d'y faire les poussières.

– Qu'est-ce qui pourrait, selon vous, nous aider à comprendre son état d'esprit au moment des meurtres ?

– Il avait l'habitude de tenir un journal. Vous croyez que ce serait utile ?

– Peut-être. Où se trouve-t-il ?

– Dans son coffre, à son cabinet.

– Y est-il encore ?

– Sûrement, à moins que la police ait déjà perquisitionné là-bas.

– Ça vous dérange que nous allions y jeter un coup d'œil ?

– Si ça peut être utile, pas du tout. Ce n'est pas un mauvais homme, vous savez. Il est malade, c'est tout. Si ces gens n'avaient pas entraîné Claire dans la spirale de la drogue, elle serait encore en vie et je serais sans doute grand-mère aujourd'hui.

Le souvenir du corps supplicié de Frances Purvis, puis le regard éperdu de douleur de son père à la morgue empêchèrent Sam de compatir.

– Une chose seulement, Sam : puis-je y aller seule ? continua Janet. J'aimerais prévenir moi-même la secrétaire.

Elle risque d'être bouleversée de voir la police mettre le cabinet sens dessus dessous. Je préfère la préparer. Je n'en aurai pas pour longtemps.

Quelques minutes plus tard, elles arrivèrent devant le cabinet. Janet descendit de voiture et disparut derrière la double porte.

*

* *

Dans le bureau des inspecteurs, d'ordinaire bruyant et animé, le silence avait un côté irréel. Tous les regards étaient rivés sur le moniteur vidéo qui retransmettait l'interrogatoire de Richard Owen. Harriet Farmer se laissa aller contre son dossier. Elle ne s'attendait pas à ce que les aveux viennent aussi facilement. Pourvu que la suite soit aussi simple.

– Pourquoi les avez-vous assassinés ?

Le médecin était d'un calme et d'un sang-froid impressionnants.

– Il ne s'agissait pas d'assassinats, mais de châtiment divin. Ils avaient tué ma petite fille.

– Comment ?

– Ce sont eux qui lui fournissaient la drogue. Elle a été victime d'une overdose et est morte à *L'Oiseau de Nuit*. Bird savait qu'elle allait très mal. Il l'a laissée mourir en toute connaissance de cause.

– Et quel a été le rôle de Mark James et Frances Purvis ?

– Ils lui ont fait connaître cet endroit de malheur et l'approvisionnaient en veux-tu, en voilà. Elle avait de l'argent, voyez-vous. C'était tout ce qui les intéressait. Claire était une jeune fille formidable, pleine de promesses... jusqu'à ce que ces monstres jettent leur dévolu sur elle.

– Frances Purvis n'était pas un monstre.

– Oh si ! C'était même la pire de la bande. Claire n'avait pas idée du cloaque où elle mettait les pieds. Rien que des maquereaux, des prostituées, des dealers... Ce sont eux qui lui ont fait connaître cette fange. Savez-vous où on l'a retrouvée ? Contre une cuvette répugnante dans des toilettes publiques.

– Vous disiez qu'elle était morte à la discothèque de Bird ? intervint Tom Adams.

– Ils se sont débarrassés de son corps.

Un agent entra dans la pièce et tendit un dossier à Adams.

– Selon les conclusions de l'enquête que je lis ici, votre fille est décédée d'une overdose accidentelle. Il n'est à aucun moment question d'assassinat.

– Ils ne l'ont peut-être pas tuée d'un coup de poignard ou d'une balle, mais cela revient au même. Vous ne connaissiez pas Claire. C'était l'être le plus adorable de la terre.

– Selon le rapport que j'ai entre les mains, votre fille avait un casier chargé : condamnations pour vol, coups et blessures, prostitution. James n'a jamais fourni de drogue à votre fille. Bird et Frances Purvis ont prévenu les secours quand ils se sont rendu compte de son état, mais quand l'ambulance est arrivée, votre fille avait pris la fuite par une fenêtre. Ils sont partis à sa recherche. Ils étaient bouleversés.

Richard Owen refusait d'écouter.

– Ce sont des tissus de mensonges ! Vous aussi, vous êtes complices !

– Complices de quoi ?

– Du complot pour étouffer l'affaire ! Savez-vous ce qu'a dit le coroner en rendant son verdict ? Une « disparition tragique ». Tragique ! Je vais vous montrer, moi, ce qui est tragique !

Il releva la manche de sa chemise. L'avant-bras était constellé de marques de piqûre.

– Je suis un drogué, comme elle. C'est le seul moyen que j'ai trouvé pour tenir. Pour affronter la torture des souvenirs, le calvaire de notre famille détruite. Si les coupables avaient été punis, j'aurais peut-être pu remonter la pente. Mais ces monstres s'en sont tous tirés. James a été acquitté. Frances Purvis n'a même pas été inquiétée. L'affaire a été odieusement étouffée parce que certaines personnes ne tenaient pas à voir leur précieuse réputation salie.

– Qui donc, docteur Owen ?

– A vous de le découvrir. La police est tout juste bonne à attraper un rhume. Alors un meurtrier... Quelqu'un devait agir. J'ai décidé que ce serait moi.

– Avez-vous pensé à ceux qui aimaient Mark et Frances ? Méritaient-ils de souffrir ?

Owen prit un air indigné.

– Bien sûr, ils le méritaient. C'était mon but. Ils étaient responsables des monstres qu'étaient devenus leurs enfants. Qu'ils rôtissent en enfer !

– Et votre femme, Janet ? Vers qui va-t-elle se tourner maintenant que vous serez en prison ?

– Quelle importance ? Nous sommes morts tous les deux le même jour que Claire. Rien de pire ne peut plus nous être infligé. Vous avez de la chance qu'il n'y en ait eu que trois. J'en avais prévu beaucoup plus.

Harriet Farmer se redressa brusquement sur son fauteuil.

– Nous n'avons retrouvé que deux corps. Où est le troisième ?

– Devinez.

– C'est du bluff ou quoi, Owen ? s'exclama Adams, sur les nerfs. A quoi est-ce que vous jouez, nom de Dieu ?

Le médecin sourit avec une froide assurance.

– Vous l'apprendrez bientôt. Encore un peu de patience.

*
* *

Allison leva les yeux de son microscope.

– Ça y est ! annonça-t-elle à Marcia d'un ton triomphant. J'ai établi la correspondance entre nos fibres et celles de la veste.

Marcia traversa le laboratoire.

– Tu disais pourtant qu'elles ne correspondaient pas à la veste de Richard Owen.

– Ce n'est pas de la sienne que je parle, mais de celle-ci, répondit-elle en brandissant une veste sombre à chevrons.

Une inquiétude diffuse s'empara de Marcia.

– A qui appartient-elle ?

– De toute évidence, à sa femme. Il y a son nom sur une étiquette à l'intérieur. J'y ai aussi trouvé du duvet de lierre en...

Marcia se précipita sur le téléphone.

*
* *

Harriet Farmer et Tom Adams s'éloignèrent du bloc où Richard Owen venait d'être incarcéré. Adams ne partageait pas l'optimisme de sa supérieure.

– Ecoutez, s'il y a réellement un autre corps, nous le découvrirons tôt ou tard. De toute façon, nous ne pouvons plus rien pour ce malheureux. Mais à mon avis, c'est du bluff. Owen joue avec nos nerfs. Vous connaissez aussi bien que moi ces maudits psychopathes.

– Je ne crois pas non plus qu'il y ait une troisième victime. Du moins, pas encore. Mais ça ne va pas tarder. Quelque chose de terrible est sur le point de se produire, je le sens.

– Pas tant qu'il est dans cette cellule. Et il n'est pas près d'en sortir.

Ils se rendirent dans le bureau des incarcérations. L'officier remit à Farmer les formulaires de détention. Elle les compléta et nota l'heure précise de l'interrogatoire sous le regard d'Adams, accoudé au bureau. Soudain, il se redressa et arracha le formulaire et le stylo à Farmer. Il griffonna quelques mots incompréhensibles sur la première page, barra les autres d'un grand trait et sortit du bureau.

– Suivez-moi ! cria-t-il au chef de poste.

Il retourna en hâte à la cellule d'Owen. Le chef de poste ouvrit la porte. Allongé sur la couchette, les yeux fermés, le médecin avait l'air parfaitement détendu.

– Désolé, nous avons commis une petite erreur dans les papiers. Pourriez-vous y jeter un coup d'œil et signer pour attester que vous reconnaissez l'erreur ?

Richard Owen se releva avec lenteur et examina le formulaire de détention. Sous le regard intrigué de Farmer qui les avait rejoints, Adams lui passa le stylo. Owen signa, rendit le stylo et s'étendit à nouveau sur la couchette.

– C'est bien ce que je pensais, vous êtes droitier.

– Comme la grande majorité des gens, répondit Richard Owen sans daigner ouvrir les yeux.

– Sans doute, mais l'assassin que nous recherchons ne l'est pas. Les incisions sur les corps sont l'œuvre d'un gaucher. Vous avez un complice, hein ? Qui est-ce ? Qui est-ce, nom de Dieu ?

Owen entrouvrit les yeux avec indolence, fit un geste dédaigneux de la main et referma les paupières. Adams serra les poings, excédé. A cet instant, des bruits de pas pressés résonnèrent dans le couloir. Un inspecteur tendit une note à Harriet Farmer. Elle y jeta un rapide coup d'œil, puis fixa Owen avec gravité.

– C'est Janet, n'est-ce pas ? Votre complice n'est autre que votre propre femme.

Le médecin se leva d'un bond et se mit à applaudir comme un hystérique.

– Bien joué ! Vous avez mis le temps, mais bravo quand même !

– Où est-elle ? demanda Farmer à Adams.

– Avec le docteur Ryan ! répondit-il avec horreur.

Owen sourit.

– Maintenant vous savez qui est la troisième victime.

Adams fondit sur lui, l'agrippa par le devant de sa chemise et le plaqua sans ménagement contre le mur.

– Où est-elle, espèce d'ordure ?

– C'est trop tard, beaucoup trop tard ! Vous ne pouvez plus rien maintenant !

Hors de lui, Adams leva le poing et le flanqua de toutes ses forces dans l'estomac d'Owen qui s'effondra sur le sol. Il lui releva la tête par les cheveux.

– Je ne le répéterai pas ! Où est-elle ?

Le chef de poste voulut s'interposer, mais Farmer l'arrêta. Au même instant, Owen vomit sur les chaussures et le pantalon d'Adams.

*

* *

Sam attendait toujours dans sa voiture. Elle commençait à trouver le temps long. La pièce radiophonique de Radio 4 était mortellement ennuyeuse. Elle regarda sa montre. Janet était partie depuis presque une demi-heure. Elle voulut appeler Marcia, mais elle avait oublié de recharger la batterie de son portable. En désespoir de cause, elle descendit de voiture et entra dans le cabinet. Une secrétaire médicale, la quarantaine avenante, l'accueillit à la réception.

– Excusez-moi, je cherche le docteur Janet Owen.

– J'ai bien peur que vous l'ayez manquée, répondit la secrétaire en souriant. Elle est sortie depuis une bonne vingtaine de minutes.

Sam ne put cacher son étonnement.

– C'est impossible, je suis garée juste devant le cabinet depuis une demi-heure. Je l'aurais vue.

– Elle a pris l'escalier de service. Une urgence, m'a-t-elle dit.

– Où se trouve son cabinet ?

La secrétaire lui montra une porte bleue au fond du couloir.

– C'est là, mais je ne...

Avant qu'elle ait pu finir sa phrase, Sam était dans le cabinet. Sur le bureau, elle remarqua plusieurs flacons de tubarine. Deux étaient vides. Sur l'écran de l'ordinateur, un fichier ouvert était obscurci par l'économiseur d'écran. Sam cliqua sur la souris. Un nom apparut en haut de l'écran. Malcolm Purvis. Suivaient son adresse et une liste exhaustive de renseignements sur sa personne, son domicile, son travail. Il y avait même une photo. Sam reconnut l'homme qu'elle avait croisé à la morgue. Leurs autres victimes désignées se trouveraient sûrement sur le même fichier. Sam retourna en courant à la réception. La secrétaire serrait nerveusement le téléphone entre ses mains. Sam la dévisagea d'un regard soupçonneux.

– Qui appelez-vous ?

– La police !

Sam lui arracha le combiné des mains. La secrétaire recula d'un bond en hurlant.

– Ecoutez-moi, c'est une question de vie ou de mort ! cria-t-elle dans l'appareil. Je suis le docteur Samantha Ryan, médecin légiste au Park Hospital. Contactez immédiatement l'inspecteur principal Harriet Farmer et dites-lui que Janet Owen est aussi impliquée dans les meurtres ! Elle va s'en prendre à Malcolm Purvis... Malcolm Purvis... Oui, l'inspecteur sait où il habite. Pour l'amour du ciel, faites vite ! Dites-lui que je la rejoins là-bas !

Elle raccrocha, présenta ses excuses à la secrétaire qui s'était réfugiée à l'autre bout du bureau et sortit du cabinet en courant.

Janet Owen avait mis plus de temps que prévu pour se rendre chez Purvis. Le taxi était arrivé avec du retard et des travaux de voirie avaient ralenti leur progression. Elle paya le chauffeur et traversa la route jusqu'à la maison, serrant contre elle sa petite sacoche noire de médecin. Elle dédaigna la porte d'entrée et contourna la maison. Elle gravit les quelques marches qui menaient à la porte de derrière et frappa. Pas de réponse. Elle essaya la poignée. La porte n'était pas fermée. Elle se glissa à l'intérieur et avança à pas de loup dans le couloir, à l'affût du moindre bruit. Parvenue dans le vestibule, elle débrancha la prise du téléphone, puis sortit une seringue et un long cordonnet blanc de sa sacoche. Ce n'était pas celui dont elle préférait se servir, celui du store de son salon, mais il était résistant et ferait parfaitement l'affaire. La maison était presque vide. Il ne restait que de rares meubles. Passant la tête dans l'embrasure d'une double porte, elle découvrit un salon spacieux, orné d'impressionnantes moulures de stuc. D'étranges petits piaillements assourdis la figèrent sur place. On aurait dit une souris affolée. Le bruit provenait d'un vieux canapé blanc défraîchi, le seul meuble qui restait dans la pièce. Il était tourné vers la fenêtre. Une paire de pieds avec des chaussettes dépassait de l'accoudoir droit. Sa main valide crispée sur la seringue, Janet s'approcha silencieusement du canapé. Elle osait à peine respirer. Par-dessus le dossier, elle vit Malcolm Purvis allongé sur les coussins. Sur les oreilles, il portait des écouteurs reliés à un lecteur-CD posé en équilibre sur son torse. Il semblait endormi. Quelle aubaine. Elle brandit la seringue et plongea l'aiguille dans le cou de l'avocat.

*
* *

Prostré sur sa couchette, le visage enfoui entre ses mains, Richard Owen était en larmes. Harriet Farmer entra dans la cellule et s'assit sur le bord du lit. Jusqu'à présent, leurs efforts pour retrouver Janet Owen et le docteur Ryan n'avaient rien donné.

– Dites-nous où se trouve votre femme, docteur Owen. Un nouveau meurtre ne changera rien. Ça ne fera pas la moindre différence pour vous.

– Au contraire, ça fera toute la différence ! répliqua Owen, le visage toujours dans ses mains. Ça fera pencher la balance de l'autre côté, ça redonnera un sens à notre vie !

– C'est peut-être ce que vous imaginez, mais ça ne fera pas disparaître votre peine, ça ne fera pas revenir Claire.

Richard Owen releva la tête.

– La vengeance n'a rien de négatif, inspecteur Farmer. Au contraire, elle nous insuffle la force de continuer à vivre. Grâce à elle, nous avons accompli une œuvre que nous n'aurions jamais cru possible.

– Des meurtres odieux ? Une œuvre ?

– Oui, une œuvre, une mission sacrée, répondit-il avec une exaltation de dément.

– L'idée était de qui ?

– De Janet. C'est une femme de caractère. Elle ne pouvait agir seule à cause de sa main, alors je l'ai aidée, mais elle tenait à être présente au moment du châtiment ultime.

– Qui de vous passait à l'acte ?

– Nous deux. C'était pourrait-on dire une expérience partagée.

– Ce qui explique l'utilisation du garrot.

– Oui. Même d'une main, c'était très pratique. Un jeu d'enfant. Et puis, ça accréditait la thèse d'un crime occulte.

– Et le curare ? Vous vous en serviez aussi parce que c'était pratique ?

– Ça nous a facilité la tâche, oui. Et puis ainsi, ils voyaient ce qui leur arrivait. Ils étaient conscients jusqu'au bout. Croyez-moi, ils comprenaient pourquoi ils allaient mourir.

A cet instant, le téléphone sonna dans le couloir. Le policier de garde prit la communication, raccrocha en hâte et courut faire son rapport à Farmer.

– Message du docteur Ryan, inspecteur. D'après elle, Janet Owen va s'en prendre à Malcolm Purvis. Elle vous rejoint à son domicile.

Adams s'était déjà élancé dans le couloir.

– Vous arriverez trop tard ! hurla Richard Owen de sa cellule. Beaucoup trop tard !

*

* *

Sam conduisit à tombeau ouvert jusqu'au domicile de l'avocat. La police n'était pas encore sur les lieux. Elle espérait seulement que son message ne serait pas passé à la trappe. Elle frappa d'abord à la porte d'entrée. Pas de réponse. Elle courut sur l'arrière et trouva la porte de la cuisine ouverte.

– Monsieur Purvis, vous êtes là ?

Elle traversa la pièce et longea le couloir en continuant d'appeler. Toujours pas de réponse. Elle commençait à redouter le pire. A l'entrée du salon, elle remarqua la prise du téléphone arrachée sur la moquette. Elle faillit prendre ses jambes à son cou. C'est alors qu'elle aperçut une forme inanimée au pied d'un vieux canapé dans le salon. Malcolm Purvis ! Elle arrivait trop tard ! Oubliant sa peur, elle se précipita vers lui et le fit rouler sur le flanc. Elle lui prit le pouls. Il était faible. L'avocat vivait encore.

A l'instant où elle se penchait pour déboutonner le col de sa chemise, quelque chose fut passé autour de son cou. Elle fut tirée violemment en arrière. Le cordonnet commença à se resserrer sur sa nuque. Elle tenta de l'agripper pour libérer sa gorge. Impossible de glisser les doigts dessous. Elle se débattit avec l'énergie du désespoir, lançant les bras en arrière pour essayer d'atteindre son agresseur. Déjà elle sentait ses forces décliner. Ses poumons en feu réclamaient de l'oxygène, ses oreilles sifflaient, son visage se congestionnait. Ses doigts gourds tentèrent en vain d'agripper le garrot. Sa langue gonflée commençait à saillir de sa bouche. Un voile opaque s'abattit sur ses yeux, puis ce fut le trou noir.

Tom Adams fit irruption dans le salon. Le spectacle qui s'offrit à sa vue le cloua sur place. Echevelée, Janet Owen était en train d'étrangler Sam ! Elle tournait comme une furie le garrot qu'elle lui avait passé autour du cou. Nom de Dieu, il arrivait trop tard ! Sam gisait sans connaissance sur la moquette, le corps agité de spasmes. Jugeant la situation trop désespérée pour mettre les formes, il bondit sur Janet Owen, l'attrapa par ses longs cheveux gris en désordre et lui assena un coup de poing si violent qu'elle valsa en arrière et resta inconsciente sur la moquette, la mâchoire brisée, la bouche en sang. Il se précipita vers Sam et prit son corps inanimé entre ses bras. Une cohorte de policiers investit les lieux.

– Une ambulance, vite ! Pour l'amour du ciel, appelez une ambulance ! leur hurla-t-il, fou d'angoisse.

Adams avait retrouvé son calme. Il se tourna vers Malcolm Purvis, toujours sans connaissance sur une civière.

– Il va s'en sortir ?

Un infirmier le rassura d'un hochement de tête.

– Je ne suis pas médecin, mais à mon avis, il est hors de danger. Il en sera quitte pour une migraine d'enfer.

L'inspecteur s'approcha de Sam, assise contre le mur du jardin, une couverture autour de ses épaules.

– J'ai bien cru vous perdre.

– Moi aussi, articula-t-elle avec peine d'une voix rauque. Et Janet Owen ?

– Ils l'ont emmenée.

– Que va-t-il leur arriver, à son mari et elle ?

– On va les enfermer à double tour et avec un peu de chance, on jettera la clé. Mais ces deux malades auront droit à beaucoup de soin et d'attention, vous allez voir, ajouta-t-il avec une ironie désabusée.

– Pourquoi s'en sont-ils pris aussi à Malcolm Purvis ?

– Il a défendu Mark James durant le procès qui a suivi le décès de leur fille. Le garçon a été acquitté. Les Owen n'ont jamais pardonné à l'avocat, pas plus qu'à sa fille.

Un infirmier poussa une chaise roulante jusqu'à Sam et l'aida à s'y asseoir. Elle fit un petit signe de la main à Adams, avant de disparaître dans l'ambulance. L'inspecteur lui rendit son salut. Harriet Farmer le rejoignit.

– Qu'est-ce qui vous a pris de sauter dans la voiture comme un fou et de me fausser compagnie ?

Adams haussa les épaules.

– Mon sang n'a fait qu'un tour.

– En tout cas, elle vous doit une fière chandelle. Puisque vous êtes là, allez donc recueillir la déposition de votre légiste intrépide. Accompagnez-la dans l'ambulance, ça fera gagner du temps.

Il eut un moment d'hésitation.

– Allez-y, c'est un ordre.

Harriet Farmer tourna les talons et rentra dans la maison.

*Tous mes remerciements à : Helen Witwell, médecin légiste du Ministère de l'Intérieur, qui a inspiré le personnage principal de ce roman, pour ses conseils et sa patience ; Bernard Knight, médecin légiste du Ministère de l'Intérieur, pour ses conseils et le temps qu'il m'a consacré ; Peter O. Rose, pour ses conseils sur le lierre et son ouvrage érudit sur le sujet ; Mike Lucas (Mike Lucas Yachting) pour ses conseils sur les nœuds et son ouvrage « The Ashley Book of Knots » ; le Centre National d'Assistance Scientifique à l'Investigation Criminelle, Durham ; Peter Ablett, son directeur ; Keith Fryer, directeur-adjoint ; Sue Thornewill, directrice du Service des Empreintes ; Sandy Bushell, instructeur ; Dr Z. Erzincglioglu, entomologiste ; Amanda Burton, actrice ; Vicky Featherstone, scénariste ; Catherine Reed, éditrice ; Kevin Hood, écrivain ; Ashley Pharoah, écrivain ; Caroline Oulton, productrice à BBC Drama ; Tony Dennis, producteur à BBC TV ; Patrick Spence, scénariste ; Nick Webb, de Simon & Schuster ; St John Donald, de Peters Frazer & Dunlop ; Sue Hogg, productrice à BBC TV ; Colin Lundlow, producteur à BBC Drama. Que tous ceux qui m'ont apporté leur aide mais ne sont pas cités ici soient également remerciés.*

*Achevé d'imprimer en janvier 2000*
*sur presse Cameron*
*par* ***Bussière Camedan Imprimeries***
*à Saint-Amand-Montrond (Cher)*

N° d'édition : 625. N° d'impression : 995642/4.
Dépôt légal : janvier 2000.

*Imprimé en France*